杉井 光

イラスト・春夏冬ゆう

楽園ノイズ6

Paradise NoiSe

JN075583

Paradise NoiSe

CONTENTS

デザイン／鈴木 亨

わずかでも見込みがある限り、我々は構想と推論の実りある形成を注意深く追い、育み、支え、役立つ形にしていきたい。カントールが造りあげた楽園から我々を追放することは、だれにもできないはずだ。

David Hilbert, Münster, 1925/06/04

Paradise NoiSe

Akina Himekawa

1　薔薇《ばら》の種をロケットに積んで

人生はじめての音楽ってなんだっただろうか、と時折思い返す。

三歳くらいのとき、真夜中に眠《ねむ》れずにぐずっていた僕を抱《だ》っこして揺《ゆ》らしながら父が口ずさんでいたメタリカの『エンター・サンドマン』だろうか。子供のまぶたに砂をかけて眠《ねむ》らせる精霊《せいれい》のことを歌っている曲——ではあるけれど、まったくもって子守歌《こもりうた》に向いていないヘヴィなメタルナンバーだった。

自分で演《や》ったはじめての音楽というと、たぶん保育園のクリスマス会で披露《ひろう》したハンドベルによる『ジングルベル』だろう。僕は低い方のソとラのベルを受け持っていて、やたらに出番が少なく、特にサビでまったく担当音がなくて寂《さび》しかったのを憶《おぼ》えている。

はじめて弾《ひ》けるようになったギター曲は当然『禁じられた遊び』、クラシックのピアノ曲はたしかオースティンの『人形の夢と目覚め』。シンセサイザーで音作りまでして最初にコピーしたのはヴァン・ヘイレンの『ジャンプ』……。

自作曲第一号は、憶《おぼ》えているどころかデータでしっかり残っている。壮大《そうだい》なプログレッシブ交響曲《こうきょうきょく》を目指して六分半の長さで挫折《ざせつ》したひどい出来のインストゥルメンタルなのだけれど、削除するのに忍《しの》びなかったのだ。

動画チャンネルにアップロードしたことのある初期のソロ曲も、いま聴《き》いてみるとずいぶん恥《は》ずかしいクォリティだ。

だれにでも、はじめてがある。

恥《は》ずかしさよりも強く心に残っているのは、拍手《はくしゅ》してくれた父や母の顔、チャンネル登録者数が0から1になっているのを確認《かくにん》したときの震《ふる》えるほどの喜び。今でも僕にとってはいちばん大切な、形のない宝物だ。

その宝物がなければ、人間はきっと二歩目を踏《ふ》み出《だ》すことができない。自分の一歩目だけが記された先に限りなく続くまっさらな砂漠《さばく》を見渡《みわた》して、立《た》ち尽《つ》くしてしまうだろう。

＊

入学式の翌日から、平常通りの授業が始まる。

しかし、ほんとうに平常通りになるものだろうか、と朝早く登校してきた僕は二年一組の教室を見渡《みわた》して一抹《いちまつ》の不安をおぼえる。

「真琴《まこと》ちゃん席交換《こうかん》しない？　あたしいちばん前だよ、居眠《いねむ》りできない」

電車内から一緒《いっしょ》だった朱音《あかね》が自分の机を指さして困り顔で言う。

「居眠《いねむ》りするな。むしろ最前列でよかったと思え」

「だって物理とか数学Bとか絶対理解できなくて眠《ねむ》くなっちゃうよ！」

「なんで理系選んだんだよ！」

「みんな理系にするっていうから！」

そこで戸が開き、二人だけだった教室に他のクラスメイトたちが入ってくる。女子と男子がそれぞれひとかたまりずつの後で、駆《か》け込んできたのは詩月《しづき》だ。

「おはようございますっ」

僕らを見つけてぱあっと顔を輝《かがや》かせる。

「お二人とも早いですねっ！　私も明日からもっと早く来ますね」

それから詩月《しづき》は自分の机——窓際《まどぎわ》の前から三番目に鞄《かばん》を置き、いきなり頬《ほお》ずりする。

「私、今日ほど自分の百合坂《ゆりさか》という苗字《みようじ》に感謝したことはありません。《村瀬《むらせ》》とこんなに近いなんて！　一つ右の三つ後ろの席から真琴《まこと》さんが授業中ずっと見つめてくださるなんてっ」

「見つめねえよ。黒板見るよ」

「どうしてですか、こんなに近いのに！」言うほど近いか……？

「あたしと席交換《こうかん》する？　真ん中へんだから自然と真琴《まこと》ちゃんの視線突《つ》き刺《さ》さりまくりだよ」

「いいんですかっ？　ぜひぜひお願いしま——」

朱音《あかね》が指さす席を見た詩月《しづき》、すっと冷静になる。

「最前列はちょっと。授業中五分に一回は真琴《まこと》さんを振《ふ》り返《かえ》ると思いますので、先生に注意されてしまいます」

「授業聞けよ！　なんのために学校来てんの？」

「真琴《まこと》さんに逢《あ》うためですけれど」

断言された！　もうつっこみ無理！

「おはよう。朝からずいぶん騒《さわ》がしいけれど」と背後から声をかけられる。

「凛《りん》ちゃん！　おはよう」「おはようございます凛子《りんこ》さん」

振《ふ》り向《む》くと、登校してきたばかりの凛子《りんこ》が僕の三つ向こうの席に鞄《かばん》を置くところだった。

「授業中も合法的に村瀬《むらせ》くんと見つめ合いたいなら良い案があるのだけれど」

「もう言葉の響《ひび》きがすでに違法《いほう》なんだが」

「黒板を鏡張りにするとかですか。それなら私も検討はしましたけど」

「怖《こわ》ッ？　なんでうちのクラスだけ容疑者面通しされてんの？」

「そうじゃなくて村瀬《むらせ》くんが教壇《きょうだん》に立てばいいの」

やめてくれ。僕は実際に去年の一学期に何度か音楽の授業で教壇《きょうだん》に立ったことがあるので冗談《じょうだん》に聞こえなかった。

しかし詩月《しづき》が不安そうな顔で凛子《りんこ》に言う。

「待ってください凛子《りんこ》さん、教師と生徒というのは倫理《りんり》的に問題が……」

「倫理的《りんり》には問題があっても法律的には問題がないから大丈夫《だいじょうぶ》」

「そうですか。性犯罪専門家の凛子《りんこ》さんにそう言っていただけると安心です」

「すごいね真琴《まこと》ちゃん、今のやりとりつっこまないんだ」と朱音《あかね》が僕の腕《うで》をつっつく。

「口挟《はさ》んだらどうせ『教師と生徒がなにをすると解釈《かいしゃく》したんだ』とか小一時間ねちねち詰問《きつもん》されるにきまってるし」

「さすが村瀬《むらせ》くん。つきあって長いからわたしのことをよくわかっている。もう二年目だし、新鮮味《しんせんみ》を出さないといけないかも」

「やばいね凛《りん》ちゃんと真琴《まこと》ちゃん。ケンタッキーフライドチキンだね」

「倦怠期《けんたいき》由来の危機ではない。そもそもつきあっていない」

「真琴《まこと》さんっ？　今の朱音《あかね》さんの苦しいボケはすぐ読み取れるのにどうして女心の機微《きび》は読み取れないんですかっ？」

「いや知らんけども？」

「すごいな……」「いつもああやってネタ合わせしてんのか」「毎朝これ見られるのか」

いつの間にかまわりに集まっていたクラスメイトたちがひそひそと言い合っている。ネタ合わせじゃありません。うちはコミックバンドではないので！

そうこうしているうちに予鈴《よれい》が鳴り、僕らはあわててそれぞれの席につき、鞄《かばん》を開いて教科書とノートを机に移し始める。

しかし、と教室を右端《みぎはし》から左端《ひだりはし》まで見渡《みわた》して思う。

四人全員同じクラスとはね……。

買ったばかりの真新しい教科書の表紙の感触《かんしょく》を手のひらで探《さぐ》りながら、僕は一昨日の始業式を思い返した。

＊

うちの高校は一年生の年度末に文理選択《せんたく》があり、それに応じて二年生進級時にクラス替《が》えが行われる（二年から三年はそのまま持ち上がり）。一学期の始業式の日、玄関口《げんかんぐち》入ってすぐのところの掲示板《けいじばん》に新クラス分けが張り出されるのだ。当然、ものすごい人だかりになるため、登校して上履《うわば》きに履《は》き替《か》えた僕は黒山を見渡《みわた》して途方《とほう》に暮れた。

「あたしが見てくるよ。待ってて」

一緒《いっしょ》に登校してきた朱音《あかね》が言って、人垣《ひとがき》の間ににゅるっと入り込んでいった。小柄《こがら》だとそういう芸当ができるのだ。やがて掲示板《けいじばん》の足下《あしもと》あたりで声があがる。

「あたし一組！　あっ、やったよ真琴《まこと》ちゃん同じクラス――ぇえぇっ？」

朱音《あかね》の声が素《す》っ頓狂《とんきょう》に裏返った。

人の海を泳ぎ戻《もど》ってきた朱音《あかね》は口をぱくぱくさせて報告する。

「たいへんたいへん！　みんな！　いっしょ！　凛《りん》ちゃんも！　しづちゃんも！」

そのときちょうど凛子《りんこ》も詩月《しづき》も登校してきて僕の背中を見つけて駆《か》け寄《よ》ってきたところだったらしく、驚《おどろ》きの声が重なった。

体育館での始業式後、僕らPNOの四人は新担任の猪狩《いかり》先生に呼び止められた。猪狩《いかり》先生はプロレスラーみたいな体格で常時ジャージ着用で新入生から必ず体育教師だと間違《まちが》われることで有名な数学教師だ。

「職員会議でさんざん話し合って、おまえたち四人は同じクラスにまとめることにしたんだ。ちょうどよく全員理系選択《せんたく》だったし」

ちょうどよく、ではなく、僕が理系にすると言ったら三人全員が合わせてきたのだけれど。

「おまえたちは、その、なんだ、……問題、起こしそうだろ？」

ひどく言いにくそうに猪狩《いかり》先生は言う。凛子《りんこ》は目を見開き、詩月《しづき》は口元を両手で押さえ、朱音《あかね》はぴいんと背伸《せの》びをした。先生はあわてて続ける。

「いや、おまえたちが問題児だって言ってるわけじゃなくてな。有名人だろ。なんか色々トラブルあるかもしれないだろ。ファンが学校押しかけたりとか」

「……まあ、ないとは言えないですが……」

「発生箇所《かしょ》はひとつにまとめた方が対策しやすいから、ってことだ」

「はあ。お手数おかけします」

実に反応に困る事情説明だった。そこで朱音《あかね》が横から言う。

「つまり担任になってくれた猪狩《いかり》先生は問題児専門のエキスパートってこと？」

「ちがうわ！　新二年生の担任の中でな、おまえたちの動画とか観《み》たことあるのが俺しかいなかったんだ！　あっ、つってもサブスクしかしてないからな、投げ銭とかやってないぞ？　ライヴもチケット二連続取れなくてもうあきらめたからな？」

めっちゃＰＮＯファンだった。いつも御贔屓《ごひいき》にありがとうございます。

僕は猪狩《いかり》先生の半歩後ろに控《ひか》えた小柄《こがら》な女性教員に目を移す。

「じゃあ小森《こもり》先生が副担任なのも僕らのせいですか……？」

「わたしは進路指導のためかな！　ほら冴島《さえじま》さんが音大志望だから」

そう、なんと副担任は小森《こもり》先生なのであった。凛子《りんこ》の進路相談にはたしかに便利だ。

「他にもあと二人、音大志望の子がいて、一組にまとめちゃったの。がんばるね！」

＊

かくして、これから卒業までの二年間、どっちを向いても見慣れた顔の学校生活とあいなったわけだ。

授業が始まってみると、詩月《しづき》がこっちを振《ふ》り返《かえ》るのは一時間に三回くらいだった。

まあ許容範囲《はんい》――とか思えてしまう時点ですでに感覚がおかしい。ずっと前向いてなさい。

にこにこ笑ってたまに手まで振《ふ》ってくるのでまわりの生徒たちがひどく気にしている。

とはいえさすがに席を立ったり話しかけてきたりまではしなかったので、教師には咎《とが》められることがなくなんとか昼休みを迎《むか》えた。

購買《こうばい》に寄ってパンを買い、音楽準備室に顔を出すと、小森《こもり》先生が淹《い》れたお茶が香り、先に来ていた凛子《りんこ》と詩月《しづき》と朱音《あかね》がそれぞれの弁当を広げている。一年生のときとまったく同じだ。

「もう数学Bいきなりわかんないんだけど！　一般校《いっぱんこう》ってなに！　うちの学校って一般校《いっぱんこう》だったよね？」

「そうじゃなくて一般項《いっぱんこう》です。要するに各項の値《あたい》を出す式のことで」

なんであれだけ気もそぞろだった詩月《しづき》の方が授業内容を理解できてるんだ……？

「あ、村瀬《むらせ》君も玄米茶《げんまいちゃ》でいい？」と小森《こもり》先生が僕のマグカップを出してくる。

「はい、ありがとうございます」

凛子《りんこ》の隣《となり》に腰《こし》を下ろす。いつもの昼食風景だ。

……と思いきや、ドアにノックの音がする。

「お邪魔《じゃま》します！」

深々と一礼して入ってきたのは伽耶《かや》だった。

「お昼休みはみなさんいつもここに来ていると聞いて……」

「伽耶《かや》ちゃん！　いっしょに食べよ！」

朱音《あかね》がぴょんと立ち上がり、音楽室から追加の椅子《いす》を持ってきて自分の横に置いた。先生もあわてて棚《たな》の奥を探《さぐ》ってマグカップを取り出す。

「わたしたちは大歓迎《だいかんげい》なのだけれど、いいの？　伽耶《かや》」と凛子《りんこ》が言う。「入学直後はクラスで友人を作れるかどうかの大切な時期でしょう」

「そっ――」

伽耶《かや》は弁当箱を握《にぎ》りしめたまま椅子《いす》の上で固まってしまった。

「――そうでしょうか。そうですよね……」

「べつにクラスに戻《もど》れと言っているわけではなくて。あなたが必要ないと判断しているならそれでいいの。わたしたちもそうだし」

あいかわらず冷淡《れいたん》でリアリスティックな凛子《りんこ》だった。伽耶《かや》はうつむいてつぶやく。

「……クラスメイトと、なに話したらいいのかわからないんです。……考えてみたら中学生のときからずっとそうで。みんなからも壁《かべ》作られてるみたいで」

そりゃそうだろう。色んな面でまばゆすぎる。僕がもし普通《ふつう》のクラスメイトなら話しかけるどころか近づくのも無理だ。

「中学はまだ、同業の子もけっこう通ってて、それなりに話のきっかけもあったんですけど。ここはもうほんとに普通《ふつう》の学校じゃないですか。音楽とかお仕事とかそういうの抜《ぬ》きで、なんてことない雑談する、っていうのがどうしても……苦手っていうか」

「わかる。あたしも無理」朱音《あかね》がけらけら笑った。「だいたいあたし入学していきなり不登校してたから、入学直後にクラスでどういう会話してたのか全然知らないや」

こちらに目が向けられる。

「……ああ、まあ、部活なににする？　とかそういう話が多かったかな」

「そうですね。昼休み中に勧誘《かんゆう》もよく来てましたし、一ヶ月間は仮入部期間でしたし」

「部活――ですか。先輩《せんぱい》たち、部活は……」

「入ろうとも思わなかった」凛子《りんこ》が素っ気なく答える。「入学してすぐのわたしは心が荒《すさ》んでいたからそれどころじゃなかったし」

「私は華道《かどう》部にたまに顔を出してましたけれど、部員ではなくてゲスト講師みたいなもので。それに、いつも来てくださっていた師範《せんせい》とは流派がちがうので、あんまり私が出しゃばると良くないと思って、最近は全然です」

「僕……は、一応音楽系は全部見てまわったけど。吹奏楽《すいそうがく》と軽音と合唱部。どこもなんかちがうかなって思って。あの頃《ころ》は家でひとりでシーケンサいじってるのが楽しかったし」

「あはは！　全員帰宅部！」と朱音《あかね》が足をばたつかせて笑う。

「いいんじゃないの、帰宅部でも」小森《こもり》先生がのんびり言った。「部活やってないと高校生活充実《じゅうじつ》してない、みたいな風潮どうかと思うよね」

全面的に同意だった。だいたい今はもうバンドが忙《いそが》しくて部活どころではない。

「伽耶《かや》ちゃんも部活してるひまなんてないんじゃないの。モデルの仕事とかもまだ続けてるんでしょ？」と朱音《あかね》が弁当箱を開けながら訊《たず》ねる。

「はい。バンドもありますし、授業もついていけるかどうか不安だし、……その、部活の雰囲気《ふんいき》みたいなのにはちょっと憧《あこが》れもあるんですけど、入りたい部というのも特になくて」

「ここが部活みたいなもんだしね。お昼食べながら打ち合わせできるし」

「ほんとは、あんまりよくないんだけどねえ」と小森《こもり》先生は苦笑《くしょう》する。「一応、教員用の部屋だし、生徒には見せちゃいけないものとかしまってあったりするし」

「でも先生はわたしたちがお昼に来なくなったらさみしいでしょう」

凛子《りんこ》は完全に上からの口調で言う。

「うん、さみしい……」

あなたもそうやって生徒に対して正直過ぎるから色々と心配なんですよ。

「じゃあいっそ、ほんとうに部活にしてしまって、小森《こもり》先生に顧問《こもん》になってもらうというのはどうですか」

伽耶《かや》が先生や僕の顔をうかがいながら遠慮《えんりょ》がちに言う。

「部にするとしたらなに部なんでしょう」と詩月《しづき》。「たしかまったく同じ部は作れないんですよね。軽音がすでにありますから……」

「活動が同じでも男女に分かれているのがあるよね、だから女子軽音部とか」

「男子ここにいるんだが」出てけってことなのか？

「真琴《まこと》ちゃんは染色体《せんしょくたい》が一本ちがってて性自認《じにん》が男で特別イベントのとき以外はメンズを着てるってだけじゃないの？」

「だからそれを男子っていうんだよ！」

「真琴《まこと》さんがもし男でも私の想《おも》いは変わりませんから……」

「もし、って言うな！　僕の性別も変わりませんから！」

「染色体《せんしょくたい》？　えっ、あの、なにかそういう検査とか必要なんですか、この部屋は」

ほらPNOの悪ノリについていけてない伽耶《かや》がめっちゃ混乱してるだろ。自重してくれ。

「伽耶《かや》。部活にしたら村瀬《むらせ》くん目当てに女の子がどしどし入部してくるけど、いいの」

「あっ、だ、だめっ！　だめです！」

伽耶《かや》は赤くなって両手をばたばたさせた。

「あはは。どっちみち、わたしはもう吹奏楽《すいそうがく》の副顧問《ふくこもん》もやってるし合唱部の方も指揮指導頼《たの》まれてるし、これ以上はちょっと無理なんだけどね」

小森《こもり》先生がまともな発言をして一撃《いちげき》でその場を収める。

「去年はいきなりの中途《ちゅうと》採用だったし、ちょっと甘く見てもらってたけど、今年は副担任も任されたし教師らしくしないとね！」

教師らしく、とか言いつつ生徒といっしょに準備室でランチをしているのはどうかと思ったけれど黙《だま》っておく。小森《こもり》先生の教師らしくなさは僕にとってもありがたかった。

「先生、たしか先輩《せんぱい》たちのクラスなんでしたっけ」

伽耶《かや》が弁当箱を開きながら訊《たず》ねる。

「うん。緊張《きんちょう》してるけど、楽しみ。修学旅行とかついていけるし！」

「いいなあ、みんな同じクラス……」と伽耶《かや》はさみしそうな顔でうつむく。

「伽耶《かや》ちゃんもうちのクラス来ればいいんじゃない。真琴《まこと》ちゃんと入《い》れ替《か》わるの。髪《かみ》の色似てるからいけるでしょ」

「髪《かみ》の色以外なにもかもちがうだろうが」

「そんなことないですよ。髪《かみ》の色も、ベーシストだというところも、かわいいところも同じです。区別つかないかもしれません。ちがうところを探す方がたいへんです」

詩月《しづき》がまた変なこと言い出すし……。

「うーん、伽耶《かや》ちゃんと真琴《まこと》ちゃんのちがうところか」

朱音《あかね》が眉根《まゆね》を寄せる。考え込む必要もなくいくらでもあるだろうが。

そこで凜子《りんこ》がぼそっと言った。

「胸」

「そういえば伽耶《かや》ちゃんのせいでだいぶ平均値上がったね」

「中央値は上がっていない」

「理系っぽいこと言ってる！　ええと、中央値って、ああそうか半数が貧なのは変わってないから――」

二人のやりとりがなぜか脇《わき》の小森《こもり》先生を痛撃《つうげき》。先生は震《ふる》える声で言う。

「……冴島《さえじま》さん宮藤《くどう》さん、わたしたちはお茶じゃなくて牛乳にしようか……」

めっちゃダメージ受けてる。朱音《あかね》は頰《ほお》をふくらませて言った。

「牛乳は迷信《めいしん》だよ！　あたし毎日飲んでるけどBのままだもん」

悲愴《ひそう》な発言が飛《と》び交《か》うので伽耶《かや》は両腕《りょううで》で胸を隠《かく》すようにして縮こまる。

「あ、あの、なんていうか、すみません……」

「伽耶《かや》さん、謝ってはいけません！　堂々と胸を張ってください！」

「でも胸を張ったらますます――あっ、いえ、なんでもないです……」

なんなんだよこの場？　もう逃《に》げ出《だ》したくなってきたよ！

　その日最後の授業は選択《せんたく》科目の情報科学だった。コンピュータ室で行われるプログラミング実技中心の科目で、バンドメンバーの中で選択《せんたく》していたのは僕だけ。学年最初の授業なので、ざっとしたレクチャーにとどまった。

　チャイムが鳴り、放課となる。荷物をまとめてコンピュータ室を出ようとした僕を呼び止める声があった。

「村瀬《むらせ》、ちょっといいかな？　顔貸してくれない？」

　同じ一組の小渕浩平《おぶちこうへい》だった。音楽祭のカンタータでも入学式の校歌合唱でもメンバーに入っていたので、まあまあ知った仲だ。

「うちの部長が、頼《たの》みたいことがあるって。そんなに時間とらないから」

　部長。たしか小渕《おぶち》は軽音部だったはずだ。

「いいけど、頼《たの》みたいことって？」

「それは、うん、部長に聞いて。ほんとすぐ済むから」

　なにやら言いづらそうな小渕《おぶち》の様子が気にかかった。

　連れて行かれたのは三年六組の教室だった。生徒は五人くらいしか居残っておらず、そのうちの一人、短髪《たんぱつ》で背の高い女子生徒が小渕《おぶち》と僕を見つけて立ち上がり、手を振《ふ》ってくる。この人が軽音部長なのだろう。腕《うで》も脚《あし》もひょろりと長く、強い風で折れてしまいそうな稲穂《いなほ》を思わせる頼《たよ》りなさだった。

「小渕《おぶち》、連れてきてくれたんだ、ありがと！」

　女子生徒はこちらに寄ってきて僕にぎこちない笑顔《えがお》を向けてくる。

「村瀬《むらせ》君、ええと、はじめまして。姫川《ひめかわ》です」

僕は小さく頭を下げ、姫川先輩《ひめかわせんぱい》の顔をそれとなくうかがう。

今さら思い出したことではあるけれど、僕は軽音部に少々負い目があるのだった。去年の文化祭の件だ。出演希望が殺到《さっとう》していた中夜祭ライヴの時間を、僕らPNOが独占《どくせん》してしまったのである。軽音所属バンドも当然出たがっていたはずだ。生徒会執行《しっこう》部の一存だったとはいえ罪悪感ゼロというわけにもいかない。

ひょっとして今日の用件って、それ絡《がら》みだったりして……？

「それで、村瀬《むらせ》君、ええと。突然《とつぜん》なんですが」

姫川先輩《ひめかわせんぱい》の方も、たいへん話しづらそうだった。視線も合わせようとしてはそわそわとあちこちに逃《に》がしている。

「あのですね。……軽音、入ってくれたり……は、しない、……よね？」

僕は目を見開く。

「え？　……いや、……あの、バンドで忙《いそが》しいので、ちょっと」

「あ、ああ、うん、わかってる！　そうだよね、もちろんね！」

姫川先輩《ひめかわせんぱい》は盛大《せいだい》に照れ笑いして手を振《ふ》った。

「でもぉ、ううん、一週間だけ限定で入部とか、……だめかな」

「は？　いや、あの、どういうことですか」

隣《となり》で聞いていた小渕《おぶち》も苦笑いでフォローを入れてくる。

「先輩《せんぱい》、普通《ふつう》に話した方が――」

「ああそう、そう！　そうだよね。ごめんなさい。あのぉ、ほら、来週、オリエンテーションあるでしょ？　新入生歓迎《かんげい》的なやつの」

「ああ、はい。来週でしたっけ」

入学直後の一年生たちを体育館に集めて、それぞれの部が舞台《ぶたい》で自己紹介《しょうかい》パフォーマンスをみせるという行事が毎年あるのだ。といっても、去年の僕はちょうどその日急な腹痛で休んでいたので、どんな雰囲《ふんい》気《き》の催《もよお》しなのかよく知らない。

「弱小文化部が部員を集めるためには、ほんとに重要なイベントなの」

切実そうに力を込めて先輩《せんぱい》は言う。それはそうだろうな、と思う。特に音楽系は演奏をそのまま新入生に聴《き》かせられるわけだし。

「で、うちは、去年あんま入ってくれなくて」と先輩《せんぱい》は肩《かた》を落とす。「それに、一個上の人たちはみんな上手《うま》かったんだけど卒業しちゃったし、今年すごい不安で……。それで村瀬《むらせ》君とかPNOの人たちとか、オリエンテーションのステージだけでいいから、いっしょに演《や》ってくれないかなあって思って……」

ようやく話が見えて、僕はうなずいているんだか首を振《ふ》っているんだか自分でもよくわからないしぐさをした。

なんとも返答に困る話だった。

「いや、僕らがプレイしたとして、それは軽音のプレイじゃないわけで、だめじゃないですか。部活紹介《しょうかい》なんですよね」

「う……」

姫川先輩《ひめかわせんぱい》は言葉に詰《つ》まる。泣きそうな気配すらある。

そこで小渕《おぶち》がまた横から言った。

「そう、そうですよ先輩《せんぱい》。今の俺らの活動を見てもらうために演《や》るんだから。それにほら、村《むら》瀬《せ》たちに頼《たの》んでプロ級の演奏なんて聞かせたら新入生かえって引いちゃいますよ、あんなレベルじゃなきゃだめなのか、なんて思われたりして」

「……そう……そうかぁ。……そうですね……」

縮んでいく姫川先輩《ひめかわせんぱい》を見ていると申し訳なさが募《つの》る。いたたまれなくなっている僕を察したのか小渕《おぶち》がことさら明るい声で言った。

「じゃ、村瀬《むらせ》、ありがとう。わざわざごめんな、忙《いそが》しいのに」

先輩《せんぱい》また後で、と言い置いて小渕《おぶち》は僕をさっさと三年六組から連れ出した。展開の速さに頭がくらくらしてきた。

廊下《ろうか》を歩きながら小渕《おぶち》が言う。

「無茶なこと頼《たの》んで悪かった。先輩《せんぱい》がさ、プレッシャーでパニクっちゃって、ＰＮＯに頼《たの》もうとか言い出して、村瀬《むらせ》からきちんと断ってもらえれば目が醒《さ》めるかなって思って」

「……ああ、うん、そういうことね……」

僕が断るのが前提だったから『すぐ済む』と言っていたわけだ。胸《むね》の奥でまだじくじく疼《うず》いている罪悪感をどこにおさめればいいのかわからなくて困る。しかしあんな申し出、引き受けるわけにはいかない。

「だいたいさ、曲目もメンツも決まってて、今までずっと練習してきてんのに、一週間前にいきなりあんなこと言い出されてもな」

「なに演《や》るの」

「『白日』。King Gnu の」

うわあ——と声に出しそうになった。鋭《するど》く察した小渕《おぶち》が苦笑いを浮《う》かべる。

「いや、わかってるよ。なんであんな難しい曲にしちゃったんだろう、ってみんな言ってる」
二、三回聴《き》いたことがあるだけだけれど、ノリがつかみづらく、アレンジも複雑でギターも音作りがかなり独特で、これはキャッチーなメロディと裏腹にとんでもない難物だぞ、と感じたのを憶《おぼ》えている。
「あはは。うん、でも、新入生がみんな知ってるような曲にしないと、だしね」

「それもあるけど、やっぱり演《や》りたい曲演《や》りたいじゃん」

変な言い回しの分、言いたいことが強く伝わってきた。やりたいからやりたい。

「小渕《おぶち》はパートなに？　ギター？」

「あー。俺は、ギターだけど、オリエンテーションのステージには出ないんだ。三年生にもっと上手《うま》い人がいるから。一曲しかできないんで、一番上手《うま》いメンバーだけで演《や》るの」

現在の軽音部員は十一人。部内に三つのバンドがあるのだという。

新入生オリエンテーションは全クラブが自己紹介《しょうかい》パフォーマンスを披露《ひろう》するので、それぞれの持ち時間はたったの五分。いわゆる《一軍》のバンドで勝負をかけるのだとか。

「それじゃつまんなくない？」

「しかたないよ。一曲勝負だから。音楽室でやる方の新歓《しんかん》ライヴは全員出れるし、まあ」

新入生歓迎《かんげい》ライヴにまで足を運んでくれる人というのはすでに軽音に興味を持ってくれているわけで、まったくのフラットな状態の新入生全員に演奏を聴《き》かせられるオリエンテーションの方がやはり何倍も重要なステージではないかと思う。

僕がもし軽音部員なら——と考える。たとえ自分が二軍三軍バンドのメンバーだったとしても、裏方でもなんでもいいから、なにかしらそのステージに関わりたいだろうな。

小渕《おぶち》と別れ、玄関《げんかん》口に向かう間も、僕はなんとなく軽音部について考え続けていた。部活動となるとマネジメントもたいへんなんだろう。新入部員が増えたら増えたで、希望するパートと編成に必要なパートとのすりあわせをしなきゃいけないし。吹奏楽《すいそうがく》部や合唱部とちがって全員いっしょに同じステージに立てないから演奏会のプランも難題だ。

ロックバンドって実は部活動に向いていないのでは、とまで思う。

そう考えると、つくづく自分の幸運が身に染《し》みる。

すべての巡《めぐ》り逢《あ》いがぴったり噛《か》み合《あ》って、パラダイス・ノイズ・オーケストラを組み上げることができたのだから。

＊

その夜、風呂《ふろ》から上がってバスタオルを頭からかぶったままベッドに腰掛《こしか》けてしばらくぼんやりしていると、スマホが着信音を吐《は》いた。

窪井《くぼい》拓斗《たくと》さんからだった。びっくりしてベッドに正座し、通話に出る。

『デモテープ聴《き》いたが』

挨拶《あいさつ》もなしにいきなり言う。

「え？　あ、はい、一昨日送ったやつですか」

先月、拓斗《たくと》さんに作曲を依頼《いらい》されたのだ。四月に入ってなんとか身辺が落ち着いたので仮アレンジと歌入れを済ませて送信したのが一昨日のこと。

『なんつうか、まあ、……よくできた曲だな』

「……はあ。ありがとうございます」

『褒《ほ》めてねえよ馬鹿』

あいかわらずこの人との会話は難しすぎる。今のが褒《ほ》め言葉じゃないのか。

『なまじよくできてるから、出資者のおっさんたちが大喜びで、この曲でいこうなんて口を揃《そろ》えて言いやがる。いい迷惑《めいわく》だ』

「ええと……はい、その……すみません」

謝るべきことなのかもよくわからない。つまり、曲はボツってことだろうか？

『俺のダンス動画観《み》て書いただろう、あの曲』

「それはもちろん。だって拓斗《たくと》さんが歌って踊《おど》るための曲ですよね」

『ためしにてきとうな振《ふ》り付《つ》けをあてて踊《おど》ってみた。動画シェアするから観《み》ろ』

ＰＣの方でメールを受け取り、ＵＲＬを開いた。

スタジオらしき殺風景な部屋に、タンクトップ姿の拓斗《たくと》さんが映り込む。曲はすぐに始まった。拓斗《たくと》さんのステップに合わせてしなやかに渦巻《うずま》き、ほどけ、宙を泳ぐ両腕《りょううで》が、季節を移ろう花々のようだ。デモのための一発録《ど》りだとは思えないほどゴージャスに聞こえ、自分の曲であることも忘れそうになる。

『観《み》たか？』

電話口で拓斗《たくと》さんの声がして、僕は我に返って動画を停《と》めた。

「……え、ええ。はい。……すごいですね。このままでもかなり形になってます」

『自分でもわかってンだろ。曲はよくできてるって』

「……はい。よくできてると思ったから送ったんですけれど」

『だからそういうのは求めてねえ。俺のダンスとかステージワークにぴったりはまる曲を書けるやつなんて、ロンドンで探せばいくらでも見つかる。おまえに求めてんのはもっとべつの、違和感《いわかん》があるやつだ』

「違和感《いわかん》って……具体的にどういう」

『具体的に俺が言えるならおまえに頼《たの》んでねえよ』

僕は頭から毛布に潜《もぐ》り込むしかなかった。どうしろっていうんだ。進めもしないし戻《もど》れもしないじゃないか。

『おまえさ、……なんか、緩《ゆる》んでないか？』

いきなり拓斗《たくと》さんにそう言われ、僕は毛布の中でスマホを両手で包み込んで固まった。

「……なんですか、緩《ゆる》んでるって」

『なんとなくそう見える』

「えええええ……ううううん……」

曖昧《あいまい》で感覚的な言葉ばかりで責められ、僕はだいぶこたえていた。

『丸くなったりすンなよ。音楽に関して頭おかしいのがおまえの取り柄《とえ》なんだからな。急がなきゃいけない話でもないんだ。おっさんどもはさっさと起《た》ち上《あ》げたがってるが、ものがよくなきゃどうしようもない。こっちがぶっ壊《こわ》れるようなのを送ってこい』

言いたい放題の後で拓斗《たくと》さんは通話を切った。

僕は枕《まくら》に顔を押しつけ、しばらく息を殺していた。

むちゃくちゃ失礼なことを言われまくったが、引っかかっているのはそこじゃなかった。

緩《ゆる》んでいる、というところだ。

言われた直後はなんだそりゃとしか思えなかったけれど、拓斗《たくと》さんの声が途切《とぎ》れて少し冷静になると、なんとなく——わかる気がする。

今、重荷になるものがなにもない。

マネージャーは見つかった。伽耶《かや》も無事に合格した。卒業お祝いライヴも演《や》り通《とお》せた。そしてなによりも、華園《はなぞの》先生が戻《もど》ってきた。

色んなことが綺麗《きれい》にぱたぱたと片付いてしまい、縛《しば》るものも、のしかかってくるものもなくなって、手も足も自由に動かせる。緩《ゆる》んでいる、といえるのかもしれない。どこにでも行けるようになると、どこにも行かなくなる。

だからって、どうすればいいのかはわからない。だいいち拓斗《たくと》さんがなんとなくそう思っているだけで、完全な気のせいかもしれないのだし……。

そういえば、と思い出して、毛布を引きずりながら机に戻《もど》った。

もう一件の仕事の方も返事が届いていた気がする。メーラを再び開くと、黒川《くろかわ》さん経由で邦《くに》本《もと》さんからのメールが転送されてきていた。

邦本《くにもと》さんは、先月の中頃《なかごろ》にキョウコ・カシミアからの紹介《しょうかい》で僕に作曲依頼《いらい》をしてきた音楽プロデューサーだ。後で仕事歴を調べてみたら、日本の名だたるアーティストたちの傑作《けっさく》を数え切れないほどプロデュースしてきた超《ちょう》大物だったので、できあがったデモ音源を送るときはめちゃくちゃ緊張《きんちょう》した。

メールを開いてみると、丁寧《ていねい》な文面で、さっそく三曲もありがとうございます、聴《き》かせていただきました――と綴《つづ》られている。

提出した三曲のうち、二曲目が採用。

その後は、あらためて金銭面の話や権利の話などが具体的に説明されている。

僕はメールを最初から読み直し、うなる。はじめての、『仕事』としての音楽が形になりそうだということは、たしかに嬉《うれ》しい。しかし。

二曲目なのか。意外だった。いちばんの自信作は三曲目で、一曲目もまあ有りかな、というくらいの感触《かんしょく》。二曲目は、なんというか、やる気があるところをみせるためだけに添《そ》えた捨て曲だった。まったく力を入れずに作ったので、色々と薄《うす》い。ダンスユニット用の曲なのでその方がいいのかもしれないけれど。

拓斗《たくと》さんのせいで湧《わ》き起こったもやもやは、おさまるどころか喉《のど》のあたりまでせり上がってきていた。

なんだろう、これ。僕の身体《からだ》の、どこにあるどんなネジが緩《ゆる》んでしまったんだろう？

こんなとき、できることはひとつしかない。ヘッドフォンをかぶるのだ。

Apple Music の検索窓《けんさくまど》で点滅《てんめつ》するカーソルをしばらく見つめた後で、ふと思いついた。

『白日』。

銀紙をこすりあわせるような、乾《かわ》いているのになめらかな光沢《こうたく》のある歌声が、エレクトリックピアノの恍惚《こうこつ》とした響《ひび》きを引き連れて耳に流れ込んでくる。僕は椅子《いす》の背もたれに身を預けて、転がり始めるもどかしいビートに意識を沈《しず》めた。

＊

翌日の放課後、僕ははじめて軽音部の演奏を耳にすることになった。

その日は凛子《りんこ》と伽耶《かや》に用事があってスタジオ練習がなしだったので、まっすぐ帰って拓斗《たくと》さんのための曲を練り直すつもりだった。けれど授業が終わってすぐ、小森《こもり》先生が僕に泣きついてきたのだ。

「授業計画もう一度ぜんぶ洗い直したいの、去年は華園先輩《はなぞのせんぱい》が準備してくれてたやつをそのままなぞってただけだし、学年のはじめから全部ひとりでやるなんて、緊張《きんちょう》するから！　村瀬《むらせ》君お願い手伝って！」

教師にあるまじき必死で不安そうな顔で言われては、むげにできない。

これを聞きつけた詩月《しづき》が、「あっ、じゃあ私もご一緒《いっしょ》します!」と寄ってきた。

「私も音楽選択《せんたく》ちょっと不安で。授業計画ってどんな感じなのか見ておきたいです」

一年生時は書道選択《せんたく》だった詩月《しづき》も、宣言通り二年生から音楽選択《せんたく》に変えていた。といっても、高校の音楽の授業なんて特に難しいところもないはずで、たぶん僕がおたおたする小森《こもり》先生をどう扱《あつか》うのか見てみたいという好奇心《こうきしん》だろう。

音楽準備室で先生と詩月《しづき》と僕が額をつきあわせて授業資料のチェックをしていると、音楽室につながるドアの方からドラムスの音が聞こえてきた。

詩月《しづき》が手を止めてぱっと顔を上げる。

「これ……このドラムス……」

詩月《しづき》がドアに身を寄せてつぶやく。

「あのグレッチですよね？　使ってもらえてるんですね」

分厚い金属ドア越《ご》しにちょっと聴《き》いただけでわかってしまうのがすごい。リズムパターンの練習が始まると、僕にも確信できた。音楽資料倉庫の奥で眠《ねむ》っていた、グレッチのヴィンテージセットだ。僕と詩月《しづき》が出逢《であ》うきっかけになったドラムス。

「軽音部だね。今日から音楽室でも練習することになったの」と小森《こもり》先生。「吹奏楽部《すいそうがく》にドラムセット貸してって頼《たの》んだら断られちゃったんだって。それで倉庫にあの古いやつがあったの思い出して。ちょうどよかった」

続いて、ギターアンプのゲインを最大に回したときの胸を塞《ふさ》ぐようなノイズがかすかに伝わってくる。チューニングの音、パイプ椅子《いす》のぶつかり合う音、数人の足音。たぶんそれぞれが個人練習を始めたのだろう、あっという間にカオスなやかましさが空気を埋《う》めてしまう。

「去年は軽音が音楽室でやってたこと一度もなかったですよね」と僕は小森《こもり》先生に訊《たず》ねる。音楽準備室にはずっと入《い》り浸《びた》っていたけれど、軽音と遭遇《そうぐう》した記憶《きおく》がない。

「去年までは大視聴覚室《だいしちょうかく》が軽音の練習場所だったの。でもねえ、あそこ演劇部とか映研とかも使うし。軽音は部員減ってきちゃったから発言力なくて、視聴覚室《しちょうかく》外されちゃったんだって。それで音楽室になんとかねじ込んで。っていっても週に二時間だけ」

週二時間はつらい。ほとんどなにもできないじゃないか。

「うちは吹奏楽部《すいそうがく》が強いから肩身《かたみ》が狭《せま》いんでしょうね……」

詩月《しづき》も同情をにじませた声でつぶやき、ドアに目をやる。

新入生オリエンテーションでのパフォーマンスにあそこまで必死になるのもわかる気がしてくる。部員減は練習時間減を呼び、それがまた部員減につながり――という負のスパイラル。抜《ぬ》け出《だ》すためにはなにか一発当てて風穴をあけなきゃいけない。

やがて、個人練習の音がやむ。

かすかな話し声の後、じれるような静寂《せいじゃく》があった。

歌とピアノの始まりは、ドアの厚みに阻《はば》まれてほとんど聞こえなかった。僕らに届くのは、Bメロから入ってくるベースとドラムスだけだ。それでも、なんの曲かわかる。『白日』のリズム隊は手触《てざわ》りだけですぐわかるほど特徴《とくちょう》的なのだ。

「ああ、これは」詩月《しづき》がくすぐったそうに笑う。「ずいぶん難しそうな曲にチャレンジしているんですね。楽しそう」

両手の指が膝《ひざ》の上でぱたぱた動いている。

「この曲は普通《ふつう》のハネ16ビートじゃないですね。しっかり三連を意識しないと」

「このテンポでしっかり三連ってすごく難しいけど」

「でもダンスビートのノリで叩《たた》くと途中《とちゅう》で転びますよ。ああ、私も叩《たた》いてみたいです！」

「タータタータじゃなくてタラタタラタか。ベースも全然4ビートのノリじゃないし」

「ちょっとちょっと、二人でディープなリズム隊談義してないで」と小森《こもり》先生が言うので、僕らは授業資料に意識を戻《もど》した。

しかし、どうしても軽音部の演奏が耳に引っかかる。

まあ——お世辞にも、上手《うま》くはない。

ただでさえノるのが大変な曲だ。ベースとドラムスがとっちらかっているから、その上に乗っかっているアンサンブル全部がぐらぐらになっている。

にもかかわらず、その演奏は僕の胸のどこか柔《やわ》らかい部分を衝《つ》いた。

全パートから、演りたい部分が強く伝わってくる。うんうん。そこ美味《おい》しいよな。ちょっと先走ってでも目立ちたくなるよな。ソロにシンセがかぶさるとことか。ドラムスはフィルよりもAメロが見せ場で——

小森《こもり》先生に手《て》の甲《こう》を突《つ》っつかれ、確認《かくにん》作業に目を戻《もど》した。いけないいけない。それから、授業で使う予定のDVDを実際に観《み》てみたり、合唱曲を詩月《しづき》と二人でちょっとハモってみたり、で二時間があっという間に過ぎてしまった。

気づくと、隣《となり》の音楽室からのバンドサウンドが途絶《とだ》えている。

ノックの音がして、ドアが細く開いた。

顔を出したのは、ひょろりと背が高い三年生女子。軽音部長の姫川先輩《ひめかわせんぱい》だった。

「先生、軽音の練習終わりましたんで倉庫の鍵《かぎ》を——」

姫川先輩《ひめかわせんぱい》は僕を見つけてぎょっとなって口ごもる。

僕と詩月《しづき》を見比べ、引き結んだ唇《くちびる》を歪《ゆが》め、目を見開く。僕としては小さく頭を下げるしかなかった。

「……え、え、き、聴《き》いてたの？　うちらの？」

声を震《ふる》わせる先輩《せんぱい》。見ていていたたまれない。

「……ええ、まあ、……いや、はっきりとは、ですけど。ベースとドラムスくらいしか」

表情がさらに歪《ゆが》んだところを見ると先輩《せんぱい》はベースかドラムスだったようだ。

「えええいやああ恥《は》ずかしい。プロに聴《き》かれてたなんて」

べつにそんなに恥《は》ずかしい演奏ではなかったのだけれど。こっちが困る。

「百合坂《ゆりさか》さんも？　聞こえてた？」

「はい。少しだけ。スリリングな曲でしたね！」

詩月《しづき》が無邪気《むじゃき》に言うので姫川先輩《ひめかわせんぱい》はさらに恐縮《きょうしゅく》する。

そのまま後ずさってドアを閉めるのかと思いきや、首だけドアの隙間《すきま》から出す奇妙《きみょう》なかっこうでしばらくなにやら悩《なや》み、再び準備室に踏《ふ》み込んできた。

「あの、昨日の話なんですけどっ」

切実そうに声を張る姫川先輩《ひめかわせんぱい》に、詩月《しづき》はびっくりして椅子《いす》を引く。

「たとえば、ドラムスだけとか、つまり、百合坂《ゆりさか》さんだけでも出てもらうとかできませんか。ドラムスでやっぱりバンドの音って決まっちゃうので」

詩月《しづき》は困惑《こんわく》の色いっぱいの目で僕と姫川先輩《ひめかわせんぱい》を見比べる。事情を知らないのだからしょうがない。詩月《しづき》にはあとで説明しよう、と僕は先輩《せんぱい》に向き直る。

「あの、それは、ですから、自分たちで演《や》らないと意味ないわけで、だいたいドラマーの人がかわいそうですよね、せっかくのステージなのに」

「ドラマーは私だから平気！」

そうだったのか。……いやいや、なんにも平気じゃないだろ。

「軽音の紹介《かい》なので、軽音が演《や》らないとですよ。わかってください」

姫川先輩《ひめかわせんぱい》はしょげてうなだれる。上背のある人なので肩《かた》を落として背筋を丸めるとほんとうに全身から哀愁感《あいしゅうかん》が醸《かも》し出《だ》されてきて痛ましい。

「……そう……ですね……ごめんなさい……」

消え入りそうな声を残して先輩《せんぱい》は準備室を出ていった。

詩月《しづき》がぐっと首をひねって僕の顔をのぞき込んでくるので、僕は視線の直射を手で遮《さえぎ》りつつも説明する。

「……まあ。軽音もたいへんなんですね」

話を聞いた詩月《しづき》は目を丸くする。

「自分の出番を他人に譲《ゆず》ってまで、なんて私には考えられませんけれど」

「バンドやる人なんてみんな目立ちたがりだもんね」と小森《こもり》先生。「でも軽音が必死なのもわかるな。音楽室使わせてもらえるように吹奏楽部《すいそうがく》と話し合ったとき、すごい立場低そうで縮こまっちゃってて。新入部員来ないとさらに練習時間削《けず》られちゃうかも」

「私にはなにもできることがないですけど、応援《おうえん》したいですね。あのグレッチを使ってくださっている方たちですもの」

「あのドラム、百合坂《ゆりさか》さんとなにか関係あるの？　あ、ひょっとして百合坂《ゆりさか》さんが寄付したやつだったとか？」

「いえ、そういうわけではないのですけれど。あのグレッチは――」

いったん言葉を切り、僕にちらと目を向けた詩月《しづき》は、ぽうっと頬《ほお》を染める。

「真琴《まこと》さんと私の大切な絆《きずな》ですし」

「なになにどういうこと？」

小森《こもり》先生は興味津々《きょうみしんしん》の目で机に身を乗り出してくる。答えようとする詩月《しづき》の機先を制して僕は言った。

「詩月《しづき》と知り合ったきっかけっていうだけですよ。僕が倉庫整理してて、あのドラムセットを見つけたんです。そしたら詩月《しづき》がやってきて――」

「そこから二人の甘い生活が始まったんですよね。愛を語らって、将来設計をして、ハネムーンでヴェネツィアに行って、子供は女二人に男二人に真琴《まこと》二人、それぞれお花と楽器からとった名前をつけるんです、休暇《きゅうか》は旅先でジャズフェスティバルに飛び入りしたり、家族内で二組もバンドがつくれちゃいますね、孫たちが育ったらオーケストラもできてしまうかも、歳《とし》をとったら引退してお花畑の真ん中に建つお城を買って、真琴《まこと》さんのギターやピアノを聴《き》きながら私は一日中お花をお世話して、曾孫《ひまご》たちが地球を発《た》つ日が来たら私が改良した新種の薔薇《ばら》の種をロケットに積んでもらって、最期《さいご》は夫婦《ふうふ》だけでバルコニーのカウチに並んで寝《ね》そべって、白色矮星《はくしょくわいせい》になってしまった太陽を――って真琴《まこと》さん早くつっこんでくださいませんかっ？　SFになってしまったじゃないですかっ」

「……はあ。ええと。ヴェネツィアは地球温暖化で今後厳しいらしいけど」

「もっと他につっこみどころがありましたよねっ？」

自覚してんなら自重もしてほしい。いや、僕としても話がどこまでいっちゃうのか興味が出てきて黙《だま》って聞いてたのだけれど。まさか宇宙まで行くとは。

そこで小森《こもり》先生が実に無邪気《むじゃき》そうに訊《たず》ねる。

「真琴《まこと》二人ってどういうこと？　村瀬《むらせ》君が増えるの？」

「先生、訊《き》いてくださってありがとうございます！　そこを説明したかったんです、性別には三種類あって、女と男と——」

「先生の頭のキャパは授業のために使ってもらおうよ……」

「真琴《まこと》さんっ、ほんとうにどうしてしまったんですか？　そんな、つっこみを入れているのだか先生を気遣《きづか》ってるのだかわからない言い方するなんて」

「先生を気遣《きづか》ってるんだよ！」

「でも一年生の頃《ころ》の真琴《まこと》さんはもっとこう鋭《するど》く張《は》り詰《つ》めていた気がします。新学期になってから、なんというか、緩《ゆる》んでしまったというか」

僕はぎょっとした。

拓斗《たくと》さんと同じことを言われた——。

いやいや。待て。落ち着け。

同じじゃないぞ。拓斗《たくと》さんが指摘《してき》していたのは作曲面での話で、詩月《しづき》は毎度のコントだから同列に考えちゃだめだ。

正論を自分に言い聞かせてみても、心にからみついたもやもやは消えてくれなかった。僕が言葉に詰《つ》まっていると小森《こもり》先生が時計を見上げて言った。

「あ、職員会議。二人ともありがとう！　百合坂《ゆりさか》さんの将来設計の話はまた今度聞かせてね」

小森《こもり》先生は立ち上がっていそいそと必要書類をクリアファイルに押し込み始めた。僕は首をすくめて詩月《しづき》と視線を交《か》わし、音楽準備室を出た。

音楽室では吹奏楽部《すいそうがく》が練習準備をしていた。我が校の吹奏楽部《すいそうがく》はコンクール金賞常連の強豪《ごう》なので部員も百人ちかくいて、音楽室の机はすべて壁際《かべぎわ》に押しつけられて椅子《いす》が扇状《おおぎじょう》に並べられ、金管楽器の華《はな》やかなきらめきが景色を埋《う》め尽《つ》くしていた。

「あれ、ドラムセット取《と》り替《か》えてるんですね」

詩月《しづき》が気づいて言った。

なるほど、言われてみれば、音楽室の出入り口そばにセッティングされたドラムセットは例のグレッチのヴィンテージではなく、赤いボディのパールのやつだった。

「なんであのグレッチをそのまま使わないんでしょうか、セットし直すのも面倒《めんどう》でしょうに」

詩月《しづき》が少し残念そうにつぶやきながらドアに向かう。

ドラムセットのそばを通りかかるとき、タムタムの角度を調節している二年生とスネアの張り具合をたしかめている三年生の会話が聞こえた。

「──なんで軽音が使ってたやつそのまま使わないんですか」

聞きつけた詩月《しづき》がわずかに歩く速度を落とした。けれど三年生の方がこう答える。

「だってあれ鳴らしづらくて。ぼろぼろだし音抜《ぬ》け悪いし」

詩月《しづき》の背中に電流が走ったのが見えた気がした。

「あー、まあ、そうですけど。なんか音がモアッってしちゃって」

「倉庫でずっと寝《ね》てた古いやつでしょ？　ガタきてんじゃないの」

「うちらのを壊《こわ》されたら困るから軽音にはあっちをずっと使ってもらわないと──」

詩月《しづき》は大股《おおまた》で音楽室を出ていった。僕もあわてて追いかける。

四階から三階に下りる踊《おど》り場《ば》で詩月《しづき》はいきなり立ち止まって振《ふ》り向《む》いた。

「ゆるせませんっ、私と真琴《まこと》さんの大切な絆《きずな》であるグレッチを、あんな、粗悪品《そあくひん》みたいにっ、欲しい音が出せないのは腕《うで》の問題ですっ、あんなに素晴《すば》らしいヴィンテージ品なのに！」

「……う、ま、まあ、落ち着けって」

「真琴《まこと》さんは悔《くや》しくないんですかッ？　私たちが二人で育てたドラムセットですよっ、二人のはじめての共同作業だったのにっ」

いやべつに全然、と正直に答えたら僕の胸や腕《うで》をドラムス代わりにしてBPM240くらいの超《ちょう》高速ビートを叩《たた》き始めそうな剣幕《けんまく》だった。

「軽音に使ってもらえてるんだからいいじゃないか」

「でも吹奏楽部《すいそうがく》に負けたら軽音はなくなっちゃうんですよ？」

いやそんな話はどこにも存在しないが？　なにと戦ってるの？

詩月《しづき》は僕の両手をきゅうっと包み込むように握《にぎ》って顔を寄せてきた。

「真琴《まこと》さん、吹奏楽部《すいそうがく》を倒《たお》すために軽音と一緒《いっしょ》に戦いましょう！　きっとなにかできることがあるはずです！」

だからなにと戦うつもりなんだよ？

2　校舎裏のプロデューサー

伽耶《かや》が言っていたようにもしPNOが部活なのだとしたら、その部室は学校の音楽準備室ではなく、新宿《しんじゅく》にあるスタジオ『ムーン・エコー』の六階執務室《しつむしつ》だった。スタジオのオーナーである黒川《くろかわ》さんは、今や僕らのマネージャーだ。しかも僕らを広告塔《こうこくとう》としてインディーズミュージシャン支援《しえん》会社を起《た》ち上《あ》げようとしているので、このところ毎日のように顔を合わせていた。

「いっそ寮《りょう》でも作ろうかな……」

六人も詰《つ》め込まれてさすがに狭《せま》い執務室《しつむしつ》のデスクで黒川《くろかわ》さんはミーティングの終わりにふとつぶやいた。

「私が住んでんのもこの近くにある親父《おやじ》の持ちビルだからさ。あんたらがまとめて入居してくれたらすっごい楽になる。高校卒業したら、どう？」

「お家賃はっ？」

すぐに朱音《あかね》が食いついた。

「寮《りょう》だから大サービスで、四万円。１ＬＤＫの48平米」

「相場はよくわかんないけどよさそう！」

「待って。卒業後の住居はもう目星がついている」

凛子《りんこ》が遮《さえぎ》るように言ってスマホを取り出し、全員に見えるように手のひらに置いた。

先月、僕と一緒《いっしょ》に内見に行った雑司ヶ谷《ぞうしがや》のシェアハウスの写真だった。

「女性限定のシェアハウス。主に音大生向けだけれど」

「広いですね。これスタジオですよね？　ちょっとしたライヴスペースくらいありますね。個人スペースも？　ドラムス置けますか？」

詩月《しづき》が目を輝《かがや》かせて身を乗り出す。

「寝室《しんしつ》も防音？　いいなあ。あたし寝起《ねお》きに発声練習とかしてお母さんによく怒《おこ》られたりするんだよね」朱音《あかね》も興味津々《きょうみしんしん》だ。

「雑司ヶ谷《ぞうしがや》だとうちの事務所にも近くて便利ですね！　小スタジオの方はフィットネスルームにも使えそう。すぐにでも先輩《せんぱい》たちと住みたいです。うち、学校から遠いし」

伽耶《かや》はたいへん具体的な食いつき方をする。

横から話題をかっさらわれた黒川《くろかわ》さんは気を悪くしているのでは、と思いきや――

「へえ。いいな、ここ。スタジオも住まいもうちより断然上だ。何部屋あるの、六？　じゃあ私もそっち住んじゃおうかな、ちょうど六人だし」

ちょうど六人。

なにをどう数えるとちょうど六人なんですかね？　女性限定って凛子《りんこ》が言っていたの、聞いてましたよね？　たしかに今この狭《せま》い部屋には凛子《りんこ》、詩月《しづき》、朱音《あかね》、伽耶《かや》、黒川《くろかわ》さんに僕を加えれば六人いるが、いやいや。ここで「なんで僕を数えるんですか」などと安易につっこもうものならたちまち「村瀬《むらせ》くんを含《ふく》むなんて言っていないのにそんな指摘《してき》を入れてくるということは自覚があること」なんて凛子《りんこ》に即反撃《そくはんげき》されて全員から袋《ふくろ》だたきにされるにちがいない。沈黙《ちんもく》を貫《つらぬ》く一手だ。

「村瀬《むらせ》くんも黙《だま》っているということは同居了承《りょうしょう》ということだし、寮《りょう》はここできまり」

「黙《だま》ってても同じかよっ？」

「同じってなにが？」

「ああいえなんでもありません……」

徒労感が積もっていく。もうなに言っても詰《つ》められる。

「でも、真琴《まこと》さんも一緒《いっしょ》だとひとつ問題があります」と詩月《しづき》が深刻そうな顔で言った。

「女性限定だと村瀬先輩《むらせせんぱい》はNGですよね」

PNO最後の良心、伽耶《かや》がごく当然の指摘《してき》をするが、詩月《しづき》に「いえ真琴《まこと》さんはかわいいので全然問題ありません」と言われると「そうですか。そうですよね」と引っ込んでしまう。納得《なっとく》するな！　もっと抵抗《ていこう》してくれ！

「つまり、真琴《まこと》さんも一緒《いっしょ》に住むとなると……」

そこでなぜか詩月《しづき》は口ごもって顔を赤らめる。

「……その、個室がぴったり六部屋ですから、家族が増えたときに住むところをどうするのかという問題が」

黒川《くろかわ》さんは口元を歪《ゆが》めて固まり、朱音《あかね》は詩月《しづき》と同じくらい顔を赤くして僕の方をちらちらとうかがい、凛子《りんこ》はかすかに眉《まゆ》をひそめて唇《くちびる》をすぼめ、ただひとり伽耶《かや》がきょとんとして小さく首を傾《かし》げた。

「家族が増えるというのはどういうことですか。ええと、先輩《せんぱい》たちの、姉妹《きょうだい》とかが新しく入居するかもしれないとかそういう……？」

伽耶《かや》の純真さを守るためにもここはそらとぼけて同意しておくか——と思案していたら朱音《あかね》が横から言った。

「つまりね、真琴《まこと》ちゃんは染色体《せんしょくたい》が一本ちがうでしょ」

なんでこいつこんなに染色体《せんしょくたい》の話が好きなの？

伽耶《かや》は数秒考えた後で、この場のだれよりも真っ赤な顔になった。

「……せんぱいっ、そっ、それは、わたしたちには早すぎじゃ」

「いや早い遅《おそ》いの問題じゃないけどね？」

黒川《くろかわ》さんが大きなため息をつく。

「あのな、私はあんたらの保健体育の先生じゃないからな。そういうので揉《も》めるのは他の場所でやってくれ」

「すみません。あの、入居どうこうってのがそもそも絵空事ですし、はい」

僕が謝って話を切ろうとしたところで黒川《くろかわ》さんがふと付け加えた。

「そういえば私もマコにプロポーズされてたから当事者か」

「せんぱいっ？」「真琴《まこと》さんお金なら私もっ」「えっあれ本気だったの真琴《まこと》ちゃん」

黒川《くろかわ》さんもそっち側に回らないでくれませんかねっ？

「まあ私はマコの染色体《せんしょくたい》には興味ないから仕事の話に戻《もど》るけど」

「それならわざわざ火に油を注がないでくださいよ！」

「四、五、六月は連続でうちでライヴをやってもらう。特に六月は会社のリリースだから話題集めるためにも絶対。これは前にも話したよね？」

この流れでよくもまあそんな重要なビジネスの話をさらっと切り出せるものだ。僕はバンドメンバーの顔をぐるっと見回してからうなずいた。

「はい。日取りも決まってるんでしたっけ」

スケジュール調整も黒川《くろかわ》さんが一元的に管理しているのですんなり進んだ。

「そんで、柿崎《かきざき》からの出演依頼《いらい》も来てるんだけど……」

黒川《くろかわ》さんはノートPCの画面を見て少し表情を曇《くも》らせる。

「次のフェスはうちの六月のと日付がちょうどかぶっちゃってるから、断るしかないな」

柿崎《かきざき》さん。僕らのはじめてのライヴを手配してくれた、株式会社ネイキッドエッグというイベント運営会社の人だ。黒川《くろかわ》さんとはバンド時代の知り合いだという。

「すごくお世話になってる人だから、なんとか柿崎《かきざき》さんのオファーも請《う》けたいんですけど」

「いいのいいの。そんな恩義なんて感じなくてもいいやつだから」

黒川《くろかわ》さんは軽い感じで言って手を振《ふ》る。

「それに、柿崎《かきざき》は悪いやつじゃないけど、あそこの社長がどうも胡散臭《うさんくさ》くて。前々からあんまり良い評判は聞いてなかったんだけどね」

僕らはちらちらと目を合わせる。中でも伽耶《かや》は複雑そうな顔をしている。ネイキッドエッグの玉村《たまむら》社長は、適当とか調子が良いとかでは済まされないレベルのいい加減な言動が目に余る人物なので、黒川《くろかわ》さんの言わんとしているところはよくわかる。

「でも縁切《えんき》りますとは柿崎《かきざき》さんには言いづらいよね……」と朱音《あかね》がつぶやく。

「そこは私が話をしとくよ。そういうときのためのマネージャーだからね」

心強い。マネジメントをお願いしてほんとうによかった。

「で、マコ」と黒川《くろかわ》さんは僕に向き直った。「あんたの個人の仕事も私がマネやるってことだけど、スケジュールに関係してくるからここで併《あわ》せて話していい？　それとも場所を変えた方がいい？」

「あー……いや、はい、ここで一緒《いっしょ》にやっていいですよ」

作曲依頼《いらい》の件は、べつにみんなに知られて困ることでもないしな。バンドのための曲作りが滞《とどこお》ったときなんかは、事情を知っててもらった方がいいだろうし。

二件も同時に依頼《いらい》を受けて、だいぶ難航していることを話した。

「先輩《せんぱい》もうすっかりプロですね……」

「キョウコさんに曲提供すんのっ？　あ、ちがうの？　紹介《しょうかい》？　でもすごーい！」

「その儲《もう》けはわたしたちに分配されるの？　されない。うん。でも村瀬《むらせ》くんのお金はいずれわたしのお金だし、がんばって」

「最近真琴《まこと》さんの調子が悪そうだったのは依頼曲《いらいきょく》に詰《つ》まっていたからなんですね……」

四人の反応の中で、詩月《しづき》のものが気にかかった。

「……そんなに調子悪そうに見えた？」

「はい。今日はもう四回もつっこみどころをスルーしてますし」

つっこみ具合で精神状態測るのやめてくれないかな……。

＊

とはいっても新学期に入ってから僕の調子がどうもおかしいのは詩月《しづき》の言う通りだった。

拓斗《たくと》さんに奇妙《きみょう》なことを言われたから——ではない。

考えてみれば、拓斗《たくと》さんに曲を渡《わた》す前から僕はおかしかったのだ。だって、三月中の僕はずっと音楽に集中できずにぐねぐねと悩《なや》み続けていたのだ。それが、伽耶《かや》の卒業ライヴを境にして、ぽんぽんと何曲も書けてしまった。

学校の休み時間に、スマホにイヤフォンをつないで、ここ最近の自作曲デモを順番に聴《き》いてみた。まずは邦本《くにもと》さんに提出したダンスヴォーカルグループ用の三曲。

……軽い。

三曲とも、聴《き》いていると顎《あご》のあたりの骨がすうっと中空になっていくような感じがする。不気味な軽さだ。イヤフォンで聴《き》いているせいもあるのだろうけれど。

これは、たしかに消去法で二曲目を選ぶのもわかる。

軽いなりに、いちばんまとまっている。

一曲目も三曲目も、軽すぎて、詰《つ》め込んだサウンドが空回りしている。

昼休みには、拓斗《たくと》さんのために書いた曲も聴《き》き直す。もう論外だった。なんでこんな曲を自信満々に送ってしまったんだろう。拓斗《たくと》さんがあきれるのも当然だった。

まずい。まずいぞ。寒気が押し寄せてくる。知らない間に全身の骨髄《こつずい》からなにか大切な液体が残らず流れ出していたことに今さら気づいたみたいな空恐《そらおそ》ろしさだ。原因がよくわからないのがなによりも怖《こわ》い。僕は背を丸めて教室を出ると、購買《こうばい》には行かず、音楽準備室にも足を向けず、日当たりの悪い校舎裏をさまよい歩いた。

ポケットでスマホが震《ふる》える。

朱音《あかね》からLINEが入っていた。今日どしたの？　来ないの？

みんなは今日も音楽準備室に集まっていっしょに昼食を摂《と》っているのだろう。その場に身を置いたら、否応《いやおう》もなくあの少女たちの生命エネルギーに巻き込まれ、今この手のひらの中でずるずるとぐろを巻いている違和感《いわかん》は霧散《むさん》してしまうだろう。

よくわからないけれど、これは手放してはいけない気がする。

朱音《あかね》にどう説明すればいいものか思いつかなかったので、腹が痛くて、と嘘《うそ》の返信をしたら十五秒後にこう返ってくる。

［考え事したいならそう言ってね！］

完全に見透《みす》かされている。申し訳なさが募《つの》ってスタンプすら投げ返せなかった。

お言葉に甘えて、僕はしゃがみ込み、校舎の壁《かべ》に背を預ける。まだ四月のはじめなので日陰《ひかげ》のコンクリートはしんと冷たく、僕の鼓動《こどう》をそっと吸い取っていく。なにを考えなきゃいけないのかもよくわかっていないくせに、想《おも》いと手の動きが直結しつつあった。僕の理性は肩《かた》の骨あたりに腰掛《こしか》けて両脚《りょうあし》をぶらぶらさせながら呆《ほう》けていて、その行動を止めるつもりもまったくないようだった。

スマホを右手に持《も》ち替《か》え、邦本《くにもと》プロデューサーの番号を押して耳にあてた。

忙《いそが》しい人だから出られないだろうか、と思っていたら、6コール目でつながった。

「あっ、……村瀬《むらせ》です。すみませんお忙《いそが》しいところ。……いえ、はい、学校ですけど今は昼休みで。はい。はい……あ、そのことで。はい。二曲目を、ってことでしたけれど。僕としては、一曲目が本命で三曲目もありかなって感じで二曲目のは抑《おさ》えっていうか、いちばん自信がなかったやつなので、あっ、あの、いや、邦本《くにもと》さんのチョイスが悪いっていう意味じゃなくて、自分で聴《き》き直してみたらたしかに選んでもらった曲がいちばんましで——」

電話口の向こうの邦本《くにもと》さんが穏《おだ》やかな口調で受け答えしてくれるぶん、僕の言葉は熱を帯びて上ずっていた。

「——ましっていうだけで、冷静になったら、どれも大したことなくて。あの、わざわざ聴《き》いて選んでもらっておいてほんとにごめんなさいなんですけれど、引っ込めさせてもらえませんか。もっと良い曲書きます。やり直させてください」

吐《は》き出《だ》し終えたとたん、喉《のど》に現実感が流れ込んできて、僕はぶるっと震《ふる》えた。

なに言ってんの僕？

仕事として頼《たの》まれて、OKもらってるんだぞ？　ただのわがままでひっくり返そうっていうのか？

ほんの五秒ほどの沈黙《ちんもく》が、怖《こわ》かった。

やがて邦本《くにもと》さんの苦笑《くしょう》まじりとおぼしき小さなため息が聞こえた。

『……いただいた曲も、良い出来でした。お世辞も妥協《だきょう》も無しで。デビュー曲ですから、若い四人の人生を賭《か》けてもいいと思えるものでなきゃGOサインは出せません。それだけのできばえでしたよ。でも、あれ以上のものが書ける、とおっしゃるんですね？』

「……はい」

『もうできている、とか？　メロディとコードくらいは？　それともアイディア段階？』

僕は言葉に詰《つ》まった。喉《のど》がこわばった。

「いえ、その……全然、まったくこれっぽっちも」

邦本《くにもと》さんのぶっとい笑い声が僕の耳に突《つ》き込まれた。

『いやあ、村瀬《むらせ》さん、それじゃあ「すでにOK出てる曲があるんだしそっちで行きましょう」っていわれて反論できないんじゃないですか？』

「うう……はい、ええ、その、……その通りなんですけど……」

声が情けないほど萎《しお》れていく。

『最初にお伝えした締《し》め切《き》りは今月末まででしたが、それまでにいただけるのでしたらこちらとしてはまったく問題ありません。どうですかね？』

今月末。あと二週間弱。

無理だ。絶対に無理。

だって僕、いま空っぽだもん。

「……すみません、今月中は、ちょっと無理——だと思います……」

『ではいつ頃《ごろ》くらいまでなら？』

「それは、うぅん、いつ、とは言えないんですが……思いつくかどうかなので……」

もう邦本《くにもと》さんは笑いをこらえようともしていなかった。

『最近そういう方めずらしいですよ。いや、これね、嫌味《いやみ》ではないので誤解しないでいただきたいんですが、その妥協《だきょう》のなさは実に実に、若さとしかいいようがないですね。この歳《とし》になるとまぶしいしうらやましいです』

いっそ嫌味《いやみ》を言ってくれた方が罪悪感の持っていきどころがあったのに。

そこで邦本《くにもと》さんはしばらく黙《だま》った。沈黙《ちんもく》の重みに耐《た》えかねた僕が、もうなんでもいいからひとまず謝ってしまおう、と口を開きかけたとき、まるでそれを見計らっていたかのように電話口の向こうで息を吸う音がする。

『……はい、それじゃあ、こうしましょう。こちらも仕事ですので、いつまでもお待ちしますというわけにはいかない。しかも、ちゃんとしたものをすでにいただいてます。ですからあと二ヶ月、六月末まで締《し》め切《き》りを延長しますので、今のよりも良い曲を書いてください。間に合わなければ、今いただいている曲を本採用とします。どうですか』

僕は返答に詰《つ》まった。

望外の処遇《しょぐう》だった。怒《おこ》られ、あきれられて依頼《いらい》を取り下げられたって文句は言えないようなわがままなのだ。

しかし。

『二ヶ月たって、新しいのはできていないが今のも納得《なっとく》いかないから取り下げたい、と言われると困るわけです。約束していただけないなら今ここできっぱり取りやめにしましょう』

スマホがきんと冷えて耳に張りついたように錯覚《さっかく》した。

僕は追《お》い詰《つ》められていた。最大限の温情をかけてもらったはずなのに、気分としては崖《がけ》っぷちで刃物《はもの》を突きつけられていた。間に合わなければ、あのつまらない量産型ダンスミュージックが僕の曲として世に出てしまう。あれを超《こ》える曲を、二ヶ月のうちに、空っぽの中から絞《しぼ》り出《だ》さなければ。

「……はい。わかりました。約束します」

よくやくそれだけ言えた。邦本《くにもと》さんの返す言葉はわざとらしいくらい明るい。

『滑《すべ》り止《ど》め、なんて失礼なことは思っておりませんよ。本心からです。あの曲は良い曲ですから私は今でも満足しています。その以上のもの、楽しみにしています』

電話を切った後で僕は地面に仰向《あおむ》けに転がった。濡《ぬ》れた土が制服の肩《かた》や耳の裏にくっついたけれど気にしている余裕《よゆう》はなかった。とにかく、やってしまった、という気持ちでいっぱいになっていた。

後悔《こうかい》——ではない。

何度やり直せたって同じことをしていただろう。

悔《く》やむくらいなら最初から邦本《くにもと》さんに電話していない。話を済ませた今、むしろ胸のつかえが下りて楽になっている。

しかし、それとは別の話だ。やってしまったのだ。なにか大事な糸を僕はこの手で今ぶっつりと断《た》ち切《き》ってしまったのだ。ほどかれて、回り始めてしまった。もう止められない。

あと二ヶ月。どうするんだよ？

コンクリートの壁《かべ》に問いをぶつけ、むなしいこだまを顔に浴びながら、僕はなんとか立ち上がった。

ほんとにできるのか？

自問に返ってきたのは、僕のものではない声。

――きみがなんでもできちゃうから。

――きみがやったんだよ。あたしはちゃんと知ってるよ。

何度も僕を支えてくれた、懐《なつ》かしいあの人の言葉が、そのときは胸に深く刺《さ》さって垂れ下がり、ひどく重たく感じられた。


そのまま二年一組の教室に戻《もど》ると、ちょうど戸口のところで小渕《おぶち》といっしょになった。彼は僕の顔を見て照れくさそうに頭を掻《か》く。

「昨日、俺らの練習聞いてたんだって？」

「え？　あ、ああ、うん」

「姫川先輩《ひめかわせんぱい》が、部活の後のミーティングでめっちゃテンパっててさ。PNOに聞かれちゃったって。そんなの気にしなきゃいいのに。あの人ドラムけっこう上手《うま》いと思うんだけど、なんか変なこと色々考え過ぎちゃうんだ。プレイに集中してくれたらなあ。っつっても、俺も村瀬《むらせ》たちに聞かれてるって知ってたら緊張《きんちょう》しただろうけど」

「いや、うん、ドア越《ご》しだったし、ほとんど聞こえてなかったよ」

小渕《おぶち》は苦笑《くしょう》して自分の机に向かおうとした。これから弁当らしい。

そう、ほとんど聞こえていなかったのだ。

「はは、べつに聞きたいようなもんでもないだろ」

小渕《おぶち》の肩越《かたご》しの言葉が僕のどこか脆《もろ》い部分に亀裂《きれつ》を入れた。

僕は彼の背中に駆《か》け寄《よ》っていた。気配で振《ふ》り向《む》いた顔にはかすかな驚《おどろ》きと困惑《こんわく》。

「なに。どうした」

「……ああ、いや、あの」

自分でも驚《おどろ》いていた僕は、しばらく視線をさまよわせ、それからまっすぐに見つめ直した。

彼の顔を――そして自分の気持ちを。

「練習の録音とか、ある？　ちゃんと聴《き》いてみたいんだけど」

ほんの半秒ほどの奇妙《きみょう》な間を置いて、小渕《おぶち》は口をぽかっと開いた。

「……なんで」

気の抜《ぬ》けたつぶやきが漏《も》れ出る。会話を聞いていたらしい近くのクラスメイト二人もこちらをちらちらと見ていた。僕は唾《つば》を飲み下して、いっそうはっきりした声で言った。

「聴《き》きたいんだ、軽音の演《や》ってる『白日』」

「いや、だから、なんで？　素人《しろうと》だぞ？　村瀬《むらせ》からしたらめっちゃ下手だぞ？」

うまく説明できなかったので、僕はいつもポケットに入れているイヤフォンを取り出し、丸くまとめてあるコードをほどいた。

そのときの僕は、ぬめぬめとした空虚《くうきょ》の中に沈《しず》んでいくばかりで、とにかくなにかにしがみつきたかっただけなのだ。そんな最悪の気分を、ただのクラスメイト相手にどうやって理解させられる？

小渕《おぶち》はあきらめたようにため息をつき、スマホを出した。


放課後、三年六組の教室に赴《おもむ》いた。小渕《おぶち》も心配そうな顔でついてくる。

教室の後ろの戸口から中をのぞき込み、姫川先輩《ひめかわせんぱい》の姿を探した。自分の席でドラムスティックを鞄《かばん》に突《つ》っ込んで立ち上がろうとしているところだった。

向こうが僕を見つける。

「……村瀬《むらせ》君？　どうしたの」

先輩《せんぱい》はまわりの目を気にしながら小走りに寄ってきた。僕は廊下《ろうか》に一歩退く。

「こないだの、新歓《しんかん》オリエンテーションの話なんですけど」

僕がそう切り出すと姫川先輩《ひめかわせんぱい》は目をしばたたく。

「一度断った話なので、今さらでほんとうにごめんなさいなんですが、その――」

言い方に迷い、口ごもる。姫川先輩《ひめかわせんぱい》の表情に明暗さまざまな色が踊《おど》る。

「えっ、あのっ、ひょっとして、やっぱり出てくれるの？」

意気込んで訊《き》かれ、僕はあわてて手を振《ふ》る。しかしこんな曖昧《あいまい》な態度ではそう誤解されてもしかたのない面があった。

「そうじゃないんです。すみません。ステージに立つのはやっぱりだめだと思うので、つまりそのぅ……」

言《い》い淀《よど》みながらも、ほんとうはとっくにわかっていた。この場で口にするべき言葉が、ひとつしかないということ。

伽耶《かや》に対しては、まわりから促《うなが》されて告げた。キョウコ・カシミアからは、きみはとっくにやっていると言われてようやく自認《じにん》した。

自分の意志でこの言葉を選ぶのは――はじめてだ。

「僕に軽音のステージを、プロデュースさせてください」

*

翌週火曜日は、授業が午前中で終わった。

午後から、新一年生を体育館に集めてオリエンテーションを行うからだ。これに参加しない二、三年生は帰宅するように、と教員からも生徒会からも通達が出ていた。

けれど、全員帰宅部の僕らPNOメンバーは四人とも学校に残り、一年生たちがぞろぞろと体育館へ向かうのを二階の渡《わた》り廊《ろう》下《か》の窓《まど》越《ご》しに見送ってから、自分たちも階段に向かった。

「真琴《まこと》ちゃん、ここ最近なんかこそこそやってると思ったら!」

朱音《あかね》がにぱにぱ笑いながら僕の肩《かた》をどやしつける。

「プロデュース業始めてたなんて。面白《おもしろ》そうなことやるんなら言ってよ!」

バンドメンバーには黙《だま》って軽音に協力していた僕だが、当日になってついに気《け》取《ど》られてしまったのだ。どうやってみんなの目を盗《ぬす》んで体育館に観《み》にいこうか——と隙《すき》をうかがっていたら自分でも気づかないうちにずいぶん挙《きょ》動《どう》不《ふ》審《しん》になっていたらしい。

「真琴《まこと》さんのプロデューサー初仕事は私の結《けっ》婚《こん》式《しき》をセルフプロデュース、という約束でしたのに、勝手に軽音と……赦《ゆる》せないです……」

ほら詩月がわけわからんこと言い出すでしょ？　だから黙《だま》っておきたかったんだよな。いつそんな約束したんだよ。あと詩月《しづき》の結婚式《けっこんしき》を僕がセルフプロデュースって言葉の意味がおかしすぎるだろ。

「おかしくありません！　そのままの意味です！　おかしいのは切羽詰《せっぱつ》まっているくせに頼《たの》まれごとを安請《やすう》け合《あ》いする真琴《まこと》さんの方ですっ」

「え、なんで怒《おこ》られなきゃいけないの……」

バンドの練習にはちゃんと出てたからみんなに迷惑《めいわく》はかけていないのに。

「だいたい軽音のために戦おうとか言ってたの詩月《しづき》じゃん」

「そっ、それはそうですけれど、あれは私と一緒《いっしょ》に、という意味で……こんなのは……」

そこで三歩先を行く凛子《りんこ》が肩越《かたご》しに訊《き》いてきた。

「軽音をプロデュースするって、伽耶《かや》には言ってあるの？」

「いや。みんなにも言ってなかったんだから伽耶《かや》にも教えてないよ」

「どうして。教えてあげたら伽耶《かや》の楽しみが増えたでしょう」

「あ、びっくりさせたかったってこと？」と朱音《あかね》。

「いや、教えてないからってびっくりはしないだろ。僕が出るわけじゃなくてただアドバイスしただけなんだから気づかないよ。ううん、そうじゃなくて、つまり、……」

言《い》い淀《よど》む僕を見かねて朱音《あかね》が気遣《きづか》うような口調になる。

「あんまり期待させちゃ悪い？　一週間もなかったもんね。いくら真琴《まこと》ちゃんでもそこまで大したことはできなかったか」

「いや、やれることはやったよ」僕はむきになって言い返した。「こっちから頼《たの》んで一枚噛《か》ませてもらったわけだから、それなりのことは——できたと思う」

「じゃあ教えてあげたらよかったじゃん。伽耶《かや》ちゃん喜ぶよ」

「ううん。喜ぶかもしれないけど。ほら、教えたら、演奏しっかり聴《き》いちゃって、軽音に興味持っちゃうかもしれないだろ。部活入りたいなんて言い出されたら困るし……いや、万が一にもないだろうけど……」

朱音《あかね》は口をあんぐり開け、詩月《しづき》は僕の腕《うで》をつかんでいた手に思いっきり力を込め、凛子《りんこ》は前を歩いていたから表情は見えなかったけれど肩《かた》が引きつったのがわかった。

「真琴《まこと》さんっ？　どうして伽耶《かや》さんに対してはそうストレートに独占欲《どくせんよく》剝き出《だ》しにするんですか、恥《は》ずかしいと思わないんですかっ？　私にもしてください！」

「ちょっ、耳元でうるさいよ」

「真琴《まこと》ちゃん自意識が小さいんだか大きいんだかわからないよね……なんなのその自信」

「これからは村瀬《むらせ》くんのことを自意識の白色矮星《はくしょくわいせい》と呼びましょう」

「たしかに薄暗《うすぐら》いとこで縮こまってDTMやってるだけなのに女の子がすごい重力で吸い寄せられていくもんね」

なんかひでえ言われようなんだが……。

「真琴《まこと》さんのシュヴァルツシルト半径はこれくらいですか？」

「だから近いって！　歩きづらいよ！」意味わからんし。

そうこうしているうちに僕らも体育館に着いた。入り口から中の様子をうかがうと、一年生たちはすでにパイプ椅子《いす》に着席し、舞台《ぶたい》上ではスタッフが準備に駆《か》け回《まわ》っている。

本来、僕らは用がないので館内には入れないのだが、入り口すぐのところにいた生徒会役員に頼《たの》んでみた。

「軽音部の発表の手伝いをすることになってるんです。入っていいですか」

まるっきり嘘《うそ》ではないが真実にはほど遠い。役員とは顔見知りということもあって快く入れてもらえたので、申し訳なくなって壁際《かべぎわ》の隅《すみ》っこに固まる。

「あたし去年観《み》てないからすごい楽しみ！　新入生になった気分」

朱音《あかね》がはしゃごうとするので、静かにするように指と視線で伝える。幸い、新一年生たちは舞台《ぶたい》の方に気を取られていてだれも僕らに気づいていないようだった。

しかし、と体育館を見渡《みわた》して思う。

背を向けているのに、伽耶《かや》がどこにいるのか一目でわかった。髪色《かみいろ》が明るく、髪型《かみがた》も特徴《とくちょう》的ではあるが、それにしたってなぜ顔も見えていないのにああも目を惹《ひ》くのか。

「軽音、最後なんですね。しかも吹奏楽《すいそうがく》の後。だいぶ不利な順番ですね……」

詩月《しづき》が僕の耳元で不安そうにささやく。舞台《ぶたい》の上手側に大きな紙が掲《かか》げられていて、出演するクラブ名と委員会名がずらりと列記されていた。

「音楽系は最後にまとめられている。たぶん片付けの関係でしょう」

凛子《りんこ》が反対側から小声で言った。軽音と吹奏楽《すいそうがく》は特に使う機材が多い上にドラムセットを設置しなければいけないので、準備と片付けの負担をなるべく軽くするため、プログラムの最初か最後に続けて置かなければいけなかったのだろう。

「これだけ長いプログラムで最後となると、みんな飽《あ》きてて真面目に聴《き》いてくれないかもしれない」

「そう？　大トリだよ、むちゃくちゃすごいプレイだったらいちばん目立てるじゃん！　印象に残りまくりで新入部員殺到《さっとう》だよ！」

「さすがにそこまでの自信はないかな……」朱音《あかね》の言葉に僕は苦笑いする。

舞台《ぶたい》準備が終わり、生徒会長の簡単な挨拶《あいさつ》の後、いよいよプログラムが始まった。

そうとうな長丁場になりそうで、軽音の出番が近づくまで外で他のことをやって時間を潰《つぶ》していればよかったかな——という僕の後悔《こうかい》はすぐに引っ込んでしまった。なかなかどうして、各団体とも趣向《しゅこう》を凝《こ》らしていて楽しめる出し物続きだった。中でも意外だったのが、球技系クラブのパフォーマンスの強さ。バレー部は大量のボールを使ってトスでお手玉みたいなことをしてみせるし、バスケ部は舞台《ぶたい》上から体育館サイド壁面《へきめん》のバスケットゴールに超《ちょう》ロングシュートを決めてみせるし、サッカー部は曲芸リフティングで沸《わ》かせてくれた。

もちろんダンス部やチア部といった舞台映《ぶたいば》えするクラブは期待通りのステージワークで拍手《はくしゅ》を浴びていたし、演劇部なんて五分という時間制限じゃ厳しいのではないかと思いきや短さを逆手《さかて》にとって『忙《いそが》しい人のためのニーベルングの指環《ゆびわ》』というハイスピードギャグ寸劇で会場の爆笑《ばくしょう》をさらっていた。

漫研《まんけん》や美術部なんかの動きのないクラブも、派手な仮装をしたりショートコントをやったりと工夫《くふう》を凝《こ》らしていて、去年もこんなにレベル高かったの？　ちょっとの腹痛くらい我慢《がまん》して観《み》にきておけばよかった、と僕に後悔《こうかい》を抱《いだ》かせるのと同時に、最後に控《ひか》える音楽系クラブへのハードルがどんどん上がっていく。

二時間はあっという間に過ぎ、いよいよ出し物は残り三つ。

合唱部の演目はア・カペラによる『レリゴー』。超《ちょう》有名曲でも無伴奏《むばんそう》アレンジによってとても新鮮《しんせん》に聞こえる。

「合唱部、巧《うま》くなったねえ。真琴《まこと》ちゃんと凛《りん》ちゃんが鍛《きた》えたもんね」

朱音《あかね》が小声で言う。

「いや僕は特になんにも――」

「音楽祭でも入学式の校歌でもあれだけねちっこく練習させておいて『なんにも』は嘘《うそ》が過ぎるでしょう、村瀬《むらせ》くん」

凛子《りんこ》が冷ややかに横目を流してきた。ねちっこく、って、もう少し表現を選んでくれ。

熱い拍手《はくしゅ》で送られながら合唱部が舞台袖《ぶたいそで》に引っ込むと、スタッフが何人も舞台《ぶたい》上に走り出てきてパイプ椅子《いす》を並べたり雛壇《ひなだん》を配置換《はいちが》えしたりし始める。中央奥に運ばれていくのはバスドラムや各種シンバル、タムにスネア。

「あっ、グレッチの方じゃないですか！　あっちを使うんですね、これは勝ちました！」

詩月《しづき》が僕の二《に》の腕《うで》をぎゅうっと握《にぎ》って声を弾《はず》ませる。さすがに五分ずつの出番のためだけにドラムセットを入《い》れ替《か》えるなんていう手間をかけるわけにはいかなかったのだろう、吹奏楽《すいそうがく》と軽音は同じドラムスを使うことになったようだ。なぜグレッチの方が選ばれたのかはわからないが、軽音にとってはほんのわずかながら有利な材料だ。

……って、べつに勝負してるわけではないぞ。詩月《しづき》の無駄《むだ》な熱気にあてられてしまった。

百名近い吹奏楽部《すいそうがくぶ》員《いん》が各々《おのおの》の楽器を手に舞台《ぶたい》上をぎっしり埋《う》めた様は実に壮観《そうかん》で、指揮者がタクトをゆるりと浮《う》かせるのに呼応して金管楽器が一斉《いっせい》に持ち上がり天井灯《てんじょうとう》を照り返すところを目にした僕は、ああ、やっぱり絵になるなあ、と早くも白旗を揚《あ》げかけていた。

ホルンの高らかな重奏ファンファーレが弾《はじ》ける。

一小節目でわかる。『ドラゴンクエスト序曲』だ。

完璧《かんぺき》な選曲だった。もともとの曲が勇壮《ゆうそう》でシンフォニックな行進曲なので、吹奏楽《すいそうがく》アレンジがそりゃもうハマりにハマっている。正直、僕は吹奏楽《すいそうがく》というジャンルがあまり好きではないのだけれど、この曲に限っては弦楽のないこの編成の方がむしろふさわしいのではないか、と思ってしまうほどの好演だった。音の粒《つぶ》が縦軸《たてじく》も横軸《よこじく》もぴっちりとそろっていて、たゆまぬ鍛《たん》錬《れん》を感じさせる。

「ちょっ、真琴《まこと》さんっ？　青い顔で拍手《はくしゅ》しないでください！」

曲が終わり、よほど敗北感が顔に出ていたのだろうか、隣《となり》で詩月《しづき》が声を引きつらせる。

「まだ軽音は始まってもいませんよ！　きっと真琴《まこと》さんのものすごい計略がこれから炸裂《さくれつ》して逆転勝利ですよねっ？」

「計略って。だから勝負してるわけじゃないんだってば」

僕のか細い声は、一年生たちの割れんばかりの拍手《はくしゅ》にまぎれて自分でもよく聞こえない。目を凝《こ》らすと伽耶《かや》もめっちゃ拍手《はくしゅ》してる。ううん。そうだよな。いい演奏だったもんな。

「本番まで一週間もなかったのにプロデュースを申し出たんだから、なにか秘策があったのではないの？」と凛子《りんこ》。

「そんな魔法《まほう》みたいなことはできないよ……」

僕がますます縮こまろうとしたとき、ふと体育館内の空気の密度が変わった。

一年生たちのひそめた囁《ささや》き声《ごえ》がそこかしこから聞こえる。次、最後？　どこ、軽音？　あれってマイク？　なんであんな——

舞《ぶ》台《たい》に目を向ける。

生徒会役員と軽音部員と吹奏楽部員《すいそうがくぶいん》が手分けしてパイプ椅子《いす》を撤去《てっきょ》し、あっという間に舞台《ぶたい》上はドラムセットを残した吹《ふ》きさらしになる。そこにアンプやキーボードスタンドが次々と運び込まれてくるが、なによりも観客の目を惹《ひ》いたのは正面に等間隔《とうかんかく》でずらりと並べられた八本ものマイクスタンドだ。

「……あんなにマイク使うの？」と朱音《あかね》が目を見張ってつぶやいた。「コーラス隊？　にしたって、最前列にあんなに──」

「いや、コーラスっていうか、全部メインヴォーカルなんだ」

朱音《あかね》のまん丸の目がさらに真円に近づいた。

軽音部員たちが舞台《ぶたい》上に出てくる。

マイクスタンドのそれぞれに部員が一人ずつ陣取《じんど》り、マイクの調整を始めると、一年生たちのざわつきは熱を増した。

ステージの魔法《まほう》、と僕は思った。ほんのひとつまみではあるけれど、最初の魔法《まほう》をかけることに──成功した、だろうか？　先週、軽音のミーティングにはじめて乗り込んだときのことを、複雑な苦味といっしょに思い出す。

「ステージにみんな出たくないですか？」

僕がいきなり訊くと、顔を揃えた軽音部員たちはみんな複雑そうな表情をつくった。

放課後の三年二組の教室だ。軽音は部室がないのでいつも適当な教室に集まってミーティングをしているのだという。部外者の生徒たちが全員教室から出ていくのをじりじりしながら待っていたせいで、ずいぶん唐突《とうとつ》で押しつけがましい言い方になってしまった。僕は精一杯《せいいっぱい》の笑顔《えがお》で一同を見回す。

「……出られるなら出たいけど、でも五分だし一曲だけだし」

僕のいちばん近くの机に腰掛《こしか》けていた小渕《おぶち》が、先輩《せんぱい》たちの顔を窺《うかが》いながら答える。

「ギターアンプも一個しか使えないからギタリストも一人しか出せないんだよ」

ギターケースを両脚《りょうあし》で挟《はさ》んで支えている三年生男子部員が少し不満そうに言った。たぶん本番で出番をもらえなかった人だろう。

「マイクなら全員分使えますよね」

困惑《こんわく》気味の視線が僕に集まる。

「……マイクだけじゃ……あ、アコギってこと？　うちらアコギはあんまり……それにあの曲アコギ入ってないでしょ」と女子部員の一人が言う。

「いえ、もちろんヴォーカルですよ」

疑念が波紋《はもん》になって教室じゅうにゆっくり広がっていくのが見えた気がした。僕は息継《いきつ》ぎして言葉をつないだ。

「ドラムス、ベース、ギター兼《けん》ヴォーカル、キーボード、それからヴォーカル七人。これで、十一人全員出られます」

「……は？　余ったやつ全員ヴォーカル？」

「いや無理でしょ」

「ジャニーズの歌じゃないんだから――」

一斉《いっせい》に疑問と不審《ふしん》が噴《ふ》き出《だ》しかけたので、僕はスマホを取り出して全員が囲んでいる真ん中の机に置いた。音量を最大にし、再生ボタンをタップする。

流れ出すのは、『白日』だ。

ワンコーラス終わったところで音量を絞《しぼ》り、全員の顔を見渡《みわた》して話を続ける。

「たしかに、普通《ふつう》の曲をそんな大勢のヴォーカルで演《や》ったら雰囲気《ふんいき》が壊《こわ》れます。でも」

スマホに目を落とし、じりじり食《く》い潰《つぶ》されていくシークバーを見つめる。ギターソロを引き取って、滑走路《かっそうろ》に滑《すべ》り込んでくるセスナ機の咆吼《ほうこう》のような甲高《かんだか》い歌声が響《ひび》く。

「King Gnu はすごく――特別なバンドです。ファルセットを多用する高音部とつぶやき声みたいな低音部のツインヴォーカルで」

「わかってるよ。だから俺らもツインで演《や》るんだよ」

ギターヴォーカルをつとめるバンドリーダー格の三年生男子が言って、おそらく相方のヴォーカルであろう隣《となり》の二年生女子の顔をちらと見る。

「でもそれだけじゃないんです」と僕はわずかに音量を戻《もど》す。「ただツインヴォーカルっていうだけじゃない。あれだけメロディが強い曲ばっかりなのに、歌メロありきの音作りをしてない。ヴォーカルの使い方がすごく器楽的でアンサンブルをなにより大事にしている」

だから、濃密《のうみつ》なのに透明度《とうめいど》が高いという矛盾《むじゅん》した美しさがある。

僕の言葉は彼らの意識を上滑《うわすべ》りして、芯《しん》まで届いていないようだった。しかたない。

一旦《いったん》スマホの演奏を止める。

クラウドに保存しておいた別の音声ファイルを呼び出して、ひとつ息をついてから、再生を押した。

電子ピアノと、チープなリズムマシンと――それから六重録音された僕の声。

息を呑《の》むのが伝わってくる。音楽の前に言葉はどこまでも無力だ。昨日徹夜《てつや》してレコーディングしたこのシンプルなデモ音源ひとつで、僕の言いたかったことはすべて届いてしまう。

「え……これ、すごいね」

「ピアノだけ？」

「すごい色々鳴ってない？」

「エフェクターかけてるの？」

つぶやきが伝染《でんせん》していく。僕の一夜漬《いちやづ》けのデモがすごいのではない。『白日』という曲そのものの力だ。

「最初から最後まで六重唱でハモります。エフェクターは使ってないです。楽譜《がくふ》にも起こしてありますし個別パート用のデモもあります。今やってるバンドサウンドはそのままで、メインヴォーカルを増やすだけなら、あと五日でもなんとかできますよね？」

けっこうな無茶を言っている自覚はあったので、僕は意識的に語気を強めた。軽音部員たちは顔を見合わせる。特に不安そうに視線を泳がせているのは部長の姫川先輩《ひめかわせんぱい》だ。

「試《ため》してみてどうしても無理そうなら、今までのアレンジに戻《もど》せばいいだけですし」

この保険をかける一言が、かなり効いたようだった。

「ああ、うん、たしかに」

「やってみて損はないかな……」

「ね、すごいかっこいいしこれ」

「みんな出られるんでしょ、あたしも出られるなら出たいです」

部員たちの目が姫川先輩《ひめかわせんぱい》に寄せられ、先輩《せんぱい》は助けを求めるように隣《となり》のギターヴォーカルの男子を横目で見る。彼は唇《くちびる》をすぼめてしばらく考えてから口を開く。

「……いや、うん。……いいかもとは思うけど、これ要するにコーラス増やすってことだろ。メインヴォーカルを増やすわけじゃないよな」

「いえ。メインヴォーカルを増やすんです」

いちばん大切なところだったので僕はきっぱりと否定した。

「コーラスっていうとステージの後ろの方で、マイク一本を全員でシェアしたりしますよね。ああいうのじゃなくて、全員でステージの前にずらっと立って、音量調整のためにもマイクも一人一本ずつです」

「え。なんで。そりゃ体育館のステージは広いから、できなくもないけど」

「だって見た目のインパクトすごいですよね？」

僕の言葉に、みんながそろってぽかんとなる。僕は考えるひまを与《あた》えないかのように息継《いきつ》ぎ無しで続けた。

「普通《ふつう》のライヴじゃないんです。新入生勧誘《かんゆう》のための、たった五分のステージです。見た目がすごく大事ですよ。マイクスタンドが八本も並ぶステージなんてだれも観《み》たことないはずで、しかも勧誘《かんゆう》のための強力アピールになると思うんです」

「……なんで？」

みんなの胸中を代表して漏《も》らしたかのように小渕《おぶち》が僕のすぐ後ろでそうつぶやいた。

答えようと口を開きかけた僕は、ふとためらう。

正直に言ってしまっていいのだろうか。非難がましく聞こえちゃうのではないだろうか。部外者がいきなり乗り込んできて言いたい放題で、怒《おこ》らせやしないだろうか。

スラックスの膝《ひざ》に爪《つめ》を立て、なにを今さら、と自嘲《じちょう》する。無礼も無遠慮《ぶえんりょ》もさんざん並べ立ててきたじゃないか。ここまできて引っ込めたら意味がわからない。

全部吐《は》き出《だ》せ。

「……僕、バンドって部活にあんまり向いてないな、って思って。あの、バンドってひとつの編成の人数が少ないじゃないですか。それでベースとドラムスは一人ずつ必要だし、組み分けがすごい難しそうで」

「うん。難しいよ」

三年生の一人が苦笑《くしょう》してうなずいた。

「希望パートが全員ぴったり行くことってまずないし」

「掛《か》け持《も》ちで済ませてると引退後に後輩《こうはい》が困るしね」

内心ひそかに安堵《あんど》していた。僕の懸念《けねん》は的外れではなかったのだ。

「それで、新入生もたぶん同じような不安抱《かか》えてると思うんです。バンドやってみたくても、部活入ってちゃんとバンド組めるのか、出番もらえるのか、って」

「それは、まあ、うん……」

曖昧《あいまい》な言葉を漏《も》らすのは小渕《おぶち》だ。

あまり触《ふ》れてほしくない部分に触《ふ》れてしまったのだろう。わかっている。でもそれは無視できない正直な感情であることの裏返しだ。

僕は鞄《かばん》から五線譜《ごせんふ》ノートを取り出し、机に広げた。僕のアレンジした全編六重唱の『白日』のパート譜《ふ》だ。

「でも、部員全員ステージに上がってメインヴォーカル八人なんていうとんでもないプレイを最初に見せてやれば、そんな不安吹《ふ》っ飛《と》ぶと思いませんか。この軽音部なら、とにかくバンドやりたいって想《おも》いだけで飛び込んでも必ず受け止めてくれるんだ、って——」

僕は言葉を切って息をつき、部員たちの顔を一人一人そっとうかがった。

しばらく、返ってくる言葉はなにもなかった。『白日』の残響《ざんきょう》がカーテン越《ご》しに差し込む午後四時の埃《ほこり》っぽい斜光《しゃこう》の中で思わせぶりに漂《ただよ》っているばかりだった。

一人、また一人と、視線が移される——

僕の向かい側に座った、姫川先輩《ひめかわせんぱい》の胸元《むなもと》へと。

先輩《せんぱい》は見るからにうろたえていた。泣き出しそうにさえ見えた。

残酷《ざんこく》だとは思いつつ、僕も先輩《せんぱい》の目を真正面から見据《みす》えた。逃《に》げ場《ば》を潰《つぶ》すように。

あなたは部長でしょう。あなたが決めるんですよ。みんなで話し合って決めよう、なんてのはロックバンドの世界じゃ戯《ざ》れ言《ごと》だ。やりたいことをやりたいからやる、そのエネルギーだけがすべてなんだ。

姫川先輩《ひめかわせんぱい》は、うつむき、縮こまり、息を詰《つ》め——

かろうじて、潰《つぶ》れなかった。

立ち上がって中央の机に歩み寄り、五線譜《ごせんふ》ノートを取り上げる。

苦しそうなはにかみと、かすれたささやき声。

「……ええと。それじゃ、……パート分け、しようか？」

聞こえてきた安堵《あんど》の息は、後になって考えてみれば、どうやら僕自身のものだった。

あれから五日間。ほとんどの時間をヴォーカルのハーモニーづくりに費《つい》やした。

2オクターヴの音域をまたぐ六つのパートと、高低それぞれの主旋律《しゅせんりつ》をユニゾンで補強する二つのパート、合計八人。我ながらむちゃくちゃなアレンジだった。そのまま演《や》ったのでは各人の歌声が平均化されてぼやけ、のっぺりした歌になってしまう。合わせようとするな、ハーモニーを意識するな、全員メインヴォーカルのつもりで歌ってくれ、と口を酸《す》っぱくして言い、何度もリハーサルを重ねた。

軽音部は練習時間が限られているので、合わせ練習は昨日の一回きり。舞台《ぶたい》上に勢揃《せいぞろ》いした十一人の制服姿をこうして体育館の隅《すみ》っこから遠く見つめていると、不安がぐつぐつと胸中で泡立《あわだ》ち始める。

うまくいくだろうか。ステージは生き物だ。デモテープやリハーサルの段階で良い感触《かんしょく》だったものがスポットライトの下に引きずり出した途端《とたん》に生気を失う、なんてざらにある話だ。

司会進行役の生徒会長が、最後は軽音楽部です——と告げる。

ぎこちない拍手《はくしゅ》に、ギターアンプの吐《は》き出《だ》すハウリング音がかぶさる。

僕は息を詰《つ》めて、キーボーディストの娘《こ》にじっと注視した。

イントロの二小節で――決まる。

しがみついてきていた詩月《しづき》の手を、知らずと強く握《にぎ》り返していた。まだ静まりきらない新入生たちのざわめきの間に、電子ピアノの細やかなアルペッジョがこぼれ落ちて波紋《はもん》を打つ。

そこから、歌声が――幾重《いくえ》にも積み上げられた不揃《ふぞろ》いで毛羽立ったハーモニーが、僕らの意識を梳《くしけず》った。

体育館の空気が一瞬《いっしゅん》にして張りつめ、身じろぎもゆるさないほどの硬度《こうど》に変わったことを僕は肌《はだ》で感じ取っていた。淡《あわ》い光の膜《まく》を隔《へだ》てた向こう側、舞台《ぶたい》の上の制服姿だけが揺《ゆ》らめき、自由に呼吸し、語っている。

和声、などというものを、一体だれがいつ、どんなきっかけで考えついたのだろう。

大勢がひとつの歌を合わせるとき、全員がまったく同じ旋律《せんりつ》を歌うのが最も調和するはず、と考えるのが自然じゃないだろうか。なぜ、ちがう高さの音を重ね合わせてみよう、なんて思ったのだろう。

怖《こわ》くなかったのだろうか。

人の輪が摩擦《まさつ》で焼けてしまうかもしれない、と不安になったりしなかったのだろうか。

あるいは、本能ですでに知っていたのだろうか。僕らがこの身やこの世界から削《けず》り出す楽音は最初から数え切れないほどたくさんの色と形とが入り交じった不完全なものだということ。

調和と不和の矛盾《むじゅん》を一音一音の内側に孕《はら》みながら、ほぐれ、転がり、散らばり、また互《たが》いに惹《ひ》かれ合う。

電子ピアノの夢見がちな響《ひび》きをまるごとくるんで、六重唱がふうわりと離陸《りりく》し、生まれた空隙《くうげき》に忍《しの》び足《あし》のリズムパターンが滑《すべ》り込んでくる。この場のだれにとっても未知のサウンドであるはずだった。嚥《の》み下すたびに喉《のど》を引《ひ》っ掻《か》いて焼く蜜《みつ》のように、甘く濃《こ》いハーモニー。こんなにも厚くて熱くて不確かな音に、なじみ深い詞と旋律《せんりつ》をのせようとしたら、普通《ふつう》はどうしたって潰《つぶ》れる。でもこれは『白日』だ。なにもかも錆色《さびいろ》の微光《びこう》の中に溶《と》かし込んでしまう、奇蹟《きせき》みたいな組成の曲なのだ。

ベースが脈動を始め、舞台《ぶたい》を支配する呼吸が荒《あら》く深くなる。

何人かの一年生が腰《こし》を浮《う》かせるのが見えた。座って聴《き》くような曲じゃない。良い兆候のはずだったのに、僕はぞわりとした不安をおぼえた。

ドラムスが、空回りしている。

姫川先輩《ひめかわせんぱい》だ。ヴォーカルが舞台《ぶたい》前面に大勢並んでいるせいでドラムセットの向こうの様子はほとんど見えないけれど、音でわかる。リズムを見失っている。のれていない。

ステージで自分だけがプレイの波から取り残されたときの恐怖《きょうふ》は、よく理解できた。腰《こし》から下が全部消えてしまったみたいになって切断面から体温が残らず流れ出ていくのだ。きっと今姫川先輩《ひめかわせんぱい》は青ざめ、ドラムスティックは手汗《てあせ》まみれになっているだろう。でもどうしようもない。僕のステージじゃないのだ。黙《だま》って見守るしかない。

一コーラス目の終わりに、ふ、と音が薄《うす》まった。

異変に気づいたのは僕たちだけだったかもしれない。そういう曲なのだ、と聴《き》いている生徒たちのほとんどは思っただけかもしれない。ちょうどサビが終わって、ギターソロを引き立たせるために他のパートが一歩退く間奏に入ったところだったからだ。

でも、僕の耳は、楽音から外れた乾《かわ》いた音の連続をとらえる。

ステージの床《ゆか》を――なにかが転がる音。

ヴォーカルの何人かも気づいて、振《ふ》り返《かえ》った。彼らの身体《からだ》の間からドラムセットの真正面が見える。

姫川先輩《ひめかわせんぱい》の顔は血の気を失っている。

「……先輩《せんぱい》、スティック……っ」

隣《となり》で詩月《しづき》が声を絞《しぼ》る。スティックを落としたのだ。鳴っているのはキックとハイハットのペダリング音――足で刻めるごくわずかな基礎《きそ》のビートだけ。

壊《こわ》れてしまうのか。こんな形で？　火がつきかけていたのに。エンジンは蒸気を噴《ふ》き出《だ》して回り始めていたのに。こんなつまらない不運で。一度演奏を止めてやり直す？　無理だ。失われたいのちは二度と戻《もど》らない。今ここでしか咲《さ》かない花だ。どのみち、ステージの下にいる僕には息を詰《つ》めて祈《いの》ることしかできない。

二《に》の腕《うで》に食い込む詩月《しづき》の指にいっそう力がこもる。

けれど——

ビートは途絶《とだ》えなかった。

再び歌が始まったのに、両腕《りょううで》をもがれたはずなのに、暗がりの中を息せき切らせてそれでもまだ走っていた。スネアドラムの代わりにもっとずっと素朴《そぼく》でささやかな音が、バックビートを打って僕らの血管に熱を送り込み続けている。

フィンガークラップだ。

ヴォーカルの部員たちがみな自分の口元のマイクに手を寄せ、2&4のたしかなリズムで、指と指と、指と、指と指と指と指とで——

ステージは生き物なのだ、と、僕は逆巻く感情に溺《おぼ》れそうになりながらあらためて思う。ほんの一週間前まであの舞台《ぶたい》に立つ予定すらなかった彼らが、今はまるで最初からそういうアレンジであるかのように潑剌《はつらつ》とした自信を表情に滲《にじ》ませ、失速しかけたドラムスを支えている。床《ゆか》に転がったスティックを見つけて拾い上げるしぐさまでもがダンスステップみたいだ。

大丈夫《だいじょうぶ》。

Bメロに間に合えばいい。

大丈夫《だいじょうぶ》……

そんな声さえ聞こえた気がする。

スティックが手から手へと渡《わた》される。最後に届くところは僕のいる場所からは見えなかった。でも力強く跳《は》ねるフィルインで、届いたことだけはわかる。じゅうぶんだ。戻《もど》ってきた血の熱さで皮膚《ひふ》がちくちくと焦《こ》げて毛羽立った。

歌声が二度目の高まりに向かって加速するにつれ、僕の視界の下半分が明かり色に燃え立ち始めた。最初はなにが起きているのか理解できなかった。僕もまたその熱の中にいたからだ。でもやがてわかる。見慣れたその色は制服のブレザーの背中だ。一年生たちが一人また一人と立ち上がり、肩《かた》を揺《ゆ》らし、手を打ち鳴らしてビートの中に身を投げ込んでいる。信じられなかった。これはお祭りなんかじゃない。学校側が企画《きかく》したただの案内行事、パイプ椅子《いす》と厳しいタイムテーブルと教職員たちの冷ややかな目で枷《かせ》をはめられた窮屈《きゅうくつ》な集会に過ぎないのに、音楽の熱がそんなものさえ焼き切って心に着火したのだ。

アンサンブルが転調してさらに高く舞《ま》い上《あ》がり、弾《はじ》け、歌の終わりで再びエレクトリックピアノの朧《おぼろ》な響《ひび》きが降りしきる雪のように体育館の空気を満たし、すべてを包み込んで、僕らの欲望も失敗も憧《あこが》れもなにもかもを隠《かく》していく。

地崩《くず》れのような拍手《はくしゅ》をぼんやり聴《き》きながら、僕は熱が急速に失われていくのをなすすべもなく見送っていた。

ほんとうにこれでよかったのだろうか。

僕がやったことは正しかったのだろうか？

あの人たちのやりたい音楽だったのか？　僕のサウンドを押しつけただけじゃないのか。なぜそんな疑問が、この喜びの道程の果てにいきなり湧《わ》いて出てきたのか、自分でもよくわからなかった。うまくいったのに。心地《ここち》よい汗《あせ》の粒《つぶ》がつくる虹《にじ》の向こうでみんなあんなにも笑っているのに。

そんなわけのわからない疑念が胸をふさいで喉《のど》からあふれ出そうだったので、僕は軽音部の面々が舞台袖《ぶたいそで》に引っ込むのを見届けるとすぐに体育館を出た。

三人の足音が追いかけてくる。

「いいの？　軽音のみんなに声かけなくて」

「すごいプレイでしたよ！　姫川先輩《ひめかわせんぱい》、きっと真琴《まこと》さんに報告したいはずですし」

朱音《あかね》と詩月《しづき》の興奮冷めやらぬ声が、僕の自意識の内側の柔《やわ》らかい部分を引《ひ》っ掻《か》く。ぞわぞわとした痛痒《いたがゆ》さが染《し》み出《で》てきて僕は首をすくめ、足を速めて校舎に入った。

「……いや、うん。……片付け邪魔《じゃま》しちゃ悪いし、それにほら僕は部外者なわけだし。出しゃばって口を挟《はさ》んだだけで。ライヴうまくいったならメンバーだけでお祝いしたいでしょ」

「真琴《まこと》ちゃんプロデューサーなんだからメンバーみたいなものじゃないの」

「仕事が終わるとアーティストとは一切逢《いっさいあ》わないプロデューサーもいらっしゃるそうですけれ

ど真琴《まこと》さんもそういうストイックなプロフェッショナルタイプですか？」

普段《ふだん》は救いになることが多いバンドメンバーの軽口も、その日に限っては心が奇妙《きみょう》なささくれ方をしていたせいでやけに耳に障《さわ》った。

凛子《りんこ》だけがずっと黙《だま》っていて、僕の視界の端《はし》っこに入るか入らないかの位置に寄《よ》り添《そ》って歩いていたのは、たぶんなにかしら勘《かん》づいていたからだろう。

「それにしても面白《おもしろ》いアレンジだったね！」

僕の反応が悪いのを見てとってか、朱音《あかね》がことさら明るい声で話題を変えた。

「あんなの聴《き》くと、うちらでもやってみたくなるけど、あればっかりは人数が足りないね。男声が真琴《まこと》ちゃんしかいないし」

「いかにも真琴《まこと》さんという感じのコーラスワークでしたね」

「ソプラノがずっと同じ音で内声部がクロスするところとか真琴《まこと》ちゃん節炸裂《さくれつ》してたよね」

自分の名前が連呼されるのがどうにも居心地《いごこち》が悪く、僕は口を挟《はさ》んだ。

「いや、それはたぶん僕が一枚嚙《か》んでるって知ってるからそう聞こえただけでしょ。大したアレンジしてないし、僕の曲じゃないし」

「真琴《まこと》さんのサウンドなら地球の裏側から聴《き》いてもわかりますから！」

「知らずに聴《き》いても真琴《まこと》ちゃんってわかったと思うけどなあ」

息苦しかった。本来うれしい言葉のはずなのに。

とどめは、その日の帰りに駅で合流した伽耶《かや》から言われたことだった。

「先輩《せんぱい》、今日の軽音のあれ、先輩《せんぱい》のアレンジですよねっ？」

目をきらきらさせて顔を寄せてくるので僕は真後ろに倒《たお》れそうになる。

「……え、……な、なんで？」

「あ、あれっ？　ちがいましたか？」

「ちがわないけど、なんでわかったの。言ってないよね？」

だれかから聞いたのか？　と思って詩月《しづき》や朱音《あかね》の方をうかがうが、伽耶《かや》はすぐに答える。

「聞いてないですけど、でもすぐわかりましたよ。先輩《せんぱい》のハモりのつけかたって特徴《とくちょう》的だからすぐわかります。上がずっとトニックでちょっと9thコードっぽくなるところとか」

マジか。そんなに……ばればれなの……。

詩月《しづき》はなぜか得意げな顔をしているし、朱音《あかね》は「ほらあ！」と声に出さずに口の形をつくってみせている。伽耶《かや》ははしゃぎ気味に続けた。

「すごくかっこいいアレンジでした。合唱部の隙《すき》のないハモり方ともまたちがって、ざらざらしてる感じが曲にマッチしてて、わたし思わず軽音見学しにいこうかなって思っちゃった」

僕の顔色が芳《かんば》しくない理由を誤解したのか、伽耶《かや》はあわてて付け加える。

「あっ、大丈夫《だいじょうぶ》ですよ、行きませんよ！　先輩《せんぱい》たちとのバンドが忙《いそが》しいですし、先輩《せんぱい》のサウンドが聴《き》きたければいくらでも間近で聴《き》けるんだし、ほんとですよ、浮気《うわき》したりしません」

「いや、べつにそれはいいんだけども」

「え、あ、あの、わたしなにかまずいこと言いましたか？　先輩怒《せんぱいおこ》ってませんか」

「ごめん、ほんと、怒《おこ》ってない。なんか自分でもよくわからない。僕の音だってわかってもらえたなら……うれしいこと、のはずなんだけど……」

喉《のど》の奥にしつこくからんでいるこの気持ちはなんなのだろう。

吐《は》き出《だ》せないまま、電車到着《とうちゃく》のアナウンスが耳を刺《さ》し、僕は首をすくめて鞄《かばん》を肩《かた》にかけなおした。

五人で車内に乗り込み、ドアが閉まり、ぐらりと発車したところで凛子《りんこ》がつぶやいた。

「軽音を踏《ふ》み台《だい》にした罪悪感でしょう？」

僕は吊革《つりかわ》につかまってうなだれた。それだ……。

「自分の作曲が行《い》き詰《づ》まっているから、なにか変えるきっかけが欲《ほ》しくて軽音をプロデュースするなんて言い出した。ステージはうまくいったのに自分はとくになんのきっかけもつかめなかったから、罪悪感だけ残ってこうやって萎《しな》びてる」

完全に仰《おっしゃ》るとおりです……。

「凛子《りんこ》さん、真琴《まこと》さんへの理解度が高すぎて嫉妬《しっと》を通《とお》り越《こ》して怖《こわ》いです」

「連《つ》れ添《そ》って長いから」

「付き合って、じゃなくなったんだ！　ランクアップしすぎだよ！」

「でも真琴《まこと》さんにも罪悪感はあるんですね。音楽がからむと完全に人の心をなくしてしまうのかと思っていました。ほんの少しだけ人の心が残っているというのも素敵《すてき》ですね」

「泣けるホラー映画のキャッチコピーみたい」

いつものように盛り上がる三人を、伽耶《かや》だけはおろおろと見ている。

「あのっ、大丈夫《だいじょうぶ》でしょうか、村瀬《むらせ》先輩《せんぱい》がずっとこんな感じだと心配で、なんとかしないと」

朱音《あかね》と詩月《しづき》は顔を見合わせる。

「慰《なぐさ》めるっていうか甘やかすのはしづちゃんの担当だったけど」

「私も最近、音楽が関係しているときには真琴《まこと》さんを甘やかさない方がいいのじゃないかと考え直したんです」

凛子《りんこ》が興味なさそうに口を挟《はさ》んだ。

「詩月《しづき》の代わりに伽耶《かや》が甘やかしたら」

「そうだね。伽耶《かや》ちゃんならしづちゃんに次いで二番目だもんね」

「えっ？　あの、なにが二番目なんでしょうか」

「だからほら、それはぁ、……大きさとか包容力とか？」

しばらく間を置いて、意味に気づいたのか伽耶《かや》は真っ赤になった。僕は乗客の間をかきわけて車内の奥の方へと逃《に》げた。もうほんと色々かんべんしてほしかった。

けれど伽耶《かや》は思《おも》い詰《つ》めた顔で追いかけてくる。

「せんぱいっ、あの、……わたしの胸でよかったら貸しますからっ」

胸って言っちゃったよ。

しかも伽耶《かや》のさらに向こうから詩月《しづき》の声があがる。

「やっぱりだめです伽耶《かや》さんっ、それは私の仕事です！　渡《わた》しません！」

＊

翌週、月曜日。

小渕《おぶち》から「ぜひ来てくれ」と頼《たの》まれ、僕らＰＮＯは放課後に音楽室で開催《かいさい》された軽音楽部の新入生歓迎《かんげい》コンサートを観《み》にいった。

一年生のための公演なので、客席に座ったのは伽耶《かや》だけ。あとの四人は準備室の中から、ドアを細く開いて見守った。見づらかったけれど、しかたない。いまだに「ＰＮＯが軽音に所属している」という誤解が一年生たちの間でしぶとく残っているらしいのだ。僕らが姿を見せたりしたら要《い》らない騒《さわ》ぎになるかもしれない。

そういった誤解を抜《ぬ》きにしても――会場は大入りだった。

音楽室に備え付けの椅子《いす》だけでは客席が足りずに倉庫から持ってきたパイプ椅子《いす》を並べていたくらいだから、六十人を超《こ》えていたということだ。

軽音のライヴは、溌剌と弾けていて、喜びにあふれていた。姫川先輩《ひめかわせんぱい》のドラミングも別人みたいにエネルギッシュで、しかも曲の合間に「メンバー紹介《しょうかい》をします！　弱小部だから全員紹介《しょうかい》できちゃいます」なんて自虐《じぎゃく》ジョークで観客を笑わせる余裕《よゆう》まであった。

僕もああいう強さをつかまなきゃいけない、と思うのだけれど、扉《とびら》の隙間《すきま》から覗《のぞ》く向こう側の世界はひどく遠く、まぶしく、切り取られた映画のフィルムを陽光にかざしたみたいに現実感がなかった。

Paradise NoiSe
Misao Hanazono

3　ピアニストのサガ

ピアニストという蛮族《ばんぞく》がいる。

これは、ピアニスト中村紘子《なかむらひろこ》の著作の題名だ。古書店の棚《たな》でこの刺激的《しげきてき》なタイトルを見かけて少ない小遣《こづか》いをはたいて買ってしまったのはたしか中学二年生のとき。すぐに読み切り、他の著作もあちこちの店を回って探した。失礼な話かもしれないが、彼女の演奏を聴《き》いた回数よりも彼女の本を読んだ回数の方がずっと多い。

たしかに、ピアニストという職業には、他のどんな音楽人にも見られない奇妙《きみょう》な戦闘性《せんとうせい》が備わっている気がする。

それはたとえば、ロックンローラーがファッションとしてまとう攻撃性《こうげきせい》とはまるでちがう種類のものだ。ロックの牙《きば》と爪《つめ》はあくまでも無法と反抗《はんこう》、権威《けんい》に背を向けるポーズのためのアクセサリだから、ロックンローラー自身が年を取ったり、売れて権威《けんい》の側に回ったりすれば自然に抜《ぬ》け落《お》ちてしまう。けれどピアニストの刃《やいば》はもっとずっと真摯《しんし》で敬虔《けいけん》で、愚《おろ》かだ。戦《いくさ》の中で斃《たお》れればヴァルハラに召《め》されると心から信じているヴァイキングのように、魂《たましい》と分かちがたく結びついた気高くて救いようのない蛮性《ばんせい》なのだ。

なぜ、ピアニストだけ――なのだろう。

独奏楽器としての特権的立場が永く続きすぎたせいだろうか。

あるいは、楽器自体が持ち運べないほどに巨大《きょだい》であるがゆえに、楽器なしではただの虚弱《きょじゃく》な人間であるという事実がいっそう際立《きわだ》つからだろうか。死ぬまでしがみつき、戦い続けることを求められるのか。

僕が交友を持つただひとりのピアニストも、やはり戦士だった。

朝のナパームのにおいについて語るようにコンクールの表彰式《ひょうしょうしき》について語り、古い傷痕《きずあと》を指でたどるようにしてショパンやプロコフィエフを弾《ひ》いた。

戦場には二度と戻《もど》りたくない、と彼女は言うのだけれど、嘘《うそ》だということは僕にも、そしてたぶん彼女自身にもよくわかっていたのだ。

＊

「――ありがとーっ！　またね！　おやすみ！」

朱音《あかね》がマイクにそう叫《さけ》ぶと、何百倍もの悲鳴じみた歓声《かんせい》が返ってくる。ステージから見下ろすライヴスペースの暗闇《くらやみ》は夜明けの海みたいだ。リップグロスや濡《ぬ》れた瞳《ひとみ》がバックライトを照り返して不揃《ふぞろ》いな星屑《ほしくず》を揺《ゆ》らめかせている。

最初にステージから姿を消すのはいつも凛子《りんこ》だ。二段重ねたキーボードの電源を落とすと、観客たちからの名前を呼ぶ黄色い声には目もくれずに上手袖《かみてそで》にさがる。ファンによると、その水銀みたいな無愛想さがたまらなく良いのだとか。

続いて、持ち物がスティックのみで身軽な詩月《しづき》が、立ち上がって高く両手を振《ふ》りながら袖《そで》に向かう。ファンにとっては、普段《ふだん》ドラムセットにほぼ遮《さえぎ》られている詩月《しづき》の全身が拝める貴重な機会なので、ここぞとばかりにコールの声が大きくなる。

ギターをスタンドに置いた朱音《あかね》は、まだ慣れていない感じの伽耶《かや》の手を引いてステージを端《はし》から端《はし》まで歩いてファンサービスした後で退場する。この二人はバンドの顔なのでひときわ大きな歓声《かんせい》が押し返してくる。

それに隠《かく》れるようにして、僕が最後にそっとステージを下りる。

「ほいお疲《つか》れ。良かったよ」

控《ひか》え室《しつ》で迎《むか》えてくれるのは、このスタジオ&ライヴスペース『ムーン・エコー』のオーナーであり、僕らのマネージャーでもある黒川《くろかわ》さんだ。

椅子《いす》に崩《くず》れ落《お》ちるようにして腰《こし》を下ろすと、疲労感《ひろうかん》が身体《からだ》の芯《しん》から指先に向かってじくじくと広がっていくのがわかる。

僕にとっては久々の『実戦』だった。

思い返してみれば、僕がPNOとして客の前に出たのは、なんと去年の十一月の文化祭が最後だった。今が四月末だからほぼ半年ぶりということになる。クリスマスは僕抜《ぬ》きだったし、その後『黒死蝶《こくしちょう》』の復活公演は僕だけのゲストだし、三月にようやく伽耶《かや》を含《ふく》めて演《や》ったときも撮影《さつえい》のための演奏で客を入れていなかった。

やっぱりPNOのライヴは段違《だんちが》いに消耗《しょうもう》する。

うまくやれていただろうか。体調は良かったし声も出ていたはずだけれど。黒川《くろかわ》さんの表情を窺《うかが》うに、お世辞を言っているわけではなくほんとうにライヴに満足しているようだ。

マネジメント契約《けいやく》を結んでからのPNOの公演は、黒川《くろかわ》さんが起《た》ち上《あ》げたインディーズミュージシャン支援《しえん》会社の宣伝も兼《か》ねていて、特に設立直後のここ三ヶ月は大切な時期なので僕らとしてもけっこうプレッシャーを感じていたのだ。メンバーの顔を見回しても、安堵《あんど》と一緒《いっしょ》に噴《ふ》き出《だ》してきた疲《つか》れがありありとわかる。

しかし黒川《くろかわ》さんは気にせず話を進め始めた。

「来月と再来月も同じ感じでチケット前売り始めていいよな？　なんか企画《きかく》があるなら告知があるから早めに、セットリストは前日までだけどできればそれも」

「ちょっ、黒川《くろかわ》さん、休ませて！」と汗《あせ》みずくの朱音《あかね》があえぐ。

「次のことなんて今は考えられません……」詩月《しづき》が机に突《つ》っ伏《ぷ》す。首筋から湯気が立つ。

「五人だと少し休めるかと思ったらかえって気が抜《ぬ》けなかった」と凛子《りんこ》。

「飲み物！　みなさんのぶん持ってきました！」

少し遅《おく》れて控《ひか》え室《しつ》に入ってきた伽耶《かや》は両腕《りょううで》いっぱいにペットボトルを抱《かか》えている。

「伽耶《かや》、そんなのはスタッフに任せておけばいいから！」と黒川《くろかわ》さんがたしなめる。「あんたはアーティストなんだからパシリなんてやっちゃだめ」

「でもわたし後輩《こうはい》っぽいことしたいんです！　部活入ってないし」

黒川《くろかわ》さんがあきれた目で僕を見る。いや、僕がやらせてるわけじゃないぞ？

「伽耶《かや》さんはかわいいのが一番の仕事なんですから先輩《せんぱい》にずっとついてかわいいところを見せ続けなきゃいけないんですよ」

詩月《しづき》が真面目ぶって言うと、伽耶《かや》は目をぱちくりさせて姿勢を正した。

「……はいっ！　わかりました！」

なんなんだこのバンド。いや、僕のバンドなんだけど。

「まあ今後の話はまた後で、でいいか。それとも打ち上げのときに話す？　ていうか、あんたら打ち上げはどうすんの。店はもう決まってる？　私が予約しようか」

黒川《くろかわ》さんが訊《き》いてくるので僕らは顔を見合わせた。

「店？　ええと、いつものマックだよね」

「いや、マックは打ち上げする場所じゃないだろ……」と黒川《くろかわ》さんは顔を歪《ゆが》め、すぐにはっとなった。「もしかしてライヴ後の打ち上げってやらないのか？」

「ミーティングはするけど打ち上げじゃないよねべつに」と朱音《あかね》。

「スタジオ練習のときよりは少し長めにしますね。反省会です」と詩月《しつき》。

「門限があるし」と凛子《りんこ》。

「フェスのときにすごい誘《さそ》われましたけど事務所的にもああいうのNGで」と伽耶《かや》。

「マジか……いや未成年だしそりゃそうか……でも……」

黒川《くろかわ》さんは心底ショックそうな顔をしている。

同じ控《ひか》え室《しつ》内で片付けをしていた三十代くらいの男性スタッフも言う。

「最近の若い人たち、全然やらないらしいですよ。俺らの世代なんて打ち上げのためにバンドやってるみたいなところがあったのに」

そういえば父も似たようなことを言っていたっけ。ていうか母との出逢《であ》いがたしかライヴ後の打ち上げだったと聞いたな。

「まあでもPNOさんはやらないで正解ですよ！　全員女の子だし。ライヴの打ち上げなんて女目当てのろくでもないのばっかり来ますよ。特に対バンと一緒《いっしょ》のやつとか、ファンがついてきちゃうやつとか」

「それもそうか。そもそも未成年だしな」と黒川《くろかわ》さんもうなずく。「うーん、でもうちの看板なんだし、なんもなしってわけにもいかないよな。今度明るいうちに飯食おう。寿司《すし》か焼き肉でも」

「ケーキビュッフェがいい！」と朱音《あかね》が身を乗り出す。

「私はブルーベリー狩《が》りに行ってみたいです」詩月《しづき》が顔をほころばせる。

「神保町《じんぼうちょう》のクラシック喫茶《きつさ》。貴重なレコードがたくさんある」と凜子《りんこ》。

どんどん打ち上げから遠くなっていくので黒川《くろかわ》さんも苦笑《くしょう》しきりだった。

けっきょく毎度のようにバンドメンバーだけでマクドナルドに行くということになり、五人でビルを出たところで朱音《あかね》が隣《となり》の詩月《しづき》にぼそりと耳打ちする。

「スタッフさん、さらっと『全員女の子』って言ってたね」

「真琴《まこと》さんもつっこみもしませんでしたね。既成《きせい》事実ということに」

「めんどくさかったからだよ！　言い間違《まちが》いかもしれないし！」

「あっ、すみません、後輩《こうはい》のわたしがつっこまなきゃだめでしたよね」

いや先輩後輩《せんぱいこうはい》関係ないが？

マクドナルドでのミーティングを終え、店を出て五人で新宿駅に向かう。

自動改札に差しかかったところで、Ｓｕｉｃａがないのに気づいた。

たしか——ライヴ前に控《ひか》え室《しつ》でスマホと一緒《いっしょ》に出してロッカーに入れて……

凜子《りんこ》も詩月《しづき》も朱音《あかね》も伽耶《かや》も、すでに自動改札を抜《ぬ》けた後だった。その背中に声をかける。

「ごめん。スイカ忘れたから取りに戻《もど》る」

伽耶も詩月も「ここで待ってます」とか言い出すので、すぐに見つかるかどうかもわからないから先に帰って、と言《い》い含《ふく》め、駅を出た。

スタジオの入っているビルまで戻《もど》ると、玄関口《げんかんぐち》で黒川《くろかわ》さんにばったり出くわす。

「あれ、どした。ミーティングじゃないのか」

「あ、終わりました。忘れ物しちゃって」

黒川《くろかわ》さんもいっしょに控《ひか》え室《しつ》に取って返して探してくれたので、すぐに見つかった。

「すみません。助かりました」

「いいよ。……そうだマコ、これから飲み会なんだけどあんたも来る？」

いきなり言われて僕は目をぱちくりさせる。

「え？　……いや、僕なんかが行ったら邪魔《じゃま》でしょ？」

どういう飲み会か知らないけれど、こっちは酒も飲めない高校生なのだ。ところが黒川《くろかわ》さんは笑って言う。

「あんたらの打ち上げやるつもりで今夜空けといたもんだからさ、急にひまになってきとうに呼び集めた飲み会なんだよ。気兼《きが》ねしなくていいよ」

「そう言われても、だって、僕を連れてったって話も合わなくて気まずいだけじゃ」

「大丈夫《だいじょうぶ》だよ、マコも知ってるやつらばっかりだから」

それからついでのように黒川《くろかわ》さんは言う。

「ていうか美沙緒《みさお》もいるよ」

僕は変な声をあげそうになった。

東新宿《ひがししんじゅく》の一角、小さめのオフィスビルの地下にある居酒屋に連れていかれた。

実に珍妙《ちんみょう》な顔ぶれだった。四人がけのテーブル席の奥側に座り、早くもビールのジョッキを傾《かたむ》けながら僕らの到着《とうちゃく》を待っていたのは——

「お、村瀬《むらせ》君？　ほんとに来ちゃったんだ？　いやあ担任教師としては高校生がこんな時間にこんな店に！　って叱《しか》らなきゃあ、だけど、まあいいよね！　お酒さえ飲ませなきゃ！」

小森《こもり》先生である。これだけでもじゅうぶん驚《おどろ》きだが、その向かい側はといえば——

「村瀬《むらせ》さんご無沙汰《ぶさた》です、いやぁほんとに来られたんですね。ええとクリスマス以来でしたっけかね？　俺も出演依頼《いらい》のメールばっかりでしつこくて申し訳ないです、そういや一度もちゃんとした席でお礼をしたことがなかったですね」

柿崎《かきざき》さんなのである。僕が商業の場に出るきっかけとなった、イベント会社の人だ。冬に逢《あ》ったときよりもなんだか顔色が悪く、痩《や》せた気がする。

「あ、あの、はい、お邪魔《じゃま》します……」

僕はへこへこ頭を下げる。

「はいはいさっさと座って飲み物注文して」

黒川《くろかわ》さんは僕の背中を押して小森《こもり》先生の隣《となり》に座らせ、自分は柿崎《かきざき》さんの隣《となり》にどっかりと腰《こし》を下ろすとメニューを僕の目の前に広げてみせる。やってきた店員に冷たい緑茶を頼《たの》み、あらためてこの不思議な飲み会のメンツを見渡《みわた》した。

たしかに、この三人、つながりがあるとは聞いていたけれど、そのつながりって……

テーブルは、やはりどう見ても四人がけだった。

気後《きおく》れして質問も挟《はさ》めずにいる間にどんどん料理が並び、黒川《くろかわ》さんのジョッキはあっという間に空になり、隣《となり》の柿崎《かきざき》さんに集中攻撃《こうげき》を始めた。

「あんたもさあ、そろそろ別の職場探しなよ？　仕事頼《たの》もうかなって思ってもあの社長んとこじゃ二の足踏《ふ》むよ」

柿崎《かきざき》さんの雇用《こよう》主である玉村《たまむら》社長には僕も嫌《いや》な印象しかない。黒川《くろかわ》さんは付け加えて言う。

「あ、っつってもウチは採らないよ？　元バンドマンはもう雇《やと》わないって決めたんだ」

「なんでだよ。差別だろ。ていうかスタジオのスタッフにはいっぱいいるじゃねえか、元バンドマン」

「あっちは現場も現場のド現場だからいいんだよ、経験者優遇《ゆうぐう》。でも会社には入れない。若いアーティストばっかり集まってるしね、ライヴハウスの変な常識みたいなのを持ち込ませたくないんだよね」

「いや黒川《くろかわ》おまえ……いやもうわかるけどさ！　うちの社長なんてそういうのの塊《かたまり》みたいな奴《やつ》だけどさぁ！」

柿崎《かきざき》さんも早くも焼酎《しょうちゅう》に移行して顔が赤くなっていた。ビジネス上のつきあいしかなかった僕には一度も見せたことがなかった顔だ。僕の視線に気づいたのか、ばつが悪そうに笑う。

「いやもうね村瀬《むらせ》さん、ほんとにね、済まんって思ってるんですよ志賀崎《しがさき》さんのことは特に。最悪でしたよあれは。親馬鹿のパパも悪いとは思いますけど話に乗っちゃったのは社長ですから全然言い訳にならんすよね」

伽耶《かや》と僕らが知り合うきっかけになった事件。苦く思い出す。

いちばん恐《おそ》ろしかったのは、伽耶《かや》に対しても僕らに対しても平然と嘘《うそ》をついていた玉村《たまむら》社長が、あれこれ収まった後で「結果オーライでしょ?」といって引き続きPNOとのビジネス関係を続けようとしたことだった。

「あの人のなにがやべぇかってね、悪気がないんだ！」と柿崎《かきざき》さんは吐《は》き捨《す》てる。「その場その場で調子こいて、当たり前みたいに嘘《うそ》ついて、後で帳尻《ちょうじり》が合えばOKって。悪いことしてる自覚がねぇのよ、一ミリも。悪気があった方がまだましなんだよ、これほんとにまずいなって思ったら退くだろうから。あの人はガチ天然。普通《ふつう》のことだと思ってやってるから絶対に反省しないしブレーキもかけない。ほんとになんで今まで爆発炎上《ばくはつえんじょう》してないのかわからん。ただ運が良かっただけですよあれ。いつか爆死《ばくし》するよ、絶対」

「なんで辞めないんですか？　ていうか柿崎《かきざき》さん、会社勤めなんてぜってえしねえ、って言ってましたよねバンド時代」と小森《こもり》先生が容赦《ようしゃ》のない質問を挟《はさ》む。

「二十五歳まではね！　そこで角を曲がる！　現実が見える！　才能ない！　彼女もいつ結婚《けっこん》するのってせっついてくる！　就職しないなら別れるとか脅《おど》してくる！　そうなったらロックなんて言ってられないだろが」

柿崎《かきざき》さんの切ない激白に僕は首をすくめた。いつか親父《おやじ》が言ってたことと寸分違《たが》わず同じ内容だった。

「しかも黒川《くろかわ》なんてさぁ、俺らの何十倍も集客できてたのにさぁ、ころっと解散して。正直あれで心折れたやつ多いよ？」

「私のせいにされてもね。みんなやめるきっかけを探してただけでしょ」

黒川《くろかわ》さんは辛辣《しんらつ》に言って御猪口《おちょこ》をあおった。

「酔《よ》ってなくても正論、酔《よ》ってても正論かよ」

それから僕の視線に気づいて今さらのようにがばと頭を下げる。

「お恥《は》ずかしいとこ見せて。すみません」

「いや、べつに、そんな」

何周か回って興味深くなっていた僕だった。

「そんなわけで村瀬《むらせ》さん、うちのイベントもね、俺は仕事なんで定期的にオファーのメール出しますけど全然無視してくれていいですよ。ＰＮＯの出演とれてあの社長が自分の手柄《てがら》みたいに勝《か》ち誇《ほこ》るところ想像したら腹立つし」

「えええええ……いや、はい、六月はちょっと無理なんですけど……」

「二十四日だろ。うちが先約」と黒川《くろかわ》さんがすかさず言う。

「ちょっと待って六月二十四日？」小森《こもり》先生が硬《かた》い口調で割り込んできた。「その週明けからたしか期末テストじゃなかった？　村瀬《むらせ》君大丈夫《だいじょうぶ》なの？」

こんな場面でいきなり教師モードに戻《もど》らないでほしかった。

「ええ、まあ、がんばります。勉強会とかやって」

「お勉強のスケジュール管理もついでに私がやるか」と黒川《くろかわ》さん。どこまで本気なのやら。

「黒川《くろかわ》さんめっちゃ頭良い大学でしたもんね」

「講義には全然出てなかったけどね」

「頭良いし実家太《ふと》ぇしマジ世の中不公平だわ」と柿崎《かきざき》さんはそろそろ呂律《ろれつ》が怪《あや》しい。

「でも黒川《くろかわ》さん全然お嬢様《じょうさま》って感じしないですよね。音大でお嬢様《じょうさま》いーっぱい見てきたけど」

「音大だからだろ。お嬢《じょう》専門学校みたいなもんじゃん。小森《こもり》、浮《う》いてただろ。つきあいで苦労多そう」

「浮《う》いてたっていうか沈《しず》んでたっていうか！　話全然合わないし！　あ、でも、華園先輩《はなぞのせんぱい》は特にお嬢様《じょうさま》でもなかったけど友達めっちゃ多かったらしいですね。色んな伝説聞きました」

突然《とつぜん》その名前が出てきて、僕はむせそうになった。

「あいつの実家もけっこう金持ちだよ？　私の五倍くらいがさつだけど」

「ああ、ええと、あの」僕は遠慮《えんりょ》がちに口を挟《はさ》んだ。「そういえば、華園《はなぞの》先生が来るって言ってませんでしたっけ」

僕の聞き間違《まちが》いだったのか？　それとも僕を連れてくるための嘘《うそ》だったとか？

「ゾノって飲み会に来れるような状態なの」柿崎《かきざき》さんが胡乱《うろん》な目で訊《たず》ねる。

「いや、無理だけど」

黒川《くろかわ》さんはなんでもなさそうに言ってスマホを取り出し、なにか操作して耳にあてた。

「……はいよ。私。うん、そろってるよ。もう大丈夫《だいじょうぶ》？　……いやこっちは大丈夫《だいじょうぶ》。この店、無料Wi-Fi飛んでるから」

それから黒川《くろかわ》さんは身を乗り出して腕《うで》を伸《の》ばし、スマホをテーブルの中央奥、醬油《しょうゆ》差しや爪楊枝《つまようじ》入れが並んでいるケースに立てかけて置いた。

最初、画面にはぼんやりしたグラデーションしか映っていなかった。

けれどすぐに、カメラを遮《さえぎ》っていたなにかがどけられる。

『……あれ、映ってる？　これ。あたしの方からは……ちょっとちょっと、これ食器でしょ、全然なんにも見えないよ、皿とかグラスとかどけてよ』

スマホから流れ出てくる、懐《なつ》かしい声。

小森《こもり》先生があわててスマホの近くの小鉢《こばち》やジョッキを片付けてスペースをつくった。

『こっち柿崎《かきざき》？ 寝《ね》るな、寝《ね》てると邪魔《じゃま》で奥が見えないよ！ え、お、おお？ ほんとにムサオ来てるじゃん、大丈夫《だいじょうぶ》？ 高校生だよ、酒飲ませたりしてないよね？』

目が合った。

小さなカメラと、電波と、長い長い回線を隔《へだ》てて、遠く遠く、でもこれほどに近く――

『ん？ 喋《しゃべ》んないな。あたしひょっとして引っかけられた？ ムサオの画像を合成してるだけだとか？』

「……いや、本物ですよ。すみません」

『もうっ！ 黙《だま》ってんのやめてよ！ こっちは画面越《ご》しなんだから！』

以前もこんなやりとりをしたっけ、と僕は胸のずっと奥の方に鈍《にぶ》い痛みをおぼえる。

小さな縦長の液晶《えきしょう》画面に収まった華園《はなぞの》先生は――

学校にいた頃《ころ》と同じ髪《かみ》の結《ゆ》い方で、やつれていた顔もだいぶ戻《もど》ってきて、血色も良さそうで、なんだか僕はもうこみ上げてくるものを喉《のど》のあたりで押しとどめるので精一杯《せいいっぱい》だった。

「ゾノおまえ酒飲んでいいの」

『無理に決まってんでしょ。お茶だよ。つまみも豆腐《とうふ》と小松菜だよ。ほら乾杯《かんぱい》！ あたしの分まで食って飲んで酔《よ》っ払《ぱら》え！』

「せんぱいにかんぱーい！」小森《こもり》先生がけらけら笑ってジョッキを持ち上げた。

そこからしばらくは、ほんとうに不思議な時間が流れた。

小学生の頃《ころ》、真夜中にふと目が醒《さ》め、思い立ってパジャマのまま外に出て真っ暗な街を歩き回ったときのような、くすぐったい昂揚感《こうようかん》がずっとわだかまっていた。

『柿崎《かきざき》まだ結婚《けっこん》しないの？　もう三十だよね？　彼女いくつだっけ、辛抱強《しんぼうづよ》いよね』

「うるせえな。余計なお世話だよ。どうせ彼女の方が稼《かせ》いでるよ。いつ見捨てられたっておかしくねえよ」

「わたしそういうプレッシャー嫌《いや》で最近実家帰ってないんですよね。就職できたなら次は結婚《けっこん》だろ、とか絶対言われるから」

『こもりん実家遠いからある意味便利だよねぇそういうとき』

「そんなの言われたことないな。親父《おやじ》と顔合わせても仕事と相場の話しかしない」

『黒川《くろかわ》はほら、男としてカウントされてんじゃないの。兄弟ほか全員男だよねたしか』

「そういう感じはちょっとある。気楽でいい」

『なんならあたしと結婚《けっこん》すっか』

「美沙緒《みさお》と結婚《けっこん》するくらいならマコとするよ」

唐突《とうとつ》に名前を出されて僕は口の中の烏龍茶《ウーロンちゃ》を噴《ふ》き出《だ》しそうになった。

『はいレッドカード。職権乱用』

「でも村瀬《むらせ》君は女としてカウントされてるしちょうどいいですよね」

なにがどうちょうどいいんだ？　ていうか小森《こもり》先生までそっち方面に参加するのはやめてもらえませんかね？

やがて柿崎《かきざき》さんが酔《よ》い潰《つぶ》れて眠《ねむ》ってしまい、場のトーンが一目盛《ひとめも》りだけ下がる。

ほとんど会話には参加できず、お茶で唇《くちびる》を湿《しめ》らせてたまにつまみに箸《はし》を伸《の》ばすだけだったのだけれど、不思議と疎外感《そがいかん》はおぼえなかった。僕もわざわざ話の輪に加えよう、なんていう気《き》遣《づか》いが一切《いっさい》なかったのが逆に居心地良《いごこちよ》かった。

「先輩《せんぱい》そこ自宅ですか？　PCで見てるの？」と小森《こもり》先生がスマホの画面に顔を近づける。

『そう、自宅、っていうか実家。マンションは引《ひ》き払《はら》っちゃったからね』

僕はまわりに聞こえないように密《ひそ》かに、ぐっと唾《つば》を飲み下していた。

ずっと訊《き》きたくて、でも言い出す隙《すき》がなかった。華園《はなぞの》先生が今どうしているのか。

『階段上り下りが無理だからさ、一階の部屋を改装してベッド入れてもらってね。そんなわけでうちの母さんが隣《となり》の部屋にいますのであんまり騒《さわ》がないでね』

「今さらーっ？」小森《こもり》先生はけたけた笑って、その勢いで店員を呼び止め、ハイボールのおかわりを注文した。

階段の昇降《しょうこう》が、無理。

さらりと出てきた言葉が首筋に爪《つめ》を立てる。

詳《くわ》しく聞きたくて、でもそんな勇気は出せなくて、ただ息を詰《つ》めて耳を澄《す》ませる。

『独り暮らしはもう厳しそうだからね。親には迷惑《めいわく》かけちゃうけど。んで、最初は「娘《むすめ》が帰ってきて嬉《うれ》しい」みたいなこと抜《ぬ》かしてた母さんも、一ヶ月間あたしのずぼらさを見続けた結果もうどん引きよ』

黒川《くろかわ》さんも小森《こもり》先生ものけぞって笑っているが、これは笑っていいところなのか……？

「美沙緒《みさお》、たまに体育の後とか疲《つか》れすぎて着替《きが》えもする気なくてジャージで授業受けてたもんな。先生に怒《おこ》られて私が着替《きが》えさせたりとか」

『あの頃《ころ》よりはましだよ。着替《きが》えとトイレと風呂《ふろ》くらいは自分でやってる』

「他は自分でやってないみたいに聞こえるけど」

『その通りだけど？』

だいぶ酔《よ》いが回ってきたらしい小森《こもり》先生はもう笑いっぱなしだった。担任教師のこういう面を見てしまうと学校で顔を合わせたときに気まずくなったりしないだろうか。

『ま、立ち仕事は無理そうなんだけどね、両手は無事だからよかったよ。楽器は弾《ひ》けるから』

小森《こもり》先生は急にしゅんとした顔になり、テーブルに頬《ほお》をぺたりとくっつけて至近距離《きょり》から華《はな》園《ぞの》先生の顔をのぞきこむかっこうになった。

「……じゃあ教職戻《もど》れないいんですか？」

その質問に、ぞくりとした。

『戻《もど》れない戻《もど》れない。あはは。戻《もど》れたら、こもりん失業じゃん』

「それはそうなんですけどぉ、そういう問題ではなくて」

『教師やっててつらくなってきた？　ムサオもっとこき使っていいんだよ』

「つらくはないです。大変だけど、つらくはないんです。村瀬《むらせ》君も冴島《さえじま》さんもいっぱい手伝ってくれるし。でもね、うぅん、でも……」

小森《こもり》先生はつぶやきながら、ごろごろとテーブルに額をこすりつけた。

「ただ̶さみしいだけだろ」

黒川《くろかわ》さんがぽつりと言った。

「そう、それぇ。せんぱいがいないとさみしい」

元から乏《とぼ》しかった小森《こもり》先生の教師らしさはもはや完全に消《き》え失《う》せていた。うちのメンバーたちよりも幼く見える。けれどその素直《すなお》さはうらやましくもあった。あるいはアルコールの力もあるのだろうか。

『かわいい後輩《こうはい》持ってあたし幸せだよ』

華園《はなぞの》先生が笑う。

ウェブカメラ経由の対話なので、細かい表情や目つきやしぐさは伝わりづらいはずだったけれど、そのときは先生が僕に目を向けてきたのがはっきりわかった。

『ムサオはどう？　さみしい？』

昔どおりの、面白《おもしろ》がってからかう口調で。

この人はほんとうにもう。

僕は全然素直《すなお》ではないしアルコールのずるい魔力《まりょく》も知らないので、ちょっと顔をそむけ、手元の割《わ》り箸《ばし》に向かって答えた。

「べつにさみしくはないですけど。……でも、僕にとっては華園《はなぞの》先生はやっぱり先生っていう認識《にんしき》なので、先生に戻《もど》れないって聞いても、なんか、……いつまでも先生ですね」

意味のわからない言い方になってしまった。

一方で、自分でも意外なくらいに本音が含《ふく》まれてもいた。

いつか学校に戻《もど》ってきてくれるのではないかと、どこかで期待していた。どんな病状かも知らないのに、無邪気《むじゃき》に、無責任に。

こうして本人の口から告げられてしまった今でさえも、まだ。

ウェブカメラの向こうで華園《はなぞの》先生がくっと含《ふく》み笑《わら》いをする。

『……そうだねえ。あたしもそんな感じだよ。入院してるときもさ、朝起きて、やば、着替《きが》えて学校行かなきゃ、とか焦《あせ》ったり、職員会議のこと考えちゃったり、授業日程思い出しちゃったりしてね』

僕はたっぷり汗《あせ》をかいた烏龍茶《ウーロンちゃ》のグラスに目を落とした。

先生の声は、夕暮れ、だれもいない校舎の廊下《ろうか》の端《はし》から響《ひび》いてくるみたいに聞こえる。虚《うつ》ろで、幾重《いくえ》かにこだまして、肌《はだ》にひやりと染《し》みる。

『だから――ってわけでもないんだけど、また先生をやることになると思うよ』

顔を上げる。

潰《つぶ》れていたはずの小森《こもり》先生も頭を持ち上げてスマホに目を近づけている。黒川《くろかわ》さんさえもわずかに目を見張り、口元まで持っていきかけたグラスを空中で凍《こお》らせている。視界の端《はし》で、突《つ》っ伏《ぷ》している柿崎《かきざき》さんの肩《かた》がもぞりと動く。

『音楽教室。ピアノだけじゃなくてね、弦《げん》もあれこれ。自宅でできて、立ちっぱじゃなくてもよくて、そんで他に取《と》り柄《え》もなくて、ってなったら、もうそれしかないでしょ。親も賛成してくれてね』

僕は息を止め、半分ほど残っていた烏龍茶《ウーロンちゃ》を一気に飲み干した。グラスの底に身を寄せ合う小さな水泡《すいほう》を見つめて、小さくつぶやく。

「……いいですね。すごく」

泣けるほどつまらない言葉しか出てこなかった。ほんとうは今すぐバンドのみんなに電話をかけて報《しら》せたいくらい嬉《うれ》しいのに。

生きていて、生きようとしていて、どこか開けた場所につながっている道を自分の足で進もうとしていることが、こんなにも嬉《うれ》しいのに。

「はぁあ。いいですねぇ音楽教室」

小森《こもり》先生が猫《ねこ》の喉《のど》鳴らしみたいに声を漏《も》らす。

「ちっちゃい子集めて、生徒みんなで演奏会やったり。ハロウィンやったりクリスマス会やったり！　わたしもそういうの夢です」

『こもりんもおいでよ。生徒として』

「だれがちっちゃい子ですかっ！　生徒がやりたいんじゃないですぅ！」

「小森《こもり》はちっちゃいだろ、実際」

「黒川《くろかわ》さんがモデル体型すぎるんでしょ！　わたしは平均！　……よりちょっと下くらいですからね」

そこからフィットネスとか靴《くつ》とか服の話に移ってしまい、束《つか》の間《ま》僕を包んでいた黄昏色《たそがれいろ》のぼんやりした空気は、ふと気づけば霧散《むさん》していて、あとには焼酎《しょうちゅう》と焦《こ》げた油のにおいしか残っていなかった。

帰りの電車内で、華園《はなぞの》先生からＬＩＮＥが来た。

［今日はありがと　あんま話せなくてごめんね］

その後にからかいか皮肉のメッセージが続くのかと思って三分くらい待ったけれど、それだけだったので少し驚《おどろ》いた。

［いえ顔見られただけでも］

そう返すと、すぐに次が来る。

［小森《こもり》と柿崎《かきざき》の頭が邪魔《じゃま》で全然見えなかったけどね］

それはたしかに、と僕は笑う。

正直なところ、華園《はなぞの》先生が戻《もど》ってきた——という実感がまだない。さっきのウェブカメラ経由の奇妙《きみょう》な会食にしたって、たしかに先生の肩越《かたご》しにちらちら映っていた木製の本棚《ほんだな》や笠《かさ》つきのスタンドランプはどう見ても病室のものではなさそうだったけれど、確証はない。一度は実際に逢《あ》っているのに、まだどこかで疑っている自分がいる。

そんな僕の胸中を見透《みす》かしてか、こんなメッセージがぽんと投げつけられた。

［今度うち来る？］

僕はスマホを無駄《むだ》に左右の手で何度も持《も》ち替《か》え、それから車窓の外を流れる夜の景色にかざしてみたりした。返信しないでいるうちに次の一文が闇《やみ》にぽかりと浮《う》かぶ。

［ムサオにピアノ聴《き》いてほしいんだ］

＊

その週の土曜日は、四月の終わりらしい気持ち良く晴れた休日だった。少し足を速めるだけで、くっきりとした風が肩《かた》と耳の間を抜《ぬ》けていく。

京王井《けいおうい》の頭線《かしらせん》、三鷹台駅《みたかだいえき》の東側は、透明《とうめい》な空を遮《さえぎ》る高い建物がひとつも見当たらない物静かな住宅街だった。細い坂道の左右に庭付きの一戸建てがずっと続いている。勾配《こうばい》が落ち着いてきたあたりで、左手に赤煉瓦《あかれんが》風の校舎と礼拝堂が現れ、木立が深まり、いくらか車通りのある交差点に出る。

華園邸《はなぞのてい》は、交差点を渡《わた》って四軒《けん》目の右手側だった。

シックな造りの二階建てだ。予想していたのの倍くらい大きい。庭はそこまで広くないが、車が二台入ったガレージの脇《わき》にはプランターを並べた棚《たな》が置かれてチューリップやパンジー、デイジーが色とりどりに咲《さ》きこぼれている。

気圧《けお》されつつも、門柱に取り付けられたインタフォンのボタンを押した。

「いらっしゃい！　まあまあ、遠いところをありがとうね」

出迎《でむか》えてくれたのは六十歳くらいのふっくらとした体型の品の良いご婦人だった。

「美沙緒《みさお》さんお部屋で待っているの、不躾《ぶしつけ》でごめんなさいね」

案内された家の中は玄関口《げんかんぐち》も廊下《ろうか》もたっぷりと空間に余裕《よゆう》があり、控《ひか》えめに配置された舶来《はくらい》品らしきアンティーク家具からは押しつけがましくない本物の貴族の香りが感じられた。

通された客間は、なによりもまず正面奥に置かれたグランドピアノが目についた。すでに蓋《ふた》が持ち上げられて突《つ》っ支《か》い棒《ぼう》が立てられている。

「いらっしゃいムサオ。来てくれてありがと。遠かったでしょ」

声で、ようやく気づいた。テーブルを挟《はさ》んで向かい合ったソファの左側のいちばん奥に深く腰《こし》を下ろしているのは華園《はなぞの》先生だった。なぜ一瞬《いっしゅん》気づかなかったかというと、ピアノに目がいってしまったというのもあるけれど、やはり先生がずいぶん痩《や》せてしまっているせいだった。肉付きだけではなく、全体的に生気が薄《うす》い印象がどうしても否《いな》めない。髪型《かみがた》や服装が学校に来ていた頃《ころ》と同じなのも、記憶《きおく》の中の姿と比較《ひかく》してしまって、差が際立《きわだ》つ。

「予想してなかった組み合わせだなあ。みんなで来るか、ムサオひとりか、どっちかだろうって思ってたんだけど」

先生はそう言って僕の肩越《かたご》しに目をやる。

「お、お邪魔《じゃま》しますっ」

ついてきていたもう一人——伽耶《かや》が、大きく頭を下げた。

「ごめんなさい、一度お逢《あ》いしただけのわたしみたいなのが」

「なに言ってんの。大歓迎《だいかんげい》」

「凛子《りんこ》も詩月《しづき》も朱音《あかね》も、なんか、まだ心の準備ができてないとか言って」

なにを準備するのかさっぱりわからなかったが、さらに意味がわからないのは、三人そろって伽耶《かや》に行ってくれと頼《たの》んだことだった。

「わたしが敵情視察を頼まれたんです。よろしく願いしますっ」

伽耶《かや》がぺこっと頭を下げる。敵ってなんだ。なにと戦ってるんだ。

と、先ほどのご婦人が、茶器一式を載《の》せたカートを押して部屋に入ってきた。

「ゆっくりしていってくださいね。あまりおかまいもできませんけれど」

「お母さん、あとはあたしがやれるから大丈夫《だいじょうぶ》。ありがとう」

華園《はなぞの》先生がそう言って、座ったままカートを自分の方に引き寄せる。

「そう。じゃ、私は二階で仕事してるから、なにかあったらベル鳴らしてくださいね」

先生のお母様はそう言って小さく頭を下げ、部屋を出ていった。

さっそく伽耶《かや》がぱっと立ち上がり、「わたしがやりますっ」と後輩力《こうはいりょく》を発揮してティーセットやお菓子《かし》をテーブルに移す。

「おうちでお仕事――されてるんですね。お邪魔《じゃま》じゃなかったかな」

僕はお母様が出ていったドアを見やって言う。

「翻訳家《ほんやくか》なの。昔からあたしが家で楽器弾《ひ》きまくってて、うるさい中で仕事するのには慣れてるから大丈夫《だいじょうぶ》」

大丈夫《だいじょうぶ》なのかそれは？

「それにお父さんがいなくなって家が広すぎるとかさみしいとか文句言ってたし、ちょっとはにぎやかになった方が嬉《うれ》しいんじゃないかな」

父親がいなくなった、という言葉に僕も伽耶《かや》も表情を硬《かた》くすると、先生はあわてて手を振《ふ》って笑った。

「あ、ごめんごめん、誤解させたか。生きてるよ。元気だよ。今どこだっけ、エストニア？　輸入家具の会社やってるから一年の半分くらい日本にいないんだよね」

なるほど、とあらためて品の良い内装の室内を見渡《みわた》す。

詩月《しづき》や伽耶《かや》の家を見てしまうと感覚が麻痺《まひ》しかけるが、ここもじゅうぶんとんでもない金持ちの家だった。音楽には金がかかる、というかつぞやの小森《こもり》先生の言葉を思い返す。

「まあ実家が太くて助かったよね！」

華園《はなぞの》先生はからから笑った。

「医療費《いりょうひ》もけっこうすごかったし、そのうえこんな歳《とし》の動けない娘《むすめ》抱《かか》えちゃったら、金食ってしょうがないからね」

「そんなあっけらかんと言われても……笑えないんですが……」

「これでニートになったらほんとに笑えないから、働かないとね。教室開くのは我ながら良いアイディアだと思うんだ。立地が命なんだけど、このへんそういうお宅が多いから」

「たしかに、子供にピアノ習わせそうな感じの住宅街ですね」と僕は窓の外を見やる。

「ムサオがお婿《むこ》に来てくれるなら働かずに済むんだけど」

僕がなにかつっこむ前に伽耶《かや》が立ち上がった。

「そういう発言が出たときに！　全力で止めに入るようにと！　先輩《せんぱい》たちにきつく言われてますので！」

「病《や》み上《あ》がりなのに厳しいなあ」

先生は肩《かた》を揺《ゆ》らす。ほんとにもう、変な冗談《じょうだん》はやめてほしい。

「志賀崎《しがさき》——伽耶《かや》ちゃん？　伽耶《かや》ちゃんでいい？　逢《あ》うのが二回目って感じが全然しないな。みんなからいっぱい話聞いてるからかな」

「わたしも全然そんな感じしないです。先輩《せんぱい》たちも、小森《こもり》先生も、いつも華園《はなぞの》先生のことを話してて、ずっと逢《あ》いたいと思ってました。きっとすごく気配りがあって教え上手で丁寧《ていねい》で優《やさ》しい先生なんだろうなって——」

「ちょ、ちょ、ちょっと伽耶《かや》？」黙《だま》っていられなかった。「どこから仕入れた情報をどうやって処理したらそんな印象になるの？　気配り？　丁寧《ていねい》？　この人が？　そういうのからいちばん縁遠《えんどお》い人だよ？」

「先輩《せんぱい》、恩師に対してそういう素直《すなお》じゃないの、よくないと思います」

伽耶《かや》はぷくっと頰《ほお》を膨《ふく》れさせる。

「朱音《あかね》先輩《せんぱい》の家庭教師をやってあんな難関校に合格させたり、凜子《りんこ》先輩《せんぱい》を音大行く気にさせたり、詩月《しづき》先輩《せんぱい》とか他にもたくさん音楽選択《せんたく》に転向させたり、とにかくほんとうにすごい先生なんですよ！」

いやそりゃ表面的にはそうかもしれないが。朱音《あかね》なんて、家庭教師に来てもらってたときには勉強なんて全然せず楽器弾《ひ》いてばっかりだったって言ってたぞ。

「わたしの憧れの人の憧れの人なんだから素敵《すてき》な人にきまってます。先生の音楽の授業わたしも受けてみたかったです。きっと画期的でわかりやすくて情熱が伝わってくる感じで――」

教師がサボって生徒に全部任せるという点はたしかに画期的ではあったが。

「ちょっとムサオ、ごめん、あたし申し訳なくなってきた」

華園《はなぞの》先生が苦しげにささやく。

「早く認めて謝ってください」と僕は小声で返した。

伽耶《かや》は無邪気《むじゃき》そうに首を傾《かし》げている。先生はごまかすように手を振《ふ》って声を高くした。

「あはは！　伽耶《かや》ちゃんも今からでもあたしの生徒になる？」

「あっ、そうですね、教室を開くんですよね！」

目を輝《かがや》かせる伽耶《かや》の表情にはいっぺんの曇《くも》りもない尊敬の念が浮《う》かんでいる。まぶしい。

「っていってもクラシックだからなあ、教えられる楽器がないか」

「色々興味はあるんですけど、わたしもベースがまだまだなので集中しないと」

「声楽もやろうかなって思ってるんだけど、ううん、聴《き》いた感じだと教える必要なにもないよね。歌のトレーニングは受けてるの？」

「いえ、とくに。兄のトレーナーさんに相談してみたことがあるんですけど、やっぱり教えることはないって言われちゃって……」

なんか残念そうに言ってるけど本物の天才ってことだからな？

「ううん残念。じゃあムサオの転がし方でも教えようか」

「はいっ！　それはぜひ教わりたいです！」

真に受けるなよ。先生もなに教えるつもりなの？　ちょっと怖《こわ》いんだけど？

華園《はなぞの》先生に手招きされた伽耶《かや》は素直《すなお》に席を立って先生の隣《となり》に座り直し、こしょこしょと耳打ちされて真っ赤になっている。

「先生、それは、わたしもまだ十六歳なのでっ」

おい、ほんとになに教えてんだよ？

僕が腰《こし》を浮《う》かしかけると、伽耶《かや》ににらまれる。

「せんぱいにはひみつですっ」

「ムサオのことは前世の頃《ころ》から知ってるからね。なんでも訊《き》いてよ」

おむつのとれていない頃《ころ》から知ってるとか大嘘《おおうそ》言っていた凛子《りんこ》以上の捏造《ねつぞう》が始まってしまった。怖《こわ》すぎる。

「わたしもずっと昔から知ってますからっ、負けません！」

「あたしチャンネル登録者数二桁《けた》の頃《ころ》から観《み》てるからね？　ペイントツールでてきとうに描《か》いたみたいなチャンネルロゴも知ってるし」

「わたしだってっ、先輩《せんぱい》がアシッドジャズにはまりかけた時期にジャミロクワイをサンプリングしまくって一曲作って著作権的にまずそうだからってすぐに消したやつ知ってますから！」

「ふうん？　あたしもMusa男始める直前にあげてすぐ消したザ・ヴァーヴそっくりのアレンジの『超級《ちょうきゅう》エデン交響曲《こうきょうきょく》』っていう恥《は》ずかしいタイトルの曲保存してあるよ」

「あっ、わたしはおととし一回だけ間違《まちが》って生配信始めちゃったときの録画持ってます！」

僕は頭を抱《かか》えて呻《うめ》いた。やめてくれ。僕の埋《う》めておきたい歴史を二人がかりで掘《ほ》り返《かえ》さないでくれ。

華園《はなぞの》先生は伽耶《かや》の隣《となり》でソファに背を預け、天井《てんじょう》を仰《あお》いでふうと息をついた。

「こんだけディープなムサオマニアが近くにいるなら、後進に道を譲《ゆず》って、あたしはもう卒業していいかな」

「なんですか卒業って。跡《あと》を継《つ》ぐとかそういうもんじゃないでしょ、べつに」

「つまりね、あたしもムサオ離《ばな》れしなきゃな、ってこと。……それから、ムサオもね。先生離《ばな》れしないと」

僕は先生の胸元《むなもと》をじっと見つめた。悪戯《いたずら》っぽく笑って冗談《じょうだん》を付け加えるのを待った。でも、そんな一言はついに出てこなかった。先生の隣《となり》で伽耶《かや》も口をつぐみ、身を固くしていた。

先生は背もたれから身を離《はな》し、テーブルに手を伸《の》ばして、ティーポットにかけられた保温用の布をとった。カップに注がれた紅茶はまだ湯気を立てていた。たぶん身体《からだ》をうまく動かせないせいだろうけれど、ひとつひとつの動作が水の中みたいにゆっくりで、この部屋だけ時間の流れが淀《よど》んでいるのじゃないかと僕は思った。

「きみの活躍《かつやく》に、あたしは勝手に期待して、勝手に元気をもらって、それにはすごく助けられたんだけど、でもさ」

先生の指が、自身の痩《や》せて骨張った手首をたどる。

「手すりにつかまったままじゃ、手すりのない場所には行けないでしょう。だから、そろそろ手を放さないとね」

開いた手のひらを僕に向け、先生は指の間からほほえんでみせる。

「あ、離《はな》れるっていってもべつに二度と逢《あ》わないとか詩月《しづき》ちゃんにもらった女装画像をフォルダごと消すとかそういう意味じゃないよ？」

その冗談《じょうだん》は、遅《おそ》すぎたし軽すぎた。伽耶《かや》さえもくすりとも笑わなかった。

「どういう意味かっていうと、……うん、一曲聴《き》いてもらった方が早いかな。今日はもともとそのために来てもらったんだし」

先生はアームレストに手を突《つ》っぱって、ものすごく苦労して立ち上がり、ピアノの方に向かおうとした。伽耶《かや》があわてて立ち上がって肩《かた》を貸そうとしたけれど手で押しとどめる。

「大丈夫《だいじょうぶ》。少しは自分で歩かないとね、なまっちゃうから」

窓から差し込む午後の陽《ひ》の角度が変わったとはっきり感じられるくらいの長い時間をかけて華園《はなぞの》先生はピアノの椅子《いす》にたどりつき、腰《こし》を下ろし、蓋《ふた》を持ち上げた。

鍵盤《けんばん》に指をのせる前に、先生は目を閉じ、じっと耳を澄《す》ませた。

遠ざかっていくだれかの足音——あるいは僕らの鼓動《こどう》に……？

指が鍵盤《けんばん》に鋭《するど》く突《つ》き立《た》てられた。

穏《おだ》やかで消え入りそうだった午後の光は数千のガラスの破片《はへん》となって散った。刃《やいば》の上で舞《ま》い踊《おど》る悪魔《あくま》のカプリース。挑発《ちょうはつ》的な主題は変奏のたびに研《と》ぎ澄《す》まされてぎざぎざの殺意を剝《む》き出《だ》しにしていく。

ブラームス、『パガニーニの主題による変奏曲』。

でも僕の知っているブラームスじゃなかった。理知的で情緒《じょうちょ》深い巨匠《きょしょう》の貌《かお》は十六分音符《ぶおんぷ》ひとつぶんのサイズにまで凝縮《ぎょうしゅく》されて閉じ込められ、猛々《たけだけ》しくも精密なタッチがそれを寸分の狂《くる》いもなく切り分けていた。とにかく速い。僕が知っているどんなパガニーニ変奏曲よりも速い演奏だった。そして各変奏の間には剃刀《かみそり》一枚分の隙間《すきま》もなく、テンポの揺《ゆ》らぎも完全に削《そ》ぎ落とされていた。

それなのに——なぜだろう——機械のようだ、とはまったく感じなかった。

骨を削《けず》る痛みが、じかに響《ひび》いてくる。

最終変奏、八分《ぶ》と三連のポリリズムは正確無比に魂《たましい》と意識を断《た》ち割《わ》って引《ひ》き剝《は》がすようなエネルギーで、僕はもうほとんど呼吸さえもできなかった。

演奏を終えた華園《はなぞの》先生は、粗《あら》い息を鍵盤《けんばん》に吐《は》きかけ、そのまま突《つ》っ伏《ぶ》しそうになる。僕も伽耶《かや》もあわてて駆《か》け寄《よ》り、左右から支えた。

ゆっくりソファに運ぶ。先生の身体《からだ》は信じられないくらい薄《うす》く、軽かった。

「……もっとスタミナ戻《もど》さないとだめだね……」

クッションにうつぶせになるような姿勢で深々と身を沈《しず》めて、先生はつぶやいた。

「どうだった？」

演奏の出来映《できば》えについて訊《き》かれているのだと気づくのに、だいぶかかった。くたびれきった先生の顔を見ていられず、僕はピアノに目をやり、空に向かって投げかけられた黒い翼《つばさ》の先を視線でむなしくたどった。

気の利《き》いた褒《ほ》め言葉なんてひとつも浮《う》かんでこなかった。正直な思いが唇《くちびる》から漏《も》れ出る。

「……ええと。……なにと戦うつもりなのかなって、そう思いました」

乾《かわ》いた布をこすりあわせるような音が聞こえた。

先生が、ざらざらの喉《のど》で笑ったのだ。

「そう聞こえたなら、悪くないね。……実は、ピアノコンクールに出ようと思って」

僕はようやく先生の顔に目を向けた。隣《となり》に寄《よ》り添《そ》った伽耶《かや》が心配そうな面持《おもも》ちでその背中をさすっている。

「教室を開くなら、その前に出ておかないとね」

「それは、……つまり、生徒を集めるために入賞実績があった方が、っていう話ですか」

「ああ、うん」

呼吸音は徐々に落ち着いてきたようだ。伽耶《かや》は先生の身体《からだ》から手をはなす。先生は身をよじって僕の方に向きを変え、言葉を続けた。

「それもあるけど、もっと単純な理由で。あたし、ずっと音楽から遠ざかってたわけでしょ。戻《もど》るためには、一度戦って——血を流さなきゃいけない、って思うんだ」

*

週明け、昼休みに音楽準備室で華園邸《はなぞのてい》訪問の話をした。

最初は凛子《りんこ》も詩月《しづき》も朱音《あかね》も嬉々《きき》として伽耶《かや》を質問責めにし、華園《はなぞの》先生の近況《きんきょう》を知って笑ったり安心したりしていた。

「そんな豪邸《ごうてい》だったの？　全然お嬢様《じょうさま》オーラないのに。来月遊びにいこうかな」

「ご自分で歩けるくらいなんですね！　もうずっと車椅子《くるまいす》生活なのかと思ってました。よかったです」

「伽耶《かや》、村瀬《むらせ》くんの性犯罪はちゃんと阻止《そし》した？　あなたは被害《ひがい》に遭《あ》ってない？」

ところが、ピアノコンクールに話が及《およ》んだとたん、凛子《りんこ》が黙《だま》り込む。その目には冷たい光がたたえられて、僕はぞくりとした。

小森《こもり》先生が身を乗り出して話に入ってくる。

「コンクール出るの？　すごい。華園先輩《はなぞのせんぱい》、ピアノもかなり上手《うま》いんだよね！　みんな知ってると思うけど。あ、冴島《さえじま》さんとかに任せっきりだったらしいから、ちゃんと本気の演奏を聴《き》いたことないのかな？」

詩月《しづき》と朱音《あかね》は空気の微妙《びみょう》な変化に気づき、曖昧《あいまい》にうなずいて凛子《りんこ》を横目で見た。

「なんていうコンクール？」

さざ波のような声で凛子《りんこ》が訊《たず》ねる。

静かな気迫《きはく》に圧《お》されつつ、僕は思い出して答えた。凛子《りんこ》はスマホを取り出し、なにか調べ始めた。しばらくして画面から顔を上げる。

「……わがままでほんとうに申し訳ないのだけれど、五月のライヴは休ませてほしい」

僕は目をしばたたいた。いきなりなにを言い出すんだ？

けれど詩月《しづき》にはすぐに通じたようだった。

「凛子《りんこ》さんも同じコンクールに出るのですか」

凛子《りんこ》はかすかにうなずいた。

「一ヶ月間、ピアノに集中したい」

朱音《あかね》も、すでに理解していた。

「そっか。こんな機会もうないかもしれないもんね」

小森《こもり》先生は不思議そうな顔をしていた。

伽耶は——どちらだったのだろう。切なげにまつげを伏《ふ》せていた。

「ええと……同じコンクール？　華園《はなぞの》先生と？　なんで？」

「戦って、倒《たお》したいから」と凛子《りんこ》は答えた。

4　女王のために鐘《かね》は鳴らない

放課後、バンドの全員で『ムーン・エコー』に赴《おもむ》き、黒川《くろかわ》さんに凛子《りんこ》の一時休業を伝えた。

「ううん。もっと早く言ってほしかった。もう来月分のチケット完売してるし」黒川《くろかわ》さんは頭を掻《か》いた。

「わたしはいちばん抜《ぬ》けても支障がないパートなので、演奏に穴は空かないと思います」

「支障がないっておまえ……なに言ってんだ」

黒川《くろかわ》さんはスマホを操作して、ＳＮＳに投稿《とうこう》された僕らのライヴ中の様々な写真を見せてくれた。メンバー一人ずつにフォーカスしたショットもたくさんあり、凛子《りんこ》のものはどれも四桁《けた》以上シェアされている。

「おまえ個人にもファンがいっぱいついてんだよ。おまえを観《み》に来《き》た客ががっかりするだろ」

「そう——ですね」

きわめて珍《めずら》しいことに、凛子《りんこ》は神妙《しんみょう》そうにうなずいた。

「申し訳ないとは思っています」

「まあ、美沙緒《みさお》と勝負するチャンスなんてこれ逃《のが》したらもう二度とないだろうからな」

僕は驚いて黒川さんの顔を見た。黒川さんまで、華園先生と凛子が戦う意味をなにやら理解しているのか。僕はいまだにさっぱりわからないのだけれど。

「で、五月のライヴは……伽耶《かや》も出てくれるわけだから、マコがキーボードやればいいのか。音はだいぶ薄《うす》くなりそうだな。うまくカバーできる？」

「なんとか。薄《うす》くなるっていうか、僕じゃそもそも弾《ひ》けないくらい難しいんで、ばっさりアレンジ変えるしかないですけど」

「そんなに難しくはないと思うのだけれど」

「なっ？　おまえ、だったら弾《ひ》いてみろよ！」

「いつも弾《ひ》いてる」

「そうだった！　売り言葉に買い言葉で意味わかんないこと言っちゃったよ！」

「マコ、不調ってほんとだったんだな。今のひとりボケツッコミは相当寒かったぞ」

「黒川《くろかわ》さんまでそういう心配はやめてください！　ＰＮＯがコミックバンドになってもいいんですかっ？」

「客の需要《じゅよう》があるならべつにいいよ」

ビジネスライク！

「あたし一応、凛《りん》ちゃんのパートはだいたい弾《ひ》けるけど」

万能《ばんのう》プレイヤーの朱音《あかね》が手を挙げる。その手もあるか、と思いきや——

「だめだな。朱音《あかね》はギターでないと」

黒川《くろかわ》さんがぴしゃりと遮《さえぎ》ってきたのでちょっと驚《おどろ》く。

「メインヴォーカルなんだから。キーボードだとステージワークに制限がありすぎる」

「ああ、そうか……」朱音《あかね》はちょっと残念そう。設置型の楽器では、ステージの端《はし》から端《はし》まで走り回ってファンサービスするのは無理がある。

やはり、僕が弾《ひ》くしかない。

「わたし鍵盤《けんばん》のことは全然わからないんですけど、凛子先輩《りんこせんぱい》のパートってどれくらい難しいんですか」と伽耶《かや》が無邪気《むじゃき》そうに訊《き》いてくる。凛子《りんこ》は少し考えてから答える。

「ショパンのエチュードでいうと『黒鍵《こっけん》』と『蝶々《ちょうちょう》』の間くらい」

「鍵盤《けんばん》の曲を鍵盤《けんばん》の曲でたとえられてもわからないです……」と伽耶《かや》はしょんぼり。そりゃそうだ。僕だって『黒鍵《こっけん》』と『蝶々《ちょうちょう》』のどっちが難しいのかもわからない。

「でも、コンクールじゃないんだから、難しければいいというものでもないし、村瀬《むらせ》くんは村《む》瀬《せ》くんの演奏をすればいい」

「心強いアドバイスありがと……」

「コンクールではやっぱり難しければ難しいほどいいのでしょうか」

ふと詩月《しづき》が凛子《りんこ》に訊《たず》ねた。

「もちろんそう」

今度は即答する。

「審査員《しんさいん》は『演奏難度だけではなく音楽性が大事』とかよく言うけどそんなのは建前で、難しく聞こえる難しい曲を完璧《かんぺき》に弾《ひ》きこなした人がだいたい入賞する。音楽性なんていう曖昧《あいまい》な概《がい》念《ねん》がほんとうに問題になってくるのはワールドクラスだけ」

身も蓋《ふた》もないが凛子《りんこ》が言うと重みがちがう。

「審査員《しんさいん》も人の子だから、他人の演奏に順位付けするのはとても苦労するもの。そこにとてもわかりやすい『評価できる理由』を差し出してあげると優勝できる」

「黒い凛子《りんこ》さんも素敵《すてき》です」

コンクールの闇《やみ》――というほどではないけれど、怖《こわ》い世界だ。

「今回はそんなに大きくない地域コンクールだから、攻《せ》めた選曲をしてくるライバルも多くはないでしょうし、一般《いっぱん》部門は自由曲に指定もなくて演奏時間も最長十五分。わたしの選曲ノウハウが最大限に生かせる。負ける要素がない」

「すごい自信だな。……ていうかちょっと待って、一般《いっぱん》部門？　高校生部門だろ？」

凛子《りんこ》は小首を傾《かし》げた。

「一般《いっぱん》部門に出なきゃ華園《はなぞの》先生と勝負できないでしょう」

「え、だって、応募《おうぼ》規定があるだろ」

「主催《しゅさい》している団体に父が一枚嚙《か》んでいたから手を回してもらった。年齢《ねんれい》が下の部門に出るなら問題だけど、わたしはわざわざレベルの高い部門に出るわけだから問題ない」

ええええええ……そんなことしてたのかよ。ほんとに問題ないのか？

「そもそも応募締《おうぼし》め切《き》りはとっくに過ぎてたからどちらにせよ裏技《うらわざ》を使うしかなかったし」

開き直りにもほどがある。

「あのお父さんをよく説得できたもんだな。そんな横車押すようなことさせて」

「説得もなにも、わたしがピアノコンクールの世界に戻《もど》ると聞いたら両親とも大喜びで、一も二もなく根回ししてくれた。今回限りとも知らずに」

なんかもう他人事《ひとごと》ながら全方面に申し訳なくなってきたよ？

「そこまでして先生に勝てなかったら恥《はじ》どころじゃないねえ凛《りん》ちゃん」

「絶対に勝つから大丈夫《だいじょうぶ》」

「先輩《せんぱい》がんばってください！　五月のライヴはわたしがしっかり支えますから！」

「ありがとう。安心してピアノに集中できる」

「凛子《りんこ》さんがうらやましいです。先生と対等に戦える場があるなんて」

「わたしも、ピアニストを目指していてよかったと思えたのは今回がはじめて」

「美沙緒《みさお》もちょっと元気になったからって調子こいてるからな。シメてやれ」

「はい。たっぷり恩返ししてきます」

僕は当惑《とうわく》するしかなかった。

凛子《りんこ》がなぜそこまでして華園《はなぞの》先生と勝負しようとしているのか——

僕以外みんな理解しているみたいで、僕ひとり置き去りで、かといってよくわかっていないのにおざなりな応援《おうえん》の言葉は口にできなくて。

しかたない。僕は僕で、五月のライヴに集中しよう。凛子《りんこ》の代役。普段《ふだん》とちがうステージになれば、行《い》き詰《づ》まっているままの作曲になにかヒントが湧《わ》いてくるかもしれない。

＊

五月最初の日曜日、朝から部屋に籠《こ》もり、ヘッドフォンをかぶってシーケンサソフトとにらめっこし、全然まとまらないアイディアの切《き》れっ端《ぱし》をいじくり回しては削除《さくじょ》するのを繰《く》り返《かえ》しているど、スマホが震《ふる》えて机から滑《すべ》り落《お》ちかけた。

キョウコ・カシミアからのメッセージだったのでびっくりする。

池袋《いけぶくろ》に寄る用事があるから一緒《いっしょ》にお昼を食べないか、というお誘《さそ》いだったので、喜び勇んで家を出た。もう完全にどん詰《づ》まりで腐《くさ》りかけていたので、だれかに風穴を開けてほしかった。キョウコさんなら風穴どころかまわりじゅう更地《さらち》にされるかもしれないけれど、三十秒未満の使えない楽曲ファイルばかりが増え続ける現状よりはずっとましだ。

「なんだか顔色がすぐれないね」

池袋《いけぶくろ》東口の待ち合わせ場所で逢《あ》うなり、キョウコさんは言った。

「あ、はい。いえ。キョウコさんはお元気そうでよかったです」

夏を先取りするようなノースリーブの上に粗《あら》いメッシュのカーディガン。みずみずしい生命力が全身からあふれていて、僕の倍以上の年齢《ねんれい》のはずなのに、しょぼくれた僕の方が年寄りみたいに思えてくる。

駅から少し歩いた裏通りの南インド料理店に入った。

「邦本《くにもと》さんから聞いたよ。ずいぶん暴れたみたいだね」

注文を終えてからいきなりその話題なので僕は首をすくめた。

「すみません、キョウコさんに紹介《しょうかい》してもらった仕事なのに。顔に泥塗《どろぬ》るような……」

「そういうのは気にしなくていいんだよ。きみの成功も失敗もきみだけのものだ」

運ばれてきたチャイをポットから僕のカップに注いでくれる。胸をつく挑戦《ちょうせん》的な香りがテーブルのまわりに広がる。

「来週からアジアツアーに出るから、その前になにかエネルギーを補給しておきたくてね。邦《くに》本《もと》さんにきみの若々しい武勇伝を聞いて、直接逢《あ》いたくなったんだ。誤解しないでほしいんだけれど、まったく皮肉ではないよ。もし同じ状況《じょうきょう》に置かれたとき、今の自分は、きみと同じことができるだろうか――と思う」

皮肉の意味に取るなといわれても無理な話だった。

「きみの蛮勇《ばんゆう》が正しかったかどうか、まだ結果は出ていないわけだしね。もしきみが締《し》め切《き》りに間に合わなかったとしたら、そのときこそは皮肉を言うためだけの食事会をしようか。きみのおごりで」

「……はい。そうしてもらえると救われます」

情けない声で僕は答えた。

「でも少年、その様子だとほんとうに皮肉会をやる羽目になりそうだね？」

見抜《みぬ》かれていた。僕は顔を伏《ふ》せる。

「なんか全然うまくいかないんですよ。前とちがって、べつに心配事もないですし、作曲に集中できるはずなんですけど」

「そういうこともある、って私に慰《なぐさ》めてほしくて今日は来てくれたの？」

視線を持ち上げるとキョウコさんは僕を見つめてにまにま笑っている。恥《は》ずかしくなって再びうなだれた。

「残念ながら慰《なぐさ》めの言葉はひとつも持ち合わせていないけれど、言っておきたいことがある」

「なんでしょうか」

なんでもいいから鬱《ふさ》いだ気持ちを晴らすきっかけになってくれ、と僕は期待して上目《うわめ》遣《づか》いでキョウコさんを見る。

「ステージ上で輝《かがや》いているきみもかわいいけれど、悩《なや》んでいるきみはもっとかわいい」

「――っ？　あ、あのっ、そういう高度すぎる冗談《じょうだん》は返しが思いつかないので困ります」

「一ミリも冗談《じょうだん》ではないのだけれどね……」

もっと返しに困るわ！

そこで注文が運ばれてくる。南インド料理というのははじめての経験だった。大きなバナナの葉に盛られた米飯のまわりに種々のカレーを盛った小鉢《こばち》がぐるりと並べられている。荒々《あらあら》しく芯《しん》の強いスパイスの使い方がたいそう気に入った。

「でもライヴの方は好調なんだろう？」とキョウコさんが食べる合間に訊《き》いてくる。「この間の五人で演《や》ったやつを配信で観《み》たよ。いいパフォーマンスだったじゃないか」

「あ、観《み》てくれたんですか。ありがとうございます。あれは、はい、たしかにけっこう満足のいく演奏でしたけど」

「経験上、曲作りがうまくいかないときもライヴの調子が良いならそのうちなにかしら思いつくものだけれどね。作曲はハンドルで演奏はエンジンだからね」

なんだかんだといって、ちゃんと心強い言葉をかけてくれるのがとても嬉《うれ》しかった。

けれど――

「そのライヴも次回がちょっと不安で」

僕は、凛子《りんこ》がコンクールで一時的に抜《ぬ》け、五月公演でキーボードの代役を務めなければいけなくなったことを話した。

「穴がでかすぎて、僕じゃ穴埋《あなう》めどころか渡《わた》し板《いた》の一本にすらならないんですよ」

話してしまってから激しく後悔《こうかい》する。曲作りで詰《つ》まっている話とちがって、こっちは純粋《じゅんすい》に僕の実力不足以外のなにものでもないのだ。

「あはは。キーボードがいきなり抜《ぬ》けるのは私にも経験があるよ」

キョウコさんは笑ってくれた。

「化け物みたいなテクニックの持ち主だったからね。埋《う》めようもなかった。ぽっかり穴があいたまま演《や》ったよ」

笑い事なのか？　あるいはこれも、慰《なぐさ》めの言葉なんてないと言いつつの遠回しな慰《なぐさ》めなのだろうか。

そこでふと思い出した。

「その抜《ぬ》けちゃった人って、あれですか、プロのピアニストの」

「そうそう。よく知っているね」

キョウコ・カシミアはデビュー前の高校生時代から、本が四、五冊書けるくらいの様々な伝説を残している。当時のバンドメンバーは全員が今も一線級のミュージシャンであり、ギター兼《けん》キーボードを務めていた女性は現在、世界的に有名なコンサートピアニストとして活躍《かつやく》しているのだ。それでいてギタリストとしてもいまだに一流で、たまにキョウコさんのライヴにゲストで出ているというのだからとんでもない。

「ピアニストって、……変な人たちですよね」

僕は思わず正直な感想を漏《も》らしてしまった。キョウコさんが興味深げに身を乗り出してくるので恥《は》ずかしさをおぼえるが、今さら話を引っ込めるのも間抜《まぬ》けなので先を続ける。

「うちのキーボードもずっとクラシックやってたやつで、コンクールも優勝しまくってて。なんていうか、好戦的なんですよ。僕は音楽で勝ち負けをつけるのなんて無縁《むえん》だったから、よくわからなくて。音楽なんて聴《き》いて善いか悪いかだけじゃないですか。点数とか順番とかつけてもしょうがないと思うんですけど」

「なるほど。少年の言うことはたしかに真理だよ」

僕より先に食べ終えたキョウコさんは、チャイのおかわりを注いで唇《くちびる》を潤《うるお》す。

「私も音楽に順位付けなんてばかばかしいと思う。バンドコンテストの審査員《しんさいん》とかアルバムランキング記事執筆《しっぴつ》とかのオファーがたまに来るけど全部断っているし」

「でも、クラシックのピアニストは、戦って優劣《ゆうれつ》つけるのが身体《からだ》に染《し》みついてるっていうか。なんでだろう。やっぱりコンクールの権威《けんい》が強いからでしょうか」

「クラシックは事情がちがうのだろう。中でもピアニストは、戦うことを宿命づけられた人種だよ。コンクールが重要だから――ではないね。逆だ」

「逆？　……って」

「戦闘民族だから闘技場が必要なんだ」

僕は目をしばたたく。キョウコさんはナプキンで口元をぬぐった。

「私の愛《いと》しいピアニストが言っていた。この地球上に必要なコンサートピアニストの数というのは、せいぜい二十人くらいだ、って」

それは——僕も同じような話をどこかで読んだ記憶《きおく》がある。

「独奏楽器として完成されすぎているし、百年も二百年も前に死んだ作曲家の決まり切った曲を寄ってたかって掘《ほ》り下《さ》げ続けているわけだからね。おまけにピアノ独奏というのは録音とライヴ演奏の差がとても小さい。世界最高の演奏をだれでもレコードで簡単に堪能《たんのう》できる。個性やレパートリーを考えても二十人でじゅうぶん。となると、その頂点の二十席の奪《うば》い合《あ》いということになる」

「……そう言われてみると、囲碁《いご》とか将棋《しょうぎ》の世界に近いような気がします」

「本質的に、孤独《こどく》なんだろうね。ピアノという楽器が、音楽家の要請《ようせい》に応えて音量と音域を伸《の》ばし続け、ついにはコンサートホールをたったひとりで支配できるまでに肥大化してしまったその代償《だいしょう》が、現代まで続く戦いの遺伝子だ」

孤独《こどく》。

凛子《りんこ》はその孤独《こどく》を嫌《きら》っていなかっただろうか？

ピアノは続けるにしても、もうソロでは舞台《ぶたい》に立ちたくないと——たしか、プロコフィエフの協奏曲のときに言っていたはずだ。

でも彼女は戻《もど》っていった。戦う相手がいるから、というだけで。

それはもう、蛮族《ばんぞく》の血がそうさせたとしか言えないのではないだろうか。

キョウコさんには風穴を開けてもらえるどころか、いっそう大きな謎《なぞ》を背負わされてしまい、二割増しで重たくなった頭を抱えて帰宅した。

すぐに自分の部屋にこもり、作りかけの曲をこねくり回し、どうにもならないので今度は五月公演のキーボードパートの練習に移る。まるで指が追いつかない。かといってアレンジを簡略化するとどうしても全体的にしょぼくなってしまう。

完全な袋小路《ふくろこうじ》だった。

ところが、突破口《とっぱこう》はほんとうにほんとうに意外な場所にあった。僕の父親だ。

休日だからと昼からずっとビールを飲んでいた父が、夕食時に僕にからんできたのだ。

「真琴《まこと》、なんか最近ずっとキーボードの練習ばっかりだな」

「……うん。次のライヴが近いし。キーボードの娘《こ》がちょっと休むから代役で」

「ベーシストの誇《ほこ》りはどうしたんだよ！」

以前ベーシストに対してめちゃくちゃ失礼なことを言っていたくせにこれである。

「ベースはもう一人いるし、僕はまあ色々そこそこ弾《ひ》けるから僕がやるしか――」

「ならギターやれ！　キーボードなんておまえ、ロック強度が下がるだけだ！」

父は元バンドマンなのだが、ごっちごちのハードロック・ヘヴィメタル信奉者《しんぽうしゃ》で、非常に偏《へん》狭《きょう》なロック観の持ち主だった。酔《よ》っ払《ぱら》うとその理解しがたい偏見《へんけん》をつらつら吐《は》き出《だ》す。中でも意味不明なのが『キーボーディストがいるバンドはロックじゃない』というもの。

「キーボードいたらポップスだよ。ロックとは認めねえよ。ぬるい。ぬるぬる。ディープパープルとかボンジョヴィとかな！」

酔《よ》っ払《ぱら》いの相手をしてもしょうがないとは思いつつも、黙《だま》っていられなかったので僕は訊《き》いてみた。

「エクストリームが一番好きなんだよね？　キーボード使ってる曲めっちゃあるよ。ヴァンヘイレンも。ツェッペリンも」

「いやいやいやいやいや」うるさいよ。『いや』は二回までにしてくれ。「それは曲ン中でキーボードたまに使ってるだけだろ。俺が言ってるのはキーボーディスト。専門の。ロックバンドはヴォーカル、ギター、ベース、ドラムス、これが基本で最強。パート増やすんならギターの本数を増やせばいい」

「専門のキーボーディストいたら曲の幅広《はばひろ》がるじゃん」

「うるせえ。幅《はば》がどうした。キーボーディストなんてな、RPGでいえば『盗賊《とうぞく》』だ。なんか色々便利なことはできるけど攻撃《こうげき》も回復もできないから戦闘力《せんとうりょく》下がるだろ。魔《ま》法使《ほうつか》いが鍵《かぎ》開けの魔《ま》法《ほう》憶《おぼ》えればいいだろ」

本気で意味がわからなかった。世界中のキーボーディストにごめんなさい。

「ていうかマコが持ってるキーボード、お父さんのお下がりでしょ。お父さんベースだったってことは兼任《けんにん》できないじゃん。キーボーディストもちょっと目指してたんじゃないの」

それまで黙《だま》って聞いていた姉が的確な急所を攻撃《こうげき》する。

「んううううう」

父は情けない声を漏《も》らして机に頭を押しつけ、隣《となり》の母に逃《に》げ道《みち》を求める。

「子供たちが二人して俺をいじめるよ……」

「真琴《まこと》はいじめてないでしょう」と母の正論。

「私はもちろんいじめてるけど」と姉の本音。

しかし、夕食後に風呂《ふろ》を済ませてから部屋に戻《もど》ってよくよく考えてみると、父の言っていたことをもあながち馬鹿にしたものでもない気がしてきた。

キーボードを入れようとしたらどうしても凛子《りんこ》のプレイを再現したくなってしまうし、どうせ同じようには弾《ひ》けないのだ。すっぱりカットして僕がギターに回った方が建設的ではないだろうか。アレンジ変更《へんこう》の手間もけっきょく同程度だし。

なにより、会場に持っていく荷物が軽くて済む。

提案をＰＮＯのＬＩＮＥグループに投げてみると、すぐにみんなから反応がある。

［いいよいいよ　ステージ回しやすくなるし］
［一本のマイクでハモるやつやりたいです先輩《せんぱい》と！］
［カヴァーも何曲かやりましょうか　ヘヴィなのも叩《たた》いてみたいです］
好感触《こうかんしょく》だった。
凛子《りんこ》はどんな反応をするだろう、弾《ひ》けないからってあきらめるの？　とか皮肉を言ってくるだろうか、と思いきや――
［いいと思う　前から思っていたけれど村瀬《むらせ》くんの曲作りはわたしの音ありきになってしまっているから］
ぎょっとした。
凛子《りんこ》ありきの曲作り。それは――その通りだ。PNOの《オーケストラ》たるゆえんの大部分は凛子《りんこ》の奏《かな》でる万華鏡《まんげきょう》のようなサウンドなのだ。どうしても真ん中に据《す》えたくなる。
［わたしがなにも弾《ひ》かずにただにこにこしているだけの曲も遠慮《えんりょ》せずにやってみたらいい］
［凛《りん》ちゃんがにこにこするのってショパンのエチュードでいうとどれくらいの難度なの］
［作品10の1番と2番の間くらい］
［全然わからないですけど凛子《りんこ》先輩《せんぱい》がにこにこするところ見てみたいです］
ゆるいやりとりが始まってしまったので、僕はスマホを伏《ふ》せて置き、二台のシンセにどちらもカバーをかけると、ギタースタンドに立ててあったワッシュバーンを取り上げる。

足でリズムをとり、メロディを口ずさみながら、思うままに爪弾《つまび》いた。ソリッドボディにささやかに響《ひび》く、アンプラグドの音。ずっと迷子の僕にとっては弱々しさが心地《ここち》よい。エレクトリックギターはほんとうに特別な楽器だ。人間の肉体的感覚をここまでダイレクトに楽音に結びつけられる道具は他にない。

今の僕の感情も、剝《む》き出《だ》しになって音のひとしずくに変わる。

怖《こわ》い。

凜子《りんこ》のキーボードなしでライヴがうまくいくのが怖《こわ》い。うまくいかないのも怖《こわ》いけれど。手すりにつかまったままでは、手すりのない場所に行けないから、手を放す。華園《はなぞの》先生の言葉が今さらよみがえってくる。僕は凜子《りんこ》を棄《す》てようとしているのだろうか。いや、なにを馬鹿なこと考えてるんだ。今回だけだぞ。でも、その架空《かくう》の痛みは、弦《げん》の感触《かんしょく》とからみあって指先にきつく食い込み、いつまでも消えなかった。

＊

華園《はなぞの》先生と競《きそ》うことになるそのコンクールについて、凜子《りんこ》は『そんなに大きくない地域コンクール』なんて言っていたけれど、調べてみたら市区町村レベルとしては歴史も知名度もかなり上位で、開催《かいさい》形式も一次と二次の予備選考を経て本選出場者が五分の一にまで絞《しぼ》られる本格的なものだった。

『あたしはなんとか通ったけど、凜子《りんこ》ちゃんはもちろん余裕《よゆう》で通ったよね？』

五月中旬《ちゅうじゅん》、華園《はなぞの》先生がそんな電話をかけてきた。

「たぶん。通ったとは言ってませんでしたけど、本選の日時と場所を報《しら》せてきたので」

『まさか凜子《りんこ》ちゃんが襲《おそ》ってくるとは思わなかったねえ。どうせなら優勝したかったけど、強敵だなあ』

「凜子《りんこ》がいなきゃ優勝できるみたいに聞こえますけど」

『そのつもりだったよ』

僕は黙《だま》ってしばらく考え込む。

華園《はなぞの》先生は音大出身だから四年間みっちり専門教育を受けている。とはいえピアノ専攻《せんこう》ではなく作曲科だから、ピアノコンクールにおいてどれだけの有利につながるのかは未知数だ。

一方の凜子《りんこ》も、コンクール荒《あ》らしと謳《うた》われたのは中学生の頃《ころ》までだし、今回は特例で一般《いっぱん》部門に参加するので周囲のレベルが高い。

優勝なんてできるものだろうか。

しかし僕は、二人のピアノを実際に聴《き》いているのだ。とくに華園《はなぞの》先生がこの間聴《き》かせてくれたブラームスは衝撃的《しょうげきてき》だった。あれに伍《ご》する演奏ができる人間が、地域コンクールにそうそう何人も出てくるとも思えない。

「……なんにせよ、どっちかは入賞できるといいですね。そうしないとどっちが上か判定できませんから」

なんだか全然興味がないような突き放《はな》した言い方になってしまった。もちろん、どちらが勝つのかはぜひ知りたいし、なにより二人を戦いに向けて突《つ》き動《うご》かしているものの正体を確かめたかった。

『ムサオはどっちを応援《おうえん》するのかな？』

ビデオ通話なので、悪戯《いたずら》っぽい興味津々《きょうみしんしん》の目が僕に向けられているのがはっきりわかる。

僕はスマホから顔をそむける。

「どっちを、ってのはべつに。中立っていうことで」

『えぇー。でもあたしがパガニーニ変奏曲演《や》ってたのは教えちゃったんでしょ？　その情報格差はずるくない？』

「ずるいもなにも、相手の選曲なんて知ってたって特に意味はないでしょ」

『それは血で血を洗うピアノコンクールの世界を知らないムサオの無邪気《むじゃき》すぎる意見。上位層は選曲の段階から高度な駆《か》け引《ひ》きがあるんだからね』

ほんとかよ？　いかにも出まかせのにおいがする言い方だった。

『というわけで公平を期するためにも凜子《りんこ》ちゃんの選曲をスパイしてきてよ』

もう面白《おもしろ》がっているだけなのが丸わかりだった。スパイって。

「あー、はい、先生がパガニーニ変奏曲弾《ひ》いてたよって教えたら、じゃあわたしもパガニーニにしようかって言ってました」

『ふうん？　同じ曲――じゃないと思うし、「ラ・カンパネラ」の方かな』

「たぶん。凛子《りんこ》はリストも得意ですから」

ニコロ・パガニーニは自身がヴァイオリニストであり、書いたのはヴァイオリンのための独奏曲や協奏曲ばかりだった。しかしその超絶技巧《ちょうぜつぎこう》と流麗《りゅうれい》な旋律《せんりつ》に感銘《かんめい》を受けた多くの作曲家たちが、パガニーニの曲を素材としておびただしい数の派生曲を残している。前に華園《はなぞの》先生が聴《き》かせてくれたブラームスの変奏曲もそういった中のひとつだ。

そしてピアノ独奏によるパガニーニといえばなんといってもフランツ・リストの『ラ・カンパネラ』。難曲かつ演奏効果がとても高く、映《は》える。コンクールの勝負曲として申し分ない。凛子《りんこ》の好みのメランコリックで美しい旋律《せんりつ》だし。

「ええと、ブラームスだと地味で『ラ・カンパネラ』には分《ぶ》が悪いから曲を変える、とかそういう駆《か》け引《ひ》きがあるわけですか」

『んー？　いや、べつに。ていうかパガニーニ変奏曲は二次選考で弾《ひ》いちゃった。本選はちがう曲演《や》らないといけない規定だからどっちにしろ変えるよ。なに演《や》ろうかな。ムサオ、なにが聴《き》きたい？　ムサオの好みでいいよ』

高度な駆《か》け引《ひ》きの話はどこにいったんだよ！

「選曲は大事なんでしょ。僕なんかに合わせてどうするんですか」

『イゴール・メドヴェージェフの「前奏曲第一番イ短調」とかどうかな』

「絶対やめてくださいねッ？　怒《おこ》られますよ？」

『規定違反《いはん》じゃないよ。完全自由だから』

「いや、それにしたって、そんなの弾《ひ》いて喜ぶの僕だけですからね？」

『ふうん？　ムサオは喜ぶんだ？』

にんまりした顔がウェブカメラにぐっと寄せられる。僕は言葉に詰《つ》まった。うまく誘導尋問《ゆうどうじんもん》された……。

『まあ、さすがにあの曲じゃ勝てないから演《や》らないけど。短すぎるし、ムサオあんまりピアノの書法に慣れてないでしょ。もうちょいアレンジのしようがあったのに。あと、さすがにラフマニノフ臭《しゅう》がきつすぎる』

あの曲の話はもういいでしょ——と言ってやろうと思い、僕は口を開きかけ、スマホの画面に映った先生の顔を見つめて口をつぐむ。

『ん？　ごめん、怒《おこ》った？　がんばって作った曲なのはわかるけどやっぱり』

「いえ、そうじゃなくて」

僕はスマホをそっと両手で持ち上げ、ベッドに運んだ。

シーツの上にしゃがみ込む。

「本気で勝ちに行くつもりなんだな、って思って」

『そりゃそうだよ。そう言ったでしょ』

「……そうなんですけど。……僕、やっぱり音楽で勝負付けるっていうのがよくわからなくて。凛子《りんこ》に負けたらどうなるんですか？　まさか教室開くのやめるとかじゃないですよね」

『それもちょっと考えたよ。凛子《りんこ》ちゃんが勝負しにくるって聞いたときに』

僕はスマホの画面から目を離《はな》し、天井《てんじょう》を見つめた。蛍光管《けいこうかん》に小さな蛾《が》のつがいがじっと張りついている。

『どうなるんだろうね？　あたしにもわからない。実際に勝負がついてみないと』

なんなんだそれは。わからないのはこっちだ。

液晶《えきしょう》画面に目を戻《もど》すと、先生の姿は遠くに横たわっている。後ろのソファに移って横になったようだ。

『ちょっとごめんね、疲《つか》れやすくて』

マイクから離《はな》れたせいだろう、声もだいぶ遠い。少し長めのビデオ通話だけで疲《つか》れてしまうくらいなのに、ピアノコンクールなんてほんとうに出られるのだろうか。予選はなんとかなったにしても、本選ともなると緊張感《きんちょうかん》も段違《だんちが》いだろうし。

『あたしさ、死ぬのがほんとに怖《こわ》くて』

呼気が、肋骨《ろっこつ》の裏側につかえて痛んだ。

『入院中、ずっと怖《こわ》くて。自分が消えちゃうって思ったらどうしようもなく怖くて。きみらのライヴの動画とか観《み》てても、この子たちの中でもあたしはいなかったことになるんだなって思ったらもうとにかく怖《こわ》くて』

この人は、強いのだと——勝手に思っていた。どんなにかすかな光でも、それだけを頼《たよ》りに真《ま》っ暗闇《くらやみ》の中を歩いていける人なのだと、そう思い込んでいた。

『それで、ひっかき傷でもいいから残してやろうって、まあ、色々と大人げないことをしたよね。ごめんね』

謝らないでほしかった。

そんな遠い場所から、すべて終わったことみたいに語らないでほしかった。

『あれは、やっぱり卑怯《ひきょう》で、臆病《おくびょう》で、……恥《は》ずかしいことだった。なんかの間違《まちが》いで、生きて帰ってきちゃったからね。償《つぐな》わなきゃいけない。きみに対して、ってわけじゃないよ。うまく説明できないけど。プライドの問題かな』

なんて哀《かな》しい蛮族《ばんぞく》なのだろう、と思う。

くるおしいほど孤独《こどく》で誇《ほこ》り高《たか》くて、痛みを通してしか世界に触《ふ》れられない。

先生はカメラに向かって手のひらをかざす。僕の視線を遮《さえぎ》るように。あるいは、そこに血の筋で描《えが》かれた地図をたしかめるように。

『あたしはもう一度あの場所に戻《もど》って、ちゃんと失わなきゃいけない』

*

本番前リハーサルには、いつもの倍くらいの時間がかかった。

キーボードがまったくないPNOのライヴははじめてなので、『ムーン・エコー』のPA担当も、僕らバンドメンバーも、ベストの音量バランスをなかなかつかめずに苦労したのだ。

もう一ヶ月たってしまったのだな——と、リハーサル中何度も思った。

先月末のライヴが、ものの例えでもなんでもなく、ほんとうに昨日のことみたいだ。もう五月が終わろうとしているという事実が受け入れがたい。

一ヶ月間、僕はなにをやっていたんだろう。

行《い》き詰《づ》まったままの作曲を放り出し、凛子《りんこ》の抜《ぬ》けた穴を埋《う》めるのもあきらめ、シンプルで原始的なギターサウンドのアレンジに逃《に》げ込んだ。一歩も先に進めていない。

せめてこのライヴはしっかり演《や》りきらなければ、と本番前の音作りに集中する。

リハーサルを終えたのは午後四時過ぎ、もう開演まで一時間を切っていた。控《ひか》え室《しつ》に戻《もど》ってすぐに、伽耶《かや》がまたも「飲み物買ってきますね！」などと言い出すので、黒川《くろかわ》さんが「付き人じゃないんだから」と押しとどめて代わりに部屋を出ていく。

控え室に、四人だけになった。

空気が薄《うす》すぎて、水が冷たいままふつふつ煮《に》え始める——そんな雰囲気《ふんいき》が満ちていた。朱音《あかね》はやり過ぎなくらい念入りに柔軟《じゅうなん》体操をしているし、詩月《しづき》は神経質そうな手つきでスティックに滑《すべ》り止《ど》めを巻き直している。みんなの視線を避《さ》けるように部屋の隅《すみ》でこそこそスマホをチェックしていた伽耶《かや》が、はっとして言った。

「凛子先輩《りんこせんぱい》、LINE入ってました。やっぱり来《こ》れないそうです」

朱音《あかね》と詩月《しづき》は伽耶《かや》に近寄っていって手元をのぞき込み、僕は自分のスマホで確認《かくにん》する。

[ごめんなさい　休ませて]

凛子《りんこ》からのメッセージはそれだけだった。

出演はしないが聴《き》きにくる、という話だったのだけれど。

「……しかたないですね。昨日の今日ですもの」

「あはは、さっきまで寝《ね》てたっぽいね」

「昨日の帰り、車の中で気絶してたそうですよ凛子先輩《りんこせんぱい》」

「うちらも帰り無言だったもんね」

「先生は大丈夫《だいじょうぶ》だったのでしょうか。だいぶぐったりされていましたけれど」

僕は無駄《むだ》と知りつつも華園《はなぞの》先生とのトークルームも確認《かくにん》する。

新規メッセージはない。

「先生は丸一日どころか三日くらい完全休養じゃないかな」と僕はつぶやく。

「凛子《りんこ》さんも先生も、あれっきりにしてほしいです。寿命《じゅみょう》が縮まります」

「あたし、ちょっと憧《あこが》れちゃったけど。あんな命燃やしてるみたいに弾《ひ》けるのってさ、一生に一回か二回できるかどうかだよね」

「せんぱい死んじゃ嫌《いや》ですっ！　ずっといっしょにライヴしたいです」

真に受けた伽耶《かや》が朱音《あかね》にひしと抱《だ》きつく。

「あたしもだよ！　ずっといっしょ！」

ひとしきり茶番劇をしていると、黒川《くろかわ》さんがコンビニのレジ袋《ぶくろ》を持って戻《もど》ってくる。控《ひか》え室《しつ》の奇妙《きみょう》な空気を鋭《するど》く察してか、なにげないふうを装《よそお》って訊《き》いてきた。

「凛子《りんこ》、客として来るって言ってたけど、まだ来てないのか」

「はい。疲《つか》れがたまってるみたいで、今日は休むって」

「そっか。……美沙緒《みさお》も昨日帰ってからずっと爆睡《ばくすい》してるってお袋《ふくろ》さんが言ってるしな」

黒川《くろかわ》さん、華園《はなぞの》先生のお母様とも接点があったらしい。高校時代からの付き合いで、僕らよりもずっと深い仲なのだから当然といえば当然か。

それとなく華園《はなぞの》先生の状況《じょうきょう》を僕らに教えてくれたのも、ありがたかった。心配ではあったけれど、くたびれて休んでいるところに連絡《れんらく》を入れるのも申し訳ないし、と二の足を踏《ふ》んでいたところだったのだ。

「おまえらは無理すんなよ。美沙緒《みさお》は意地っ張りのガキだからな。私は観《み》てないから知らないけど、どうせ無茶苦茶やったんだろ。真似《まね》しないように」

「いやあ、あれは真似《まね》したくてもできないかなあ」と朱音《あかね》は乾《かわ》いた笑い。「一回の演奏だけであんな体力全部出し尽《つ》くすなんて。どうやってんだろ。まず相手にしてる楽器のでかさがちがうからかな」

「朱音《あかね》さん、私たちは私たちです！　心意気だけあのお二人に負けないように演《や》りましょう」

「そだね！」

そこで控《ひか》え室《しつ》のドアが細く開き、スタッフが顔を出す。

「PNOさん、そろそろスタンバイお願いします」

朱音《あかね》は勇ましく、詩月《しづき》は凛々《りり》しく、伽耶《かや》は思《おも》い詰《つ》めた顔で、それぞれ立ち上がった。先に廊《ろう》下《か》に出た黒川《くろかわ》さんが、ステージ裏に向かいかけてふと訊《たず》ねる。

「それでけっきょくどっちが勝ったんだ？」

朱音《あかね》は目をしばたたき、僕の顔をちらと見た。

詩月《しづき》も足を止めて僕に横目を流してくる。

最後に部屋を出た伽耶《かや》が僕の背中にそっと手のひらを押し当てる。

なんだよ。まるで僕が判定しろって言ってるみたいじゃないか。コンクールだったんだから順位で勝ち負けはすでについていて――

いや、でも。

あれは、もうそういう勝負ではなかった気がする。

「……よくわからないです」

そう答えるしかなかった。

黒川《くろかわ》さんは不思議そうな顔をしたけれど、それ以上なにも訊《き》かず、僕らを先導して廊下《ろうか》をまた歩き出した。僕らの胸の中に昨日からずっとわだかまっている、言葉にしがたい不思議な感覚の重みを、察してくれたのだ。

だれが勝って、だれが負けたのだろう。

あの人はなにを失い、引《ひ》き換《か》えになにを見つけられたのだろう。

天井《てんじょう》からも壁《かべ》からもざわめきが伝わってくる。うぶ毛がぞわりと浮《う》き上《あ》がる。ステージ袖《そで》のごつごつした暗闇《くらやみ》を通《とお》り抜《ぬ》け、シーリングライトで熱された濃《こ》い空気の中へと踏《ふ》み出《だ》す。

横殴《よこなぐ》りの大歓声《だいかんせい》に、思わず足がふらつく。

ライヴスペースにぎっしり詰《つ》め込まれた数百人が、手を振《ふ》り上《あ》げ、身を揺《ゆ》らし、口々にバンドメンバーの名前を叫《さけ》んでいる。

昨日僕らがいたホールとこんなにもちがうのか、と僕はひそやかな衝撃《しょうげき》に打たれる。

あの場所に満ちていたのは、咳払《せきばら》いと息づかい、プログラムをめくるときの紙がこすれ合うかすかな音だけ。

なのに、どうしてだろう。

この『ムーン・エコー』地下の熱気なんかよりも、取《と》り澄《す》ましたコンサートホールの静寂《せいじゃく》の方がずっと危険な焼《や》け焦《こ》げたにおいに満ちていた。

ライヴは生きていて、これからも生きていく人々のためのもので——

けれどピアニストたちはいつも白と黒に塗《ぬ》り分けられた死に向かい合っている。

伽耶《かや》が僕を追《お》い越《こ》してステージの上手側に抜《ぬ》け、スタンドからジャズベースを持ち上げてストラップに身をくぐらせるとそれだけで歓声《かんせい》が三割増しになる。詩月《しづき》がドラムセットの向こう側から観客に向かって大きく手を振《ふ》り、さらに拍手《はくしゅ》を煽《あお》ってから椅子《いす》に身を落ち着ける。じらすような間を置いて朱音《あかね》がステージに飛び込んでくると、客席が煮《に》えくりかえって僕の足下《あしもと》まであふれてきそうになる。

ステージはこんなにも広かっただろうか、と僕は思う。

凛子《りんこ》がいないだけで。

僕らのオーケストラをいつも硬《かた》く輝《かがや》かしく鎧《よろ》っていた鍵盤《けんばん》楽器が、ここにないだけで。

ワッシュバーンをスタンドから取り上げて肩《かた》にかける。食い込む重みがいつもよりもずっと鋭《するど》く、痛い。翼《つばさ》から羽根がすべて抜《ぬ》け落《お》ちてしまったような寒々しさをおぼえる。

今の僕には、捉《とら》えることもできずに身を切《き》り裂《さ》いて吹《ふ》きすぎていくだけのこの向かい風が、必要なのだろうか。

伽耶《かや》が詩月《しづき》を振《ふ》り返《かえ》る。ドラムスのみの焦燥感《しょうそうかん》をあおるビートが走り出し、観客たちの海面がうねって波頭《なみがしら》を立てる。吹《ふ》き荒《あ》れ始めるフィードバック・ノイズのまっただ中で、けれど僕は昨日の、静かな開戦前の空気を思い出していた。

「──あ、二人とも同じ曲だよ」

左隣《ひだりどなり》の席でプログラムを開いて読んでいた朱音《あかね》が、小声でそう言った。右隣《みぎどなり》の席の詩月《しづき》もプログラムをめくり、薄暗《うすぐら》い中で紙面に顔を近づける。

「ほんとですね。偶然《ぐうぜん》でしょうか。たしか有名な曲ですよね?」

僕も自分のを開いた。

一般《いっぱん》部門の本選参加者は、十一名。《冴島凛子《さえじまりんこ》》と《華園美沙緒《はなぞのみさお》》の名前は六番目と七番目に続けて載《の》っている。《F.リスト》という作曲者名も、《ラ・カンパネラ》という曲名も二つ仲良く並んでいた。

「……先生がかぶせたんじゃないかな……」

僕はひそめた声でつぶやいた。

「え、凛《りん》ちゃんの選曲はどうやって知ったの」

そこで朱音《あかね》のもうひとつ隣《となり》の席の伽耶《かや》が声を震《ふる》わせる。

「あ、あの、わたしが遊びにいったときになにか気取《けど》られちゃったんでしょうか。凛子先輩《りんこせんぱい》の選曲は……喋《しゃべ》ってないはずなんですけど……華園《はなぞの》先生は鋭《するど》い人ですし……」

いやいや。伽耶《かや》は先生をリスペクトしすぎ。そんなスーパーマンではない。

「あの後、僕が電話で話したんだよ。多分ラ・カンパネラだって」

「真琴《まこと》さん、どうして先生の味方をするんですかっ！　凛子《りんこ》さんが負けてもいいんですか！」

「べつに味方したわけじゃ……相手の曲がわかったって勝敗には関係ないだろうし」

そこでアナウンスが入った。これより一般《いっぱん》の部を始めます——。

あらためて場内を見渡《みわた》す。

市民センターの中ホール、客席数はおそらく八百ほどで、そのうちの七割くらいしか埋《う》まっていなかった。一般《いっぱん》部門だけを観《み》るためにかなり遅《おく》れてホールに入った僕らだけれど、十列目のど真ん中という絶好の席を確保できてしまった。

たぶん観客のほとんどが出場者の家族や知り合いだろう。

聴《き》く側ではなく、弾《ひ》く側のための演奏会。空気の張《は》り詰《つ》め方も、僕の知っているどのコンサートともちがっていた。ステージの光と客席の薄闇《うすやみ》が、隔絶《かくぜつ》されているわけでもないのに溶《と》け合《あ》わない。透明《とうめい》でもどかしい違和《いわ》感《かん》の幕が下りたままなのだ。

一般《いっぱん》部門参加者、最初の一人が名前を呼ばれ、ステージ中央に歩み出てきた。蓋《ふた》を持ち上げたグランドピアノを背にして客席に一礼すると、遠慮《えんりょ》がちな拍手《はくしゅ》が起きる。

それにしても——と、始まった演奏をぼんやり聴《き》きながらプログラムに再び目を落とす。

予想だにしていなかった選曲ばかりだった。スクリャービンやプロコフィエフがまだしもわかりやすい部類で、ボルトキエヴィチ、ローゼンブラット、グラナドス、ヴラディゲロフといった知らない作曲家名がずらりと並ぶ。

ベートーヴェンやシューマン、ショパン、リスト、ラフマニノフあたりのピアノ曲の有名どころがほとんど見当たらない。

通好みの渋《しぶ》い選曲で審査員《しんさいん》の心をくすぐる——これもコンクール攻略《こうりゃく》のための戦術の一環《いっかん》なのだろうか。通俗《つうぞく》名曲は軽く見られるからマイナー曲を、という配慮《はいりょ》だろうか？

凛子《りんこ》が選択《せんたく》した《ラ・カンパネラ》という超《ちょう》有名曲が、いっそう浮《う》いて見え、清々《すがすが》しいほどの自信を感じさせる。

しかし、なぜ先生は同じ曲を選んだのだろう。

勝つため、とはどうにも思えなかった。

格下相手であれば、同じ曲をあえてぶつけるというのは力量の差を審査員《しんさいん》にはっきり見せつける意味合いで有効かもしれない。でも凛子《りんこ》はどう考えてもそんな甘い敵ではない（僕の見立てではピアノの実力は凛子《りんこ》の方が上だ）。同じ曲を後からちがう解釈《かいしゃく》で弾《ひ》いて凛子《りんこ》の演奏の印象を薄《うす》めてしまう作戦だろうか。いや、演奏順は抽籤《ちゅうせん》で、事前に知ることはできなかったはずだし。

わからない。聴いてみるしかない。

凛子《りんこ》の出番が待ち遠しく、また怖《こわ》くもあった。

「あたしも、凛《りん》ちゃんを応援《おうえん》するつもりだったけど」

一人目と二人目の演奏の合間に、朱音《あかね》がふとつぶやくのが聞こえた。

「なんだか、どっちが勝つのも、負けるのも、見たくないね」

だれも、なにも答えなかったけれど、同じ想《おも》いを抱《かか》えているのが肌《はだ》に伝わってきた。

でもここは戦場で、勝者一人が生き残り、敗者は地に斃《たお》れるきまりなのだ。僕ら傍観者《ぼうかんしゃ》にはどうしようもない。見届ける以外にできることはなにもない。

五人目までの演奏はどれもまったく印象に残らなかった。

上手《うま》いことは上手《うま》い。指はみんな回っていたしミスも少なかった。でも、降り注ぐ数千数万の音符《おんぷ》はみんな僕の意識の上を油で弾《はじ》かれた水滴《すいてき》みたいになんの痕跡《こんせき》も残さずむなしく流れ落ちていった。

凛子《りんこ》と華園《はなぞの》先生、どちらにもはるかに及《およ》んでいない。比べものにならない。

身内びいきではない――と思う。

冴島凛子《さえじまりんこ》の名前が呼ばれる。僕は椅子《いす》の上で身を固くした。

舞台《ぶたい》上手袖《そで》から歩み出てきた凛子《りんこ》は、黒地に赤のラインを幾筋《いく》もあしらった流麗《りゅうれい》なドレスを着ていた。僕らのライヴでプロコフィエフを演《や》ったときの真紅《しんく》の衣装《いしょう》が燃えさかる烈火《れっか》だとするなら、今日の衣装《いしょう》は夜を徹《てつ》する熾火《おきび》だ。長い髪《かみ》は後ろで高く括《くく》ってレースと花飾《はなかざ》りで一本にまとめ、垂らしている。

拍手《はくしゅ》はひときわ大きかった。

「あれ冴島《さえじま》？」

「あの――」

「ピアノやめたんじゃ」

ひそめた声がまわりで聞こえた。コンクール荒《あ》らしの悪名はこの狭《せま》い世界ではまだまだ語《かた》り継《つ》がれていたようだった。

奇異《きい》と期待と羨望《せんぼう》と嫉妬《しっと》の視線が集まる中――

着席して鍵盤《けんばん》を見つめたまま、凛子《りんこ》はしばらく向かい風を愉《たの》しむように黙《だま》って両手を広げ、胸の高さに浮《う》かせていた。

彼女の指がいつ鍵盤《けんばん》に落ちたのか、わからない。気づけば僕らは小止《こや》みない鐘《かね》の響《ひび》きの中に囚《とら》われていた。

ラ・カンパネラ――《鐘《かね》》の名を持つこの曲を聴《き》くたび、僕はいつも思っていた。旋律《せんりつ》のオクターヴ上で常に打ち鳴らされ続ける嬰《えい》ニ音は、だれの演奏でも柔《やわ》らかく、可愛《かわい》らしく、透明《とうめい》で儚《はかな》げで、これでは鐘《かね》というより鈴《すず》じゃないのか、と。

でも僕はその日はじめて《鐘《かね》》を耳にした。

凛子の、かすかに濁り、割れそうなほどに意志を秘め、悲壮にも繰《く》り返《かえ》されるそれはたしかに鐘《かね》の音だった。楼《ろう》の高みから葬列《そうれつ》を見送る組鐘《カリヨン》の響《ひび》きだ。

　こんなにも哀《かな》しい曲だったのか、と思う。骸《むくろ》は骨になり、骨は砕《くだ》けて砂になり、悼《いた》む者たちの靴底《くつぞこ》で踏《ふ》み散らされ、風に洗われ、やがて雨が地を潤《うるお》し、その空に変わらず鐘《かね》だけが鳴《な》り渡《わた》り続けている。夜と朝、また夜と朝、時の移ろいの二重変奏曲。鳥たちのささやきが葉陰《はかげ》に現れては隠《かく》れ、黄昏《たそがれ》の陽《ひ》が切り取られてこぼれ落ち、夜の訪《おとず》れのたびにまた鐘《かね》が失われたものたちを思い出させる。

　五分にも満たない曲なのに、凛子《りんこ》の指先で星が生まれ、力尽《ちからつ》きるまで廻《めぐ》り、滅《ほろ》んでいった。空が剝《は》がれ落《お》ちるような流星の雨の終結部《コーダ》はけたたましいフォルテシモで吹《ふ》き荒《あ》れ、やがて鐘《かね》の余韻《よいん》もすべて踏《ふ》み潰《つぶ》して荒《あ》れ野《の》に解き放たれ、生きて動いている者も静かに眠《ねむ》り続ける者もなにもかも濁流《だくりゅう》の中に呑《の》み込んでいった。

　終止和音を高らかに叩《たた》きつけた凛子《りんこ》は、その残響《ざんきょう》を全身の血管の端《はし》の端《はし》にまで行《い》き渡《わた》らせるかのように天井《てんじょう》を仰《あお》いで唇《くちびる》を震《ふる》わせ、最後の一滴《てき》の波紋《はもん》を見届けると、立ち上がった。

　轟雷《ごうらい》のような拍手《はくしゅ》が起きた。

　火照《ほて》った薄笑《うすえ》みで客席を見渡《みわた》す凛子《りんこ》の姿は返り血を浴びた戦乙女《いくさおとめ》のようで、僕はその美しさに脊柱《せきちゅう》を刃先《はさき》でそっとなぞられるような戦慄《せんりつ》をおぼえ、腰《こし》を浮《う》かせていた。

「……これ優勝だよね……」

拍手《はくしゅ》の嵐《あらし》の中で朱音《あかね》が呟《つぶや》くのがかすかに聞こえる。

うなずこうとしたけれど、うまくいかなかった。

この後に、だれがどんな演奏をできるっていうのだろう。灰しか残っていないんじゃないのか。拍手《はくしゅ》もコンクールとは思えないほど長く長く続いている。

「勝ちですよ。ぜったい凛子《りんこ》さん勝ちました」

詩月《しづき》が両手を激しく打ち合わせながら声を上ずらせる。

僕は胸《むね》の奥に鈍《にぶ》い痛みを感じていた。

このすぐ後に華園《はなぞの》先生の演奏だ。しかも、同じ曲。

どうやったって無理だ。勝負にならないだろう。先生の演奏を聴《き》かずにこのまま帰ってしまおうか、なんて考えもちらと頭の隅《すみ》をよぎる。

拍手《はくしゅ》をたっぷりと正面から浴びた凛子《りんこ》は、深々と一礼し、身を起こしてもう一度客席をぐるりと見渡《みわた》した。僕らを探しているのだろうか。伽耶《かや》が中腰《ちゅうごし》になって両手を振《ふ》る。目が合ったような気もする。あるいは凛子《りんこ》が探していたのは、おそらく観《み》にきているであろう両親かもしれなかったけれど。

血煙《ちけむり》をなびかせるようにして凛子《りんこ》が余裕《よゆう》たっぷりの足取りで舞台袖《ぶたいそで》に消えた後も、拍手《はくしゅ》はしばらく鳴《な》り止《や》まなかった。

プログラムの次の番を告げるアナウンスの声には、困惑《こんわく》の色がはっきり感じられた。

『――華園美沙緒。曲目は、フランツ・リスト、「パガニーニによる超絶技巧《ちょうぜつぎこう》練習曲」より、第三番「ラ・カンパネラ」』

アナウンスが終わってからも会場のざわめきはまだ静まりきっていなかった。

華園《はなぞの》先生が袖《そで》から舞台《ぶたい》に現れた瞬間《しゅんかん》に怖《こわ》いほどの静寂《せいじゃく》が訪《おとず》れたのは、おそらく、車椅子《くるまいす》だったからだろう。

耳がきいんと痛む錯覚《さっかく》さえおぼえた。

車椅子《くるまいす》に身を沈《しず》めた先生は、夜の海みたいな藍色《あいいろ》のドレス。車椅子《くるまいす》を押しているお母様は目立たないダークグレイのパンツスーツ姿だった。

寒気がやってきた。

凛子《りんこ》がともしていった火は今や完全に掻《か》き消《き》えていた。車輪の回る音だけが不吉《ふきつ》に響《ひび》いた。

ピアノのすぐそばまで車椅子《くるまいす》を押してきたお母様が、客席の方に向きを変える。

時間の流れ方が変わってしまったのではないかと錯覚《さっかく》するほどゆっくりと、華園《はなぞの》先生は立ち上がった。浅くお辞儀《じぎ》すると、戸惑《とまど》ったまばらな拍手《はくしゅ》が起きる。

ピアノの椅子《いす》に移る先生を、お母様は介助《かいじょ》しようとしなかった。ただ見守り、空になった車椅子《くるまいす》を押して舞台袖《ぶたいそで》に戻《もど》っていく。

見捨てられて、取り残されて、もうピアノに向き合うしかない――。

そんなふうに見えてしまったのは、たぶん僕だけじゃなかったはずだ。

袖《そで》のないドレス姿では、腕《うで》の細さがいっそう目立つ。鍵盤《けんばん》の重みに耐《た》えられるのだろうかと不安になってくる。

凛子《りんこ》があそこまで完璧《かんぺき》以上に弾《ひ》いてみせた《ラ・カンパネラ》を、これから先生はどうやって聴《き》かせるのだろう。なんの武器もないように見えるのに、どう戦うのだろう？

先生の両手が持ち上がった。

まだ耳に残っているのと同じ音で、オクターヴの鐘《かね》が打ち鳴らされる。凛子《りんこ》のそれよりはいくぶん強く、決然と。

そこから流れ始めるロンド主題――

「……え？」

朱音《あかね》がつぶやきを漏《も》らした。

僕もすぐに異変に気づく。

鐘《かね》が――消えてしまっている。

旋律《せんりつ》のはるか上空で絶え間なく鳴らされるはずの鐘《かね》のオスティナートが聞こえない。代わりにはっきりと響《ひび》いてくるのは乾《かわ》いた泥《どろ》の上を駆《か》け抜《ぬ》けるステップ。

「これって……」

詩月《しづき》も薄闇《うすやみ》の中でぽつりと漏《も》らす。

「ちがう曲――ですか？」

僕は息を詰《つ》まらせ、もう一度プログラムを開いて目を凝《こ》らす。

6. 冴島《さえじま》　凛子《りんこ》
パガニーニによる大練習曲　S.141-3《ラ・カンパネラ》　F.リスト

7. 華園《はなぞの》　美沙緒《みさお》
パガニーニによる超絶技巧練習曲《ちょうぜつぎこうれんしゅうきょく》　S.140-3《ラ・カンパネラ》　F.リスト

「初版の方だ……」

驚《おどろ》きのあまり、僕の呻《うめ》き声《ごえ》は潰《つぶ》れてひしゃげていた。

朱音《あかね》も詩月《しづき》もわけがわからず戸惑《とまど》いの視線を僕に向けてきたのが気配でわかった。

でも、ピアノコンクールの会場なのだ。華園《はなぞの》先生がどれほど無謀《むぼう》な選択《せんたく》をしたのか、理解できた人間も聴《き》き手の中に少なからずいたはずだ。

若き日のフランツ・リストは、名手ニコロ・パガニーニの悪魔《あくま》的なヴァイオリンの虜《とりこ》になり、二十代の半ばでパガニーニの曲を元にした超《ちょう》高難度のピアノ練習曲集を発表している。しかしこれは不満足な完成度だった。経験不足だったせいもあるが、なによりも、猜疑心《さいぎしん》の強い性格だったパガニーニが盗作《とうさく》を極端《きょくたん》に恐《おそ》れるあまり自作曲の楽譜《がくふ》を出版しなかったせいもあった。つまりフランツ青年は演奏会で聴《き》いた記憶《きおく》だけを頼《たよ》りにピアノ編曲を施《ほどこ》して練習曲集を書き上げていたのである。

パガニーニの死去からさらに長い月日を経て、ようやく彼のヴァイオリン独奏曲や協奏曲が出版される。この楽譜《がくふ》を読んだ壮年期《そうねんき》のリストはあらためて感銘《かんめい》を受け、若書きだった練習曲集に全面的な改訂《かいてい》を施《ほどこ》して再版したのである。

若き日の初版は『パガニーニによる超絶技巧《ちようぜつぎこう》練習曲』。

後年の改訂版《かいていばん》は『パガニーニによる大練習曲』と呼ばれる。

この二つの呼称《こしよう》のまぎらわしさは、けれど、ほとんどの場合、問題にならない。

だれも初版を弾《ひ》かないからだ。

改訂版《かいていばん》に比べて、技巧《ぎこう》的にあまりにも難しく、それでいて曲として映《は》えない。不毛の地のただ中に深く深く掘《ほ》られた涸《か》れ井戸だ。そんな場所をいったいだれが訪《おとず》れるだろう？　挑《いど》む者がいるとしたら、すべての足跡《あしあと》を辿《たど》ると決めた敬虔《けいけん》な巡礼者《じゆんれいしや》か、驕《おご》りと虚栄心《きよえいしん》に駆《か》られた愚《おろ》か者《もの》か、あるいは——

戦うしかない者たち。

廻《まわ》り廻《まわ》る軽《かろ》やかなロンドは、やがて変イ長調に転じて地面をたしかに踏《ふ》みしめる行軍に変わった。葬送《そうそう》の鐘《かね》はもうどこにもなかった。

遮《さえぎ》るもののなにもない晴《は》れ渡《わた》った空に響《ひび》くのは、高らかな凱歌《がいか》だ。

けれど、どうしてだろう。

華園《はなぞの》先生が歌わせるそのピアノは、どこまでも勇壮《ゆうそう》で朗々としているのに、凛子《りんこ》が森の中で鳴らし続けていた弔鐘《ちょうしょう》よりもずっと色濃《いろこ》い死の気配を感じさせた。

先生のせいじゃない、と僕は自分に言い聞かせた。曲のせいだ。これは失敗作なのだ。先生の手によって色鮮《いろあざ》やかに点描《てんびょう》された今、はっきりとわかる。青年フランツはパガニーニに憧《あこが》れるあまり、彼のすべてを五分間に詰《つ》め込もうとしたのだ。悪魔《あくま》であり、詩人でもあり、博徒《ばくと》でも守銭奴《しゅせんど》でもあり、恋《こい》多き男であり、悩《なや》める病人でもあった、その全生涯《ぜんしょうがい》を。

そして失敗した。

だから十三年の後、彼は戻《もど》ってきた。

改訂《かいてい》——などという、理性的な行為《こうい》のためじゃない。パガニーニの記憶《きおく》から鐘《かね》の音だけをえぐり取り、残りを土に埋《う》めた。

失うために、戻《もど》ってきたのだ。

そうしなければ、再び歩き出せないから。

華園《はなぞの》先生の手が鐘《かね》のロンド主題のかけらを手繰《たぐ》り寄《よ》せる。美しく哭《な》く金属の塊《かたまり》はそのまま火の中に放り込まれ、熔《と》かされ、鋳潰《いつぶ》されて剣《けん》や砲丸《ほうがん》に変えられる。最後の武器を手に、再び歩き出した彼女を蝶《ちょう》の群れが包み込む。空を目指して渦《うず》を巻く百万の色彩《しきさい》の翼《つばさ》は万華鏡《まんげきょう》みたいで、遠い日にどこかで聴《き》いた懐《なつ》かしい旋律《せんりつ》がその光景の中に織り込まれている。左手のオクターヴが階段をひとつのぼるたびに先生の身体《からだ》から生命の気配がひとひらずつ剝《は》がれて気化していくのがわかる。

絶頂で響《ひび》きは砕《くだ》け散《ち》り、壮大《そうだい》な逆アルペッジョの滝《たき》となって流れ落ちた。先生の細い両腕《りょううで》が最後にもう一度だけ翻《ひるがえ》り、甲高《かんだか》い終止和音をスフォルツァンドで叩《たた》きつける。

拍手《はくしゅ》は機《き》関銃《かんじゅう》の斉射《せいしゃ》みたいだった。会場の空気を、そして僕らの耳と意識をずたずたに切《き》り裂《さ》いた。何人か立ち上がっている観客さえいた。手のひらにぼんやりと熱い痛みをおぼえるまで僕も自分が拍手《はくしゅ》していることに気づかなかった。

舞台《ぶたい》の上の華園《はなぞの》先生は——

ぐったりと椅子《いす》の背もたれに身をあずけ、両腕《りょううで》を力なく身体《からだ》の脇《わき》に垂らしている。心配になって目を凝《こ》らすと、胸がかすかに上下しているのが遠くからでもなんとか見て取れた。

拍手《はくしゅ》が続いている限り、先生はその重みで椅子《いす》に押しつけられて動けないんじゃないだろうか、と僕は妄想《もうそう》してしまう。

でも、じきに頭がぐっと前に出て、両手が鍵盤《けんばん》のふちにあてられた。

不安が会場内に伝染《でんせん》していき、拍手《はくしゅ》がすぼまる。

先生がなんとか椅子《いす》から立ち上がり、客席の方へと一歩出ようとした。顔は憔悴《しょうすい》しきって青白く、唇《くちびる》は完全に色を失っている。

「……先生っ？」

朱音《あかね》が小声を引きつらせた。先生の上体がぐらりと傾《かし》いだからだ。僕も息を呑《の》んで棒立ちになった。先生の手が支えを求めてむなしく宙を掻《か》く。

紅《あか》い影《かげ》が走った。

耳障《みみざわ》りな衝突音《しょうとつおん》に僕は身をこわばらせ、思わず舞台《ぶたい》から目をそむける。

けれどそれは先生が床《ゆか》に倒《たお》れた音ではなかった。おそるおそる薄目《うすめ》で見やると、赤と黒のドレス姿が、床《ゆか》に崩《くず》れ落《お》ちかけた華園《はなぞの》先生の身体《からだ》に後ろからかぶさるようにして、腰《こし》に腕《うで》を回して支えていた。

凛子《りんこ》だった。

舞台袖《ぶたいそで》で、先生の演奏をずっと聴《き》いていた——のだろうか。

ほう、と細く息を吐《は》く音が聞こえた。僕自身のものではなく、隣《となり》でやはり半立ちになった朱《あか》音《ね》だった。安堵《あんど》のあまり脱力《だつりょく》してシートにどさりと尻《しり》をつく。

凛子《りんこ》は華園《はなぞの》先生の腕《うで》に肩《かた》をくぐらせて立ち上がらせ、舞台《ぶたい》の前の方に連れていくと、お辞儀《じぎ》をさせた。消え入っていた拍手《はくしゅ》が再び湧《わ》き起こる。

僕もシートに崩《くず》れ落《お》ちた。

自分が演奏していたわけでもないのに、全身から力が抜《ぬ》けていく。

華園《はなぞの》先生のお母様が舞台袖《ぶたいそで》から車椅子《くるまいす》を押して小走りに出てきた。華園《はなぞの》先生は鳴《な》り止《や》まない拍手《はくしゅ》に対してもう一度だけ頭を下げると、凛子《りんこ》の手を借りて車椅子《くるまいす》に乗り込んだ。

幕で縁取《ふちど》られた小さな非現実の世界の中、蛮族《ばんぞく》の姫《ひめ》と女王はいっぱいの拍手《はくしゅ》を浴びながら枠《わく》の外へ消えていく。僕らをこちら側の平和で退屈《たいくつ》な現実に置き去りにして、戦死者の憩《いこ》う宮《きゅう》殿《でん》へと帰っていくのだ。

ただ高潔なだけの、むなしい戦いが――終わった。

なんの意味があったのだろう。

傷痕《きずあと》と黒い染《し》み以外になにが残ったというのだろう？

わからないままの僕は、土砂《どしゃ》降《ぶ》りの雨のような拍手《はくしゅ》の中で自分のぎくしゃくした鼓動音《こどうおん》にじっと耳を澄《す》ませていた。

*

華園《はなぞの》先生から再びの通話が来たのは、ライヴから二日後の夜だった。

例によってビデオ通話だったので、風呂上《ふろあ》がりの僕はあわてて雑に髪《かみ》を拭《ふ》き、自室も相変わらず散らかり放題だったのでカメラに映り込みそうな範囲《はんい》をざっと片付けた。

『やほう、ムサオ久しぶり』

画面に現れた先生は、パジャマ姿だった。おまけに髪《かみ》も濡《ぬ》れているような。

「ちょっ、ま、待ってください、なんですかそのかっこう」

『ん？　ムサオだって風呂上《ふろあ》がりじゃん』

「いやそうですけど！　ビデオ通話やめましょうよ、なんか恥《は》ずかしいし」

『あたしはべつにムサオに寝間着姿《ねまきすがた》見られても恥《は》ずかしくないけど。もう教師と生徒の関係でもないんだし』

「そういう問題っ？」

『もっと恥《は》ずかしいところもとっくに見られてるしね』

「やばい発言やめてください、ご自宅でしょっ？　お母さんも隣《となり》の部屋にいるんでしょ！」

『自由に出歩けなくて、お母さん以外の人の顔見ずに一日終わることがほとんどのさみしい生活なんだから、ビデオ通話くらいつきあってほしいなあ』

「う……」

そういう弱みを見せられると文句を言えなくなってしまう。なんだかずるい。

それにしたって先生の方の映像をつける必要はないのでは？　と言おうとしたけれど、自分の姿だけ一方的に見られているというのもそれはそれで恥《は》ずかしかった。

『ま、とにかく、聴《き》きにきてくれてありがとね』

「……ああ、はい。……こちらこそ。大丈夫《だいじょうぶ》だったんですか、あの後」

ウェブカメラ越《ご》しで見る限りでは、コンクールのときよりもだいぶ顔色が良い。風呂上《ふろあ》がりだからかもしれないが。

『昨日まで布団《ふとん》から起き上がれなかったよ。あはは。五分の曲を一回弾《ひ》いただけなのにね。やっぱり本番は勝手がちがうね』

僕は大きく息をつく。

「ほんとに心配したんですよ、最後あんなことになったから」

先生以降の出場者の演奏を聴《き》くどころではなかった。僕らは凛子《りんこ》に連絡《れんらく》をとってすぐに楽屋に走った。先生はお母様の運転する車ですぐに帰っていってしまい、顔を見ることさえできなかったのだ。

再入院したのでは、とまで案じていたのに、ようやく来た連絡《れんらく》でぽかぽか風呂《ふろ》上《あ》がりパジャマ姿でおちょくられたのだから不機嫌《ふきげん》にもなる。

『ただ疲《つか》れただけだから。だいぶ根詰《こんつ》めて練習したし、凛子《りんこ》ちゃんの直後の順番だしねえ、むちゃくちゃ緊張《きんちょう》したよ。安心して、もうコンクールなんてこれっきりにするから』

「……いや、そんなの僕に断る筋合いも……ただ、身体《からだ》を大事にしてくれとしか」

理解しがたいほどのコンクールへの熱意を見せられているだけに、僕としては言葉を濁《にご》すことしかできなかった。

『で、こんな時間に電話したのは、コンクールの締《し》めくくりをしなきゃいけないから』

「なんですか締《し》めくくりって」

『ムサオに勝敗を決めてもらうんだよ』

僕は腰《こし》を浮《う》かせて机を膝《ひざ》で蹴《け》ってしまい、立てかけていたスマホが倒《たお》れる。あわてて立て直して画面に顔を近づけた。

「なに言ってんですか、なんで僕が」

先生はほほえんでいたけれど、冗談《じょうだん》を言っている目ではなかった。

「結果はもう出てるでしょ。あ、すぐ帰っちゃったから結果を知らないってことですか。コンクールのウェブサイトにもう発表されてますから——」

僕はPCを操作してブラウザを起《た》ち上げ、コンクールの名前で検索《けんさく》して最新の結果発表ページを表示させる。

でもスマホの画面の中で華園《はなぞの》先生は笑って手を振《ふ》った。

『ちがうちがう。審査員《しんさいん》の決めた順位なんてどうでもいいんだよ。ムサオが決めるの。これは最初からそういう勝負だったんだから』

「はあ？　いや、なんで？」

『いいからいいから。すぱっと直感で答えてよ。ただのピアノ勝負だよ。大金とか生き死にとかが懸《か》かってるわけでもないの。プライドだけ。あたしと凛子《りんこ》ちゃん、どっち？』

「えええええ……いや、でも、ううん……」

『そんな悩《なや》まなくていいの。軽い気持ちで、ムサオの好みでいい。ただ——』

先生は自分の唇《くちびる》に指をそっと添《そ》えて付け加える。

『嘘《うそ》はつかないでね』

軽い気持ちで、なんて、無理な話だった。

決めかねていたわけではない。判定はすでに自分の中で出ていた。

ただ、それを本人に正直に言う勇気がなかなか出せなかった。

でも――

今回も先生にはもらいっぱなしだ。僕には他に返せるものもない。戦いが終わりを迎《むか》えるために必要だというなら、素直《すなお》に差し出そう。

「――凛子《りんこ》の勝ちです」

僕が低く抑《おさ》えた声でそう告げても、先生の表情はまったく変わらなかった。なにか意味ありげな微笑《びしょう》を浮《う》かべたままだ。僕は唾《つば》を飲み込んで先を続けた。

「僕は、やっぱり、音楽で順位をつけるとかできなくて。もう一度聴《き》きたいかそうじゃないかだけなんです。だから、先生の『超絶技巧《ちょうぜつぎこう》』の方は、もう一生に一度ってくらいのものすごい演奏でしたけど、聴《き》くのも一生に一度でいいかなっていうくらいひたすらに重たくて。あと、両方聴《き》き比べてわかりましたけど、やっぱりあの曲自体が完成度低いんですよ。パガニーニのコンチェルトを一番も二番も詰《つ》め込もうとして無理してて、最後に《鐘《かね》》の主題が戻《もど》ってくるところもあんまりうまく長調の進行に溶《と》け込んでなくて、だからリストが全面改訂《かいてい》した理由もよくわかります」

先生がなにも言わずに聴《き》いてくれているものだから、僕はさらに言葉を継《つ》がなければいけなくなる。

「改訂版《かいていばん》はほんとにシンプルでよくできてて、凜子《りんこ》の弾《ひ》き方もスタッカートが『短く切る』っていうより『重みでふっつり切れる』っていう感じで、理想的な鐘《かね》の鳴らし方でした。あれはもう一度聴《き》きたいです」

――と、そこで先生が横を向いて言った。

『だってさ。よかったね凜子《りんこ》ちゃん』

……え？

スマホの狭《せま》い画面内に、先生を押しのけるようにしてだれかが入ってきた。ウェブカメラにぐっと顔を寄せてこちらをのぞき込んでくるので僕はわけのわからない声をあげそうになり、腰《こし》を浮《う》かせてまたも膝《ひざ》を机にぶつけてしまう。

信じられないことだけれどほんとうに凜子《りんこ》だった。

いつぞや見た猫耳《ねこみみ》フードつきのパジャマを着ていて、冷淡《れいたん》な表情とのギャップがひどすぎてめまいがしてくる。

「……な、なんで凜子《りんこ》が？」

先生の家にいる？　今の全部聞かれてた？　いや、聞かれて困るようなことは言っていなかったはずだけれど、それはそれとして、なんで？　こんな時間に？　パジャマ？

『泊《と》まりにきてる』と凛子《りんこ》は言った。『結果発表は先生といっしょに聞きたかったし』

「え、いや、でも、平日だよ？　明日も学校あるし、ひょっとしてまた家出したの？」

『先生とコンクールの反省会をする、と言ったら父は喜んで車で送ってくれた』

ピアノがからむと娘《むすめ》に甘すぎるだろ、あの人！

『表彰式《ひょうしょうしき》も見ていないし、もやもやする結果だったけれど、村瀬《むらせ》くんにお墨付《すみつ》きをもらったので向こう三年間くらいは先生相手に勝《か》ち誇《ほこ》れる。ありがとう。村瀬《むらせ》くんにとってもわたしは特別だからきっと選んでくれるって思ってた』

『ちょっとちょっとなにそれ、贔屓《ひいき》ってこと？　がっかりだなあ、ムサオとの付き合いはあたしの方が古いのに』

『そういう意味の贔屓《ひいき》じゃない。村瀬《むらせ》くんは音楽バカだから人間関係を判断材料に入れたりはしない。純粋《じゅんすい》にわたしのピアノを愛しているということ』

『うーわ。これ三年間やられるの。メンタル鍛《きた》えられそう』

寝間着姿《ねまきすがた》の二人は、縦長の狭《せま》い画面内で、押し合いへし合いするように、仲が良いんだか悪いんだかよくわからないやりとりを続けていた。僕はあきれて見ているしかない。一体なんなんだこれは。

『ああそうだ、村瀬《むらせ》くん』

しばらくしてから凛子《りんこ》がこちらに向き直って言う。

『わたしはこれから先生と一緒《いっしょ》に、一昨日のPNOのライヴ動画を観《み》るから。わたし抜《ぬ》きでどれくらいやれてたのかチェックする』

先生も凛子《りんこ》に負けじとカメラにぐっと寄ってきた。

『なんか最後までツインギターだけでやったんだって？　大丈夫《だいじょうぶ》だった？　朱音《あかね》ちゃんの趣《しゅ》味《み》丸出しでスタークローラーとかDYGLとかカヴァーして客をどん引きさせたりしてない？　楽しみだなあ』

『それじゃ村瀬《むらせ》くん、おやすみなさい』

『おやすみムサオ』

通話はぷっつり切れた。

僕はぐったり椅子《いす》の背もたれに身体《からだ》を預けて、脱力《だつりょく》していた。ほんとにもう、二人してなんだったんだ……。

僕なんかの判定が、なんの意味を持つっていうんだ？

PCの画面に開きっぱなしだったブラウザに目をやる。コンクールの結果発表の画面が表示されたままだ。下にスクロールしていくと、一般《いっぱん》部門の順位が出てくる。

第1位、華園美沙緒《はなぞのみさお》。

第2位、冴島凛子《さえじまりんこ》。

この判定よりは——意味があった、だろうか？

純粋《じゅんすい》な演奏の出来映《できば》えだけを考えても、凛子《りんこ》が華園《はなぞの》先生に引けを取っていたとは思えない。でも先生が優勝できた理由はいくつも思《おも》い浮《う》かぶ。奇《く》しくも凛子《りんこ》が言っていた通り、ワールドクラスでもない限りは難しそうに聞こえる難しい曲をしっかり弾《ひ》きこなして審査員《しんさいん》を感心させた方が有利になる。プロでも滅多《めった》にレパートリーにしない『超絶技巧《ちょうぜつぎこう》』の方のラ・カンパネラはインパクトも抜群《ばつぐん》だし、順番のくじ運も味方したし、なによりも車椅子《くるまいす》という外部要因は同情を惹《ひ》いて確実に加点されたはずで——

やめよう。馬鹿馬鹿しい。どこまでもくだらない。

ブラウザを閉じた。

あの二人は、失うために戦ったのだ。意味は今もさっぱりわかっていないけれど、その高貴な野蛮《やばん》さが心底うらやましかった。僕が一晩だけ鍵盤《けんばん》を棄《す》て、凛子《りんこ》を失ったようなふりをしてギターにしがみついて切なげに歌ってみたところで、彼女たちが暮らす冬と鋼鉄の国には近づけもしないのだ。そう考えると、夏が迫《せま》ってきている五月の終わりとは思えないくらいの肌寒《はだざむ》さが押し寄せてきて、僕は電気を消してベッドに上がり、まだ少し濡《ぬ》れている頭に毛布をかぶった。耳の中で鐘《かね》の音がいくつも重なって反響《はんきょう》し、眠《ねむ》りはなかなかやってこなかった。

Paradise NoiSe

Makoto Murase

5　冥王星《めいおうせい》まで何マイル？

僕の父が生まれたちょうどその年に、フロリダの米空軍基地から惑星《わくせい》探査機を積んだロケットが宇宙に向かって打ち上げられた。半月の間を置いて、二機。

《航海者《ボイジャー》》というのが探査機に与《あた》えられた名前だ。

二人の航海者は、それぞれ木星や土星、天王星、海王星といった、地球の大きな兄弟たちを間近で撮影《さつえい》してその様子をＮＡＳＡに伝え、すべての探査目標を遂行《すいこう》した後、太陽圏《たいようけん》の重力から解放されて外宇宙へと終わりのない旅に漕《こ》ぎ出した。

二人には、あとひとつだけ任務が残されていた。

地球外知的生命体へのメッセンジャー、である。

探査機には、地球の様々な『音』を収録したレコードが積載《せきさい》された。雨、風、波といった自然の音。種々の動物たちの鳴き声。地球上のあまたの言語による挨拶《あいさつ》。

それから、音楽。

選曲を任された人間は、悩《なや》みに悩《なや》んだにちがいない。わずか九十分の収録時間に、全世界の音楽を詰《つ》め込むのはどだい無理な話だ。

可能な限り広範な地域と時代から、多様な民族と文化を背景に持つ音楽が集められた。日本の雅楽《ががく》も採用された。当然というべきだろうか、西洋音楽からはいちばん多く選ばれている。バッハ、モーツァルト、ベートーヴェン、ストラヴィンスキー。さらには黒人音楽と融合《ゆうごう》した新しい時代の音楽、ブルース、ジャズ、そして――

ロックンロール。

僕らの愛する音楽が、そのレコードによって異星の友へと届くことは、おそらくない。宇宙はあまりにも広く、慣性のままに漂《ただよ》うたった二隻《せき》の探査機が偶然《ぐうぜん》どこかの地球外文明に回収される確率なんて、小数点の下に全宇宙の粒子《りゅうし》と同じ数だけのゼロを並べたとしてもまだ1を書くには早すぎるくらいだろう。

それでも、レコードは積み込まれた。

物資を宇宙に飛ばすためにはすさまじいコストがかかる。ロケットの積載《せきさい》重量は1グラムでも減らしたいはずだった。惑星《わくせい》探査の役にはまったく立たないその円盤《えんばん》は、しかし、厳しい予算審議《しんぎ》をもくぐり抜《ぬ》けて探査機の貴重な重量の一部に含《ふく》められることになった。

限りなくゼロに近くてもゼロではない――と、探査計画に携《たずさ》わった人々は言う。

また、もっと正直かつ辛辣《しんらつ》に、ロマンティシズムと国威《こくい》発揚《はつよう》のために燃料費を数万ドル上乗せしたのだ、と言う者もいる。

でも僕は、そんな積極的な理由ではないと思う。

地球との通信のために乏《とぼ》しい電力を少しずつ使い潰《つぶ》し、機能をひとつひとつ自壊《じかい》させながら深宇宙へと進み続ける二人の航海者《ボイジャー》の姿を思《おも》い浮《う》かべるとき、僕が感じるのは希望でも期待でもなく、底冷えのするような切実さだ。

果てのない暗い真空に向かって、人類は呼びかけずにいられなかったのだ。

わたしたちはここにいます、あなたがたの友だちです……

絶対三度の静寂《せいじゃく》が、その声をみんな吸い取ってしまうとしても。

ひとりきりではさみしすぎるから。

そんな虚《むな》しい星への願いと、鳥や獣《けもの》や虫たちの声と、チャック・ベリーやグレン・グールドとを載《の》せて、二人の航海者《ボイジャー》は二百億キロの彼方《かなた》にあり、今もなお僕らの地球から遠ざかり続けている。

＊

「合宿しよう！」

朱音《あかね》がそんなことを言い出したのは、五月最後のミーティングだった。スタジオ練習が終わった後の、新宿駅そばのいつものマクドナルドだ。

「凛《りん》ちゃんばっかりお泊《と》まりしてずるい。あたしもパジャマパーティしたい！」

「……前にやってなかったっけ。ほら、伽耶《かや》の受験前日」

「あれはオンラインだよ！　いっしょのお布団《ふとん》でころころできなきゃ意味ないよ」

するとと凛子《りんこ》が首を傾《かし》げて言う。

「とくに楽しいものでもないでしょう。同じ部屋でパジャマで過ごすだけでどうしてあんなにはしゃげるのかわからない」

「あんなはしゃいだパジャマ着てたやつが言うことじゃないよ……」

「あっ、凛子《りんこ》先輩《せんぱい》のあの猫《ねこ》パジャマっ、すごくかわいかったですよね！」

伽耶《かや》が早くもはしゃいだ声で言った。

「ただの猫《ねこ》じゃない。イリオモテヤマネコ。父の沖縄土産《みやげ》」

「あのお父さんがそんなもん買ってきたのっ？」

「父は基本的にはわたしを溺愛《できあい》しているから。家族サービスで着ている」

僕、次にあの人に逢《あ》うときどんな顔すればいいかわからないよ……。逢《あ》う機会もそうそうないだろうけど。

「あたしも普段《ふだん》はTシャツにスウェットみたいなてきとうなかっこで寝《ね》てるんだけどさ、あの日はみんなに見られるからってかわいいやつ着たよね。しづちゃんもそうでしょ？　なんか映画でしか見たことないようなものすごいネグリジェ着てたけど」

「いえ、私は普段《ふだん》からあれで寝《ね》ていますけれど……」

全員の「えっ？」という視線が詩月《しづき》に集まり、しばし会話が途絶《とだ》える。

「あっ、あのっ、ああいうタイプがいちばん楽なんです！」

詩月《しづき》が顔を赤らめて強弁する。

「脚《あし》がすーってしてないと眠《ねむ》れないたちなのでっ、ワンピースタイプじゃないとだめで、私が好きな薄《うす》ピンクだとちょっと透《す》けてるやつしか売ってなくて、べつに真琴《まこと》さんが見ているからアピールしようとかそういう意図では全然なくてっ」

公共の場だということをわきまえて話してくれないだろうか、と僕は首をすくめる。

そこで凛子《りんこ》が冷ややかな声で指摘《してき》した。

「待って。たしかあの夜の詩月《しづき》はブラも着けていた。まさかあれも普段《ふだん》から？　村瀬《むらせ》くんの視線を意識してあのときだけ限定ではなく？」

「ブラも普段《ふだん》から着けて寝《ね》ていますけれど……」

「えっなんで」と朱音《あかね》。

「なんで、って、ほら、着けていないと、横に流れて居心地《いごこち》が悪いですよね……？」

横に流れるという身体《しんたい》表現を初めて耳にした僕は、自分の視線も横に流すしかなかった。

「ふうん……？　そうなんだあ」朱音《あかね》は首を傾《かし》げる。

「わたしにはよくわからない感覚」凛子《りんこ》も肩《かた》をすくめる。

二人の目はそろって伽耶《かや》に向けられた。注視に気づいて伽耶《かや》は肩《かた》をびくりとさせる。

「伽耶。ここからの対応はよく考えて」

「は、はいっ？　な、なんでしょうか」

「あなたには二つの選択肢《せんたくし》がある。持てる側の人間として詩月《しづき》に共感と理解を示し、リズム隊の結束を深める代わりにバンド内の亀裂《きれつ》も深めるか、持たざる側のわたしたちに与《くみ》して詩月《しづき》を裏切りバンド内の最大勢力を安定させるか」

「え、ええとっ？　……あの、わたしも寝《ね》るときは着けてないですけど」

聞いていた詩月《しづき》が泣きそうな顔になるので伽耶《かや》はあわてて付け加える。

「あ、で、でも、寝返《ねがえ》り打ったときにこう、横にいっちゃう感覚はわかります」

「伽耶《かや》さあん！　信じてました！」詩月《しづき》は伽耶《かや》をひしと抱《だ》きしめる。

「二対二。村瀬《むらせ》くんにキャスティングボートが委ねられた」

「いや知らないよ。多数決で決めるもんでもないだろ」ていうかどうでもいい……。

「真琴《まこと》ちゃんはどう見てもうちら側じゃないの」

「村瀬《むらせ》くんは可変式だから。今までの女装で特にやらなかっただけで、盛ろうと思えばいくらでも盛れる」

「それ言ったらうちらも同じじゃない？」

「わたしたちには恥《はじ》というものがあるでしょう」

「それもそうか」「僕にもあるよ！」

「あるの？」

「当たり前だろ、ありまくるよ！　たぶんこの中でいちばんあるよ！」

「わたしたちの中でいちばん恥《はじ》。つまりわたしたちの恥《はじ》」

「言い方ッ？」

そこで詩月《しづき》がそわそわしながら口を挟《はさ》んできた。

「そういえば、どうしてこれまで盛ってこなかったのでしょうね？　あの、特に薦《すす》めるというわけでもないのですけれど、私とお揃《そろ》いというのもたまにはいいと思いませんか」

全然思わないが？

「たしかにＭｕｓａ男の動画のときから胸はいじってなかったね。なんでだろ」

「胸をいじるとか、外で言わないでくれ……」

「お姉さんに訊《き》いてみよ」と朱音《あかね》はスマホを取り出した。うちの姉貴とＬＩＮＥ交換《こうかん》までしてたのかよ、と驚《おどろ》くひまもなく、すぐに返信が来る。

朱音《あかね》はけらけら笑って画面を全員に見せた。

［胸に頼《たよ》る女装は二流］

一同、大盛り上がりになる。

「さすがお義姉《ねえ》さまです。真琴《まこと》さんの美しさをよくわかっていらっしゃいます」

「声に出して読みたい日本語。来年の書き初《ぞ》めはこれにする」

「なんか生きる希望が湧いてくる文章だよね」

「先輩《せんぱい》のチャームポイントは鎖骨《さこつ》と脚《あし》ですもんね。Ｍｕｓａ男動画でギター弾《ひ》くときの脚《あし》を組む角度とか、すねに落ちる影《かげ》のラインとかがもう理想的で」

「伽耶《かや》はＭｕｓａ男について語らせたら一晩中喋《しゃべ》ってそう」

「はい！　二晩でも話せます！　このあいだ華園《はなぞの》先生のお宅にお邪魔《じゃま》したときも」

「じゃあ合宿は最低でも二泊《はく》三日だね！」

「いや、ちょっと待って。なんか話が戻《もど》ってきたけど。合宿？」

ようやく口を挟《はさ》む余地ができたので僕は言った。

「楽しそうでしょ？」

いや、そりゃあ（おまえらは）楽しそうだけどさ。

「いつの話？　今だいぶ忙《いそが》しいけど。六月のライヴもあるし、あとテスト勉強もしなきゃいけないし。夏休み？」

「今すぐ！　明日にでも！」

「無理だってば。二泊《はく》三日なんて。なんで今すぐ？　なんかやりたいことでもあるの？」

訊《たず》ねると、朱音《あかね》はちょっと目をそらして照れ笑いした。

「……実は真琴《まこと》ちゃんに、一日中つきっきりで、手取り足取り教えてほしいことがあるの」

それを聞いた詩月《しづき》がテーブルをがたつかせて身を乗り出してくる。

「私もっ！　私も真琴《まこと》さんに一対一でしっかりみっちり教えてほしいことがありますっ」

「奇遇《きぐう》。わたしもある。村瀬《むらせ》くんに二人きりで教わりたい」と凛子《りんこ》。

「あっ、わたしもあります！　先輩《せんぱい》に個人講習してほしいです」伽耶《かや》も負けじと声をあげる。

テーブル越《ご》しに四人からじりじりと距離《きより》を詰《つ》められ、僕はたじろぐ。なんだよ四人そろって

マジな目つきで？

「教えてもらいたいことって全員同じじゃないの？」

「そんな気はする」

「あ、あの、頭文字《かしらもじ》はSですよね？」「うん」「合ってる」

「二文字目は小さい『っ』」「それも合ってます」「やっぱり」

「見られると恥《は》ずかしいことでしょう？」「そう」「同じみたいですね」

「じゃあ、せーので言ってみようか。せーのぉ──」

おいちょっと待て待て待て待て！　他の客が大勢いる店内でなに叫《さけ》ぶ気だ！

「作曲！」四人は唱和した。

「作曲は恥《は》ずかしいことじゃないだろッ？」

僕は思わずいきり立って突《つ》っ込んでいた。

「恥《は》ずかしくないの？　よかった。じゃあ真琴《まこと》ちゃんが作曲してるところずっと見ててもいい

んだね？」

「え？　……ああ、いや、うむ」

「村瀬《むらせ》くんはどんな恥《は》ずかしいことを想像していたの」

「いやなんでもないです。すみません、作曲してるとこ見られるのは恥《は》ずかしいです……」

「そう。やっぱり。だから泊《と》まり込みで余人を交えずじっくりと村瀬《むらせ》くんの作曲風景を観察するのが理にかなっていると思うの」

　どこの宇宙の理かわからんが。

「あのね、作曲してるとこ見てたってなんの参考にも――っていうか、みんな作曲おぼえたいわけ？」

　凛子《りんこ》は前に一曲作ってきたし、作曲科に進学するつもりとは聞いていたけれど、他の三人も曲作りに興味があるとは思ってなかった。

「音楽をやるなら必ず作曲は嗜《たしな》んでおけって祖父が言っていました」と詩月《しづき》。「良い曲を書けるかどうかはともかく、理解を深めるのは大切だって」

「良いバンドってメンバーみんな曲書くものだよね」と朱音《あかね》。

「わたしは、その、レギュラーメンバーじゃないわけですし、先輩《せんぱい》のプロデュースでソロでやるって約束ですし、自分で曲も書きたいなって」

　四人とも向上心の塊《かたまり》だなあ、と僕は思う。

　同時に、胃袋《いぶくろ》の裏側を氷が滑《すべ》り落《お》ちていくようないやな感触《かんしょく》があった。

なんだろう、これは。みんなが曲作りにモチベーションを見いだしてくれるのはすごくいいことじゃないか。いやがる理由なんてなにひとつないはずなのに。

「いや、うん、みんな曲を書くってのはいい案だと思うけど」

違和感《いわかん》を唾《つば》と一緒《いっしょ》に嚥《の》み下《くだ》して僕は言葉を続ける。

「僕はずっと我流《がりゅう》でやってきたから、教えられることってほとんどない気がする。凛子《りんこ》の方がちゃんと勉強してるはずだし」

「真琴《まこと》さんがいいんですっ！　真琴《まこと》さんに見てもらわなきゃだめなんです！」

「クラシックはともかくロックなんてみんな我流《がりゅう》じゃないの？」

「伽耶《かや》の受験勉強を手伝っていたときに、気づいたことがある」と凛子《りんこ》がいきなり言った。伽《か》耶《や》は目をしばたたき、僕と凛子《りんこ》の顔を見比べる。

「ひとにものを教えると、無意識だったものが言語化されて考えがまとまるから、教える側にも役立つ。今の村瀬《むらせ》くんにとっても——なにかきっかけになる、かもしれない」

朱音《あかね》が頰《ほお》を掻《か》きながらそこに付け加える。

「それにほら、うちらの下手くそな曲を見たら真琴《まこと》ちゃんも自信取《と》り戻《もど》すかもしれないし」

僕は両手で顔を覆《おお》った。

弱り切った声を、指の隙間《すきま》から漏《も》らす。

「……あああ……。ごめん。……僕、詰《つ》まってるのがそんなに表に出てる？」

「村瀬くんの感情は基本的に漏れ漏れのばればれ」

　恥《は》ずかしくて顔を上げられない。

「感情表現が豊かで嘘《うそ》がつけないのって、すごく素敵《すてき》だと思います！」という詩月《しづき》のフォローもあまり慰《なぐさ》めにならない。「浮気《うわき》もできなそうだから旦那《だんな》様としても理想的です」いやそれは意味わからんが。

　しかし、そうか。ばればれか。

「個人の方で請《う》けた仕事だし、バンドとは無関係だし、みんなに迷惑《めいわく》はかけないようにって思ってたんだけど。でも最近バンドのための曲も全然書いてないよね……」

　依頼《いらい》された曲がまだできていないのに、バンドの方の新曲を書いて、しかもそれを動画サイトで発表しちゃったりしたら、邦本《くにもと》プロデューサーに申し訳ない——という気持ちはたしかにあった。

　けれどよくよく考えてみるとそれこそ自己欺瞞《じこぎまん》で、申し訳なさを装《よそお》って作曲から逃《に》げているだけだった。

　単純に僕は今、曲が書けないのだ。

　なによりもしんどいのは、もはや原因がはっきりわかっていることだった。

　二度のライヴをちゃんとこなし、キョウコさんにも話を聞いてもらった今、もやもやしていたものは完全に晴れていた。

僕は——はじめてプロから仕事を依頼《いらい》されて舞《ま》い上《あ》がって自分でハードルを上げまくったあげくに実力がそれについていってなくて途方《とほう》に暮れているだけなのだ。

邦本《くにもと》さんにあんな啖呵《たんか》を切っておいて恥《は》ずかしいことこの上なかった。

「だから、作曲は、……僕に教える資格なんてないと思うし、……あ、でも、合宿は、うん、夏休みになってからなら。今はそんな余裕《よゆう》なくて」

六月が終われば、善《あ》しにつけ悪しきにつけ結果は出てしまっているのだ。

「……そうですか。じゃあ、海に行きたいですね！　伊豆《いず》に祖父の別荘《べっそう》があります」

わざとらしいくらい明るい声で詩月《しづき》が言い、他の三人もそろって哀《かな》しげな顔をした。

「あたし余計なことしちゃったかな」

帰りの電車で二人きりになったところで朱音《あかね》がぽつりと言った。会社帰りらしきスーツ姿の乗客で車内は混み合っていて、僕らはドア付近に押しつけられ、朱音《あかね》の顔は僕の胸あたりにあったので表情は窓ガラスに映したものでうかがうしかなかった。

「作曲のこと持ち出されるの、いやだった？」

「それも顔に出てた……？」

「わりと」

自分がいやになってきてしまった。

「いやだっていうか、なんか、気が重かった」

いやだったのだ。卑怯《ひきょう》な言《い》い換《か》えだった。音楽には嘘《うそ》をつかないのが僕の唯一《ゆいいつ》の取《と》り柄《え》だったはずなのに、最近はもう絶望的だ。

「なんでだろう。ううん。正直に言わないと、なんだけど……」

「あはは。うちらの下手くそな曲なんて見たくない? 凛《りん》ちゃんはともかく他はみんな初心者だしね」

「そんなことは——」

僕は口をつぐんだ。

そんなことは——ある。朱音《あかね》に言われて、バンドメンバーが持ってきた曲が悪い出来だったところを想像してみて、わかった。

「……ああ。うん。不出来な曲を持ってこられたら、僕たぶん嘘《うそ》つけないから、全然だめだよって顔に出ちゃうと思う。それが、なんか、気分悪い」

朱音《あかね》は首を傾《かし》げた。おそらく首を傾《かし》げたのだと思う。ほとんど僕の胸に頭を密着させていたので、髪《かみ》の感触《かんしょく》がもぞりとシャツの上で動いただけだったけれど。

「正直に言ってもらった方がうれしいけど。お世辞でほめられてもしょうがないし。だいたい真琴《まこと》ちゃん、いつもうちらのプレイにすごい要求してくるじゃん」

「いや、プレイに文句つけるのはちょっと話がちがってて」

僕は車窓の外に目をやる。線路を挟《はさ》み込む塀《へい》の上縁《うわべり》は夕陽《ゆうひ》を浴びせられて真鍮色《しんちゅういろ》に焼け、塀《へい》のこちら側の面は濃《こ》い影《かげ》になっている。夏が近づいているのだ。

「たしかに僕は練習中にうるさくあれこれ言うけど、でも基本的にみんなすごい上手《うま》いだろ。最低でも90は出せるってわかった上で100出せとか120目指そうとか言ってるわけで、でも作曲は——」

「うん。ゼロかもしれないよね。マイナスかも」

そんなとき、なんて言えばいいかわからない。

もちろん嘘《うそ》はつけない。息苦しい沈黙《ちんもく》だけを返すのもいっそう悪い。狭量《きょうりょう》だとは自分でも思うけれど。

「あたしも怖《こわ》いよ。真琴《まこと》ちゃんに自分の曲見せるなんてね。凛《りん》ちゃんはほんとよくあんな勇気出せたよ。曲自体の出来もけっこうよかったし。それでもけっきょく自分でボツにして……。でもさ、そういうのやんなきゃだめだよね。百パーセント振《ふ》り絞《しぼ》って書いて、びくびくしながらみんなに聴《き》いてもらって、ゴミ箱に放り込んで、また次の曲を書いて。真琴《まこと》ちゃんもそういう道のりを歩いてきたわけでしょ。うちらもそうしないと、どこにも行けなくなる」

失わないようにしていたら、どこにも行けなくなる。

腹にわだかまっていた違和感《いわかん》が、溶《と》けた。

でも、おかしい。完全に流れ去ってなくなったりしない。真ん中に、より硬《かた》くて小さな違和《いわ》感《かん》がまだ残っている。

それの正体に気づいたのは、駅で降りて朱音《あかね》と別れ、自宅への道を歩いているときだった。道路に投げ出された自分自身の長い影法師《かげぼうし》を爪先《つまさき》でたどりながら横断歩道を渡《わた》り、西日を遮る《さえぎ》街路樹の足下《あしもと》に入ったところで、ふと思い至ったのだ。

彼女たちが持ってきた曲が悪い出来だったときのことは――想像していた。

でも、良い出来だったときのことは？

考えないようにしていたのだ。

汗《あせ》ばんでいたはずなのにTシャツの下の肌《はだ》がぞわりと震《ふる》えた。

みんなが良い曲を書けるようになったら、僕はPNOに必要なくなってしまう。だから作曲を教えるのが怖《こわ》かったのだ。違和感《いわかん》にくるまれたもうひとつの違和感《いわかん》は、直視してしまえばほんとうに薄汚《うすよご》れていてろくでもなかった。

自分の弱さと醜《みにく》さに打ちひしがれて、うつむいたまま家路を歩いた。

帰宅してメールチェックをすると、僕の個人アドレス宛《あて》に、見憶《みおぼ》えのないアカウント名でメールが一件届いていた。

件名は『柿崎《かきざき》です。退職いたしました』――。

クリックする。

ご無沙汰《ぶさた》しております。柿崎《かきざき》です。このたび五月末日をもちましてネイキッドエッグを退社することとなりました。すでに社用アカウントが使えなくなっているため、私用のアカウントからで失礼いたします。ご挨拶《あいさつ》が遅《おく》れまして申し訳ございません……。

ぬるっとした熱のない慇懃《いんぎん》な文章の後で、三行分の改行を挟《はさ》み、柿崎《かきざき》さんは続けてこう書いていた。

『微力《びりょく》ながらもPNOを世に送り出す最初の手伝いをできたことが、私の在職中いちばんの誇《ほこ》りです。次の職のあてもない甲斐性《かいしょう》無しですが、今後も音楽に関わる仕事、素晴《すば》らしい音楽を若者に届ける仕事をしていきたいと思っています。また村瀬《むらせ》さんたちと一緒《いっしょ》に仕事ができたら嬉《うれ》しいです』

僕はその文面を三度繰《く》り返《かえ》して読むと、メーラを閉じた。

この間の飲み会で逢《あ》ったときには、辞《や》めたくても辞《や》められないようなことを言っていた気がするけれど、実のところあのときにはもう覚悟《かくご》を決めていたのだろうか。

彼もまた、失うために戦ったのだろうか？

ノートPCの電源を落とした。

暗転した液晶《えきしょう》画面に、色彩《しきさい》のない僕の顔が映り込んでいる。

それでおまえはどうするんだ？　と訊《たず》ねると、モノクロームの僕自身がまったく同じ質問を返してくる。

失わないようにしていたら、どこにも行けなくなる――。

きっと僕もどこかで、手のひらに刃《やいば》でなにかのしるしを刻んで、血でぬめる武器の柄《つか》を握《にぎ》りしめて、勝つ意味も負ける意味もない戦いに向かわなければいけないのだ。

ただ、今は、戦場がどこにあるのかさえもわからない。

＊

六月に入ってすぐ、邦本《くにもと》プロデューサーから電話があった。

『どうですか、一度うちの子たちのレッスンを観《み》に来《き》ませんか？　なにかインスピレーションにつながるかもしれませんし、みんな挨拶《あいさつ》したいって言ってますし』

進捗《しんちょく》について訊《き》かれないのはありがたかった。訊《き》かなくてもわかっているのだろう。

「興味はすごくあるんですけど、曲ができていないのにお逢《あ》いするのはちょっと心苦しいっていうか」

『いやいやいや。曲はもういただいているじゃないですか。暫定《ざんてい》的に。全然気になさることはないですよ』

押し切られる形で約束を交《か》わすと、翌日の放課後、僕はひとりで道玄坂《どうげんざか》にあるオフィスビルを訪《おとず》れた。

どうやら大手レコード会社所有のビルらしく、フロア案内板には関連会社とおぼしき社名が最上階まで並んでいる。待合スペースにいた邦本《くにもと》さんの巨体《きょたい》はすぐに見つけられた。最初に逢《あ》ったときよりもさらに恰幅《かっぷく》良く見えるのは初夏らしく半袖《はんそで》だからだろうか。

「どうも村瀬《むらせ》さん、お忙《いそが》しいのにご足労いただいて」

地下二階のスタジオに連れていかれた。フットサルの試合ができそうなくらい広い部屋で、奥の一面の壁《かべ》は鏡張りだった。僕と邦本《くにもと》さんがそうっと室内に入っていったときには、四人の男女が鏡に向かって（つまりは僕に背を向けて）踊《おど》っている最中だった。そろいの黒いタンクトップにレギンス、均整の取れて引《ひ》き締まった四肢《しし》が重たいリズムに合わせて脈打っている。

僕は入り口で固まってしまった。

知っている曲だったからだ。僕が仮提出した、あの曲だ。

幾何学的《きかがくてき》にくねる四対《つい》の腕《うで》が、心電図の波みたいに致命的《ちめい》なビートを刻み、明から暗へ、また明から暗へとステップターンのたびにめまぐるしく移ろう。僕が提出したデモテープそのままの荒削《あらけず》りで飾《かざ》り気《け》のないバッキング。そこに歌が――

鏡面を震《ふる》わせる歌声に僕は心臓が止まりかける。

デモテープの僕の声じゃない。

今そこにいる四人の、汗《あせ》で濡《ぬ》れそぼった吐息《といき》混じりの、それでもまったく力を失っていない感電しそうなほど鋭《するど》い歌声だ。

けっきょく僕は邦本《くにもと》さんが椅子《いす》をすすめてくれたのにもまったく気づかず、スタジオの防音ドアのすぐそばに立《た》ち尽《つ》くしたまま、魅入《みい》られていた。

フルコーラスが終わり、壁際《かべぎわ》にいたトレーナーらしき中年男性が音楽を止め、こちらに向かって小さく頭を下げてきた。そこでようやくグループの四人も僕に気づく。

「村瀬《むらせ》さん？」

「来てくれたんですか！」

「はじめまして、すごいです逢《あ》えて感動です！」

たちまち囲まれ、握手《あくしゅ》を求められ、生気で輝《かがや》く眼差《まなざ》しとまっすぐな賞賛の言葉を浴びせられて僕は息が詰《つ》まりそうになる。

四人とも、以前ダンスの動画を観《み》せてもらったときの印象よりもずっと若く見えた。もちろんみんな僕より年上だろうけれど、大学生くらい、女性二人はもしかすると十代ではないだろうか、と思う。

ＰＮＯはデビュー時からずっと観《み》ていた、憧《あこが》れだったので曲提供は光栄、いただいた曲はほんとうに素晴《すば》らしくて――と口々に言われ、僕は縮こまる。最近忘れがちだったが、僕はそもそも人見知り気味だし、真っ正面から褒《ほ》め言葉をぶつけられるのに慣れていないのだ。

僕の窮状《きゅうじょう》を察してくれたのか、邦本《くにもと》さんが「邪魔《じゃま》して申し訳ない、レッスンを続けて」と口を挟《はさ》んでくれた。

それからたっぷり一時間、僕は四人のパフォーマンスを間近で観《み》ることになった。休憩《きゅうけい》に入ったところで、邦本《くにもと》さんは僕を連れてスタジオを辞した。夜までずっとレッスンが続くのだという。

もう少し話しませんか、と誘《さそ》われ、オフィスビル一階にあるカフェに入った。

「直《じか》で見ると、やっぱりちがうでしょう」

注文を終えるなり、邦本《くにもと》さんはしみじみ言った。

「はい。とくにダンスは——全然ちがいますね」と僕はうなずいた。「踊《おど》りながらあの声量で歌えるんですね。びっくりしました」

「四人とも歌えますのでね。ヴォーカルのメイン二人、ダンスのメイン二人というふうに一応は分けていますが、全員が両方ともハイレベルにこなせます。こう、メロディラインを受《う》け渡《わた》したり振《ふ》り付《つ》けを補い合ったり、色々と細かい工夫《くふう》はしていますが、しっかりと『歌って踊《おど》れる』グループに見せられているはずです」

僕なんて演奏中にステージをちょっと歩き回るだけでけっこう呼吸がきつくなって声の出が悪くなるのだ。あんなに激しい動きを、ちゃんとリズムに填《は》めながら、声量も音程もぶれないなんて信じられない。

「歌って踊《おど》れるグループはね……私の悲願なんですよ」

運ばれてきたコーヒーにじっと目を注いで邦本《くにもと》さんは微熱《びねつ》を帯びた声でつぶやいた。

「ジャクソン5を見て育ちましたからね。昔から憧《あこが》れでした。歌って踊《おど》れるアーティストというとかつては黒人の専売特許だったんですよ。マイケルとジャネットはもちろん、デスチャやクリス・ブラウン、Ne-Yoとか。みんな私の大スターでした。ただ――」

邦本《くにもと》さんはコーヒーで唇《くちびる》を湿《しめ》らせる。

「最近まったく新しいダンス&ヴォーカルがアメリカから出てこない。特にソロならともかくグループとなると絶無です。ダンスなんてグループで売り出した方が絶対にいいのに、出てこないんです。もちろん、両方兼《か》ね備《そな》えた才能を発掘《はっくつ》するのはたいへんでしょう。それはわかります。しかし、いないわけはない。あれだけの音楽大国、ダンス大国ですし、オーディションのシステムや文化も洗練されて根付いているのですから」

僕もアメリカのR&Bやダンスミュージックにはそこまで詳《くわ》しいわけではないけれど、たしかに歌も踊《おど》りもこなすグループなんてぱっと思いつかない。

「不思議ですよね。我々の仲間内でもたまに議題に上ります。なぜなのか、もっともらしい説はいくつも出ます。たとえば、アメリカ人は《商業的に造られた《マニュファクチュアド》》アーティストを嫌《きら》う傾向《けいこう》があります。いわゆる会社主導で結成されて入念に戦略を練って売り出されたグループに、アンチがつきやすい。モンキーズとか叩《たた》かれまくってましたからね」

「でもダンス&ヴォーカルグループって会社主導で組むしかないですよね」

「まさに。歌も踊《おど》りもプロレベルなんていう逸材《いつざい》が、複数人、たまたま意気投合してグループを組んで地道に活動を重ねて——なんていう奇蹟《きせき》、そうそうあるわけがない。会社がコストを投じて発掘《はっくつ》育成するしかないわけです。商業のにおいはどうしても出てしまう」

苦笑《くしょう》交じりに言って、邦本《くにもと》さんは巨体《きょたい》を揺《ゆ》する。

「他の説では、才能あるダンサーは今みんなヒップホップに行ってしまうから、たとえ歌の才能まで持ち合わせていたとしてもダンス&ヴォーカルの方面には向かわない、という。これまたそれなりに説得力があります。あとは、国全体のダンスの平均レベルが高すぎて、なまじっかなダンサーでは通用せず、歌か踊《おど》りのどちらか一本に絞《しぼ》らないと大成しないのではないか、とかね」

コーヒーをぐっと半分飲んだ邦本《くにもと》さんは、カップを置いて声を低くした。

「けれど、今言ったことは全部間違《まちが》っていたわけです」

「……え?」

僕は目をしばたたいた。邦本《くにもと》さんは含《ふく》み笑《わら》いをする。

「ただの後付けの理由探しです。まったく間違《まちが》っていたことを、ここ数年でK-POPが見事に証明したのですから」

「ああ、たしかに……」

ＢＴＳを筆頭にした韓国《かんこく》のスーパースターたちは、今や全米も制して、『歌って踊《おど》れるアーティスト』といえばもう完全にＫ－ＰＯＰのイメージだ。

「ですからね、私は――」

邦本《くにもと》さんの口元に浮《う》かぶ笑《え》みには、たぶん自嘲《じちょう》が半分含《ふく》まれていた。

「アメリカ音楽界が、ただ怯《おび》えていただけだと思うんです」

ひととき口をつぐみ、観葉植物の間からビルの外の空を見やる。暗い雲が傾《かたむ》いた陽《ひ》を遮《さえぎ》ろうとしている。雨がやってくるのだろうか。

「歌もダンスも究《きわ》めようとするからには、マイケル・ジャクソンを継《つ》ぐほどの者でなくてはいけない。しかしあんな超絶《ちょうぜつ》才能が二度と現れるわけがない。それなら分をわきまえて、どちらかに注力するべき……。そんなふうに勝手に限界を決めて、マイケルの幻影《げんえい》に怯《おび》えて、あきらめていたんじゃないかと思うんですよ。しかし韓国《かんこく》の人々はちがった。恐《おそ》れを知らずに挑《いど》み続けて、勝ち取ったんです。……悔《くや》しいですよ。私がやりたかったことです。でも、今からでも遅《おそ》くはない。あの四人に巡《めぐ》り逢《あ》えましたからね」

僕は邦本《くにもと》さんの横顔をじっと見つめた。

この人もまた――

失うために、いのちを戦場に投げ込める人なのだ。

「やあ、すみません！　年甲斐《としがい》もなく青臭《あおくさ》い話を一方的にしてしまいました」

邦本《くにもと》さんは破顔して声の調子を大きく変えた。

「村瀬《むらせ》さんに巡《めぐ》り逢《あ》えたのも、幸運でした。良い曲がなければ始まりませんからね。ダンスもついたのを観《み》て、あらためて、いけるという確信が持てましたよ。どうでしたか？」

「……ああ、はい。そのぅ」

複雑な気持ちだった。

さっき観《み》たパフォーマンスが衝撃的《しょうげきてき》だったのは事実だ。スターダムにのし上がれそうな雰《ふん》囲気《いき》もびりびり感じた。しかしあの曲は、僕がいまいちだと自己判断したものなのだ。

今さら——やっぱりあれでいいです、とは言えない。

半分はプライドの問題だけれど、もう半分は、やはり曲の出来に満足がいっていない。四人のダンスの迫力《はくりょく》に呑《の》み込まれそうになりつつも、やはり冷静に曲だけに意識を注ぐと、大したことがないのだ。だめだ。あんなんじゃだめだ。

邦本《くにもと》さんは腹を揺《ゆ》すって笑った。

「いやいや、ほんとうに申し訳ない。ダンスパフォーマンスつきでお見せすれば、村瀬《むらせ》さんも心変わりしてくれるんじゃないかと少し期待していたところはあります」

「……ちょっと心が動いたのは否定できないですけど、でも、やっぱり……すみません」

「そうおっしゃるとは思っていましたよ。なんというか、村瀬《むらせ》さんは」

そこで言葉を切って邦本《くにもと》さんは僕の顔に答えを探す。

「プレッシャーをかけられても、むしろそれを楽しんで、より良い結果を出せる方だと思っておりますのでね」

　全然そんなことはなかったけれど、せいいっぱい虚勢《きょせい》を張るために苦笑《くしょう》してうなずくだけにとどめた。これ以上情けないところは見せられない。

　そろそろおいとまする空気だった。邦本《くにもと》さんは伝票を手にして立ち上がる。

　会計を済ませ、ビルを出た。邦本《くにもと》さんも駅まで行くとのことなので道中一緒《いっしょ》になる。

「しかし村瀬《むらせ》さん、学業もあってPNOのライヴもあって、そのうえ作曲まで、となると時間がいくらあっても足りないでしょう。よく手が回りますね」

　道玄坂《どうげんざか》を下りながら邦本《くにもと》さんが言う。

「いや、実際に回ってないんですよ。成績も良くないですし、作曲もずうっと詰《つ》まってて」

「そうでしたか。しかしライヴは絶好調なようで、なによりですよ。すべて動画で拝見させてもらっていますが、いやあ毎回毎回ちがう趣向《しゅこう》を凝《こ》らしていて」

　これには照れ笑いを返すしかない。意図的に毎回ちがうことをやっているというよりは、そのときどきでなにかしら奇妙《きみょう》な事態に陥《おちい》っていて、しかたなくステージに反映させた、というのが実情なのだ。

「今月もやるんでしたな。ブッキングでなにかトラブったと玉村《たまむら》さんから聞きましたが、チケットがもう売り出されているということは解決したんですな」

「……え？」

僕は邦本《くにもと》さんの顔を見た。ちょうど交差点を渡《わた》り終えて駅に入るところだった。

「玉村《たまむら》？　って、ネイキッドエッグの？」

「ええ。あそこがやるイベントですよね、今月出るのは。担当社員がPNOの出演を取り付けたと言っておきながら急に退職してしまってポシャりそうだ、と玉村《たまむら》さんが嘆《なげ》いてましたが」

いや、待ってくれ。そんな話は聞いていない。その出演依頼《いらい》はそもそも断っている。担当者って柿崎《かきざき》さんのこと？　どうなってるんだ？

「玉村《たまむら》さんもねえ、ご本人はバリバリ仕事できる方ですが、社員運がないというか、部下の方がよくトラブりますよね。いつも尻拭《しりぬぐ》いに走り回ってるイメージです。まあ片付いたならよかったですよ。楽しみにしております。もちろん新曲の方も！　たいへんでしょうが、がんばってください」

では、と邦本《くにもと》さんは頭を下げ、東急線の改札の方へ足早に歩き去ってしまった。

僕はあまりにも驚《おどろ》き、混乱していたせいで、なにひとつ確認《かくにん》の質問ができなかった。

駅で電車を待つ間に黒川《くろかわ》さんに電話を入れ、確認《かくにん》をとってもらい、やってきた山手線《やまのてせん》に乗って新宿《しんじゅく》に向かった。

『ムーン・エコー』に着くと、黒川《くろかわ》さんはすでにだいたいの事態を把握《はあく》していた。

「イベントの出演者にＰＮＯがほんとに入れられてた。こっちのライヴと同じ日だよ、六月の二十四日」

苦り切った顔で黒川《くろかわ》さんは言い、ＰＣの画面を指さす。

合同ライヴイベントの公式サイトが表示されている。五組の出演者のうち、ＰＮＯは明らかにメインの扱《あつか》いだ。

ネットの情報によると、このイベントの発表はもう三ヶ月も前のことで、当初はあまりチケットが捌《は》けていなかったらしい。それが今日、ＰＮＯの出演が追加発表されたことで一瞬《いっしゅん》にして完売したのだとか。

もちろん、『ムーン・エコー』での六月公演と同じ日付であるという不審《ふしん》点に気づいた人も少なくない。でも全員がそんな警戒《けいかい》心の持ち主じゃない。

「さっきからネイキッドエッグには電話してるんだけどつながらないんだ。あと柿崎《かきざき》も電話に出ない。困ったな……。どうなってんだ」

「こっちのライヴのチケットももう売り出しちゃってるんですよね？」

「即《そく》完売してるよ」

ネイキッドエッグが勝手に（勘違《かんちが》いして？）やったことだから僕らには無関係――と決め込むわけにもいかない。ＰＮＯを観《み》たくてお金を出してしまった客がかわいそうだ。

「柿崎《かきざき》さんが出演取り付けておいて辞《や》めちゃった、みたいな話を聞いたんですけど」

まさか、会社には「PNOが出演してくれる」と嘘《うそ》の報告をしてしまったのだろうか？

「ううん」黒川《くろかわ》さんは渋《しぶ》い顔で髪《かみ》をかき混ぜた。「あいつはお調子者だけど、そういう仁義に悖《もと》ることはやらないよ」

「そ、そうですよね……」

一瞬《いっしゅん》でも疑ってしまった自分が恥《は》ずかしい。あれだけ世話になっておいて、恩返しのひとつもできていないのに。

「マコ、ちょっとでも出演OKって解釈《かいしゃく》できるようなこと言った憶《おぼ》えあるか？　柿崎《かきざき》とか玉村《たまむら》社長とかに」

「いや、全然ないです。柿崎《かきざき》さんが自分でこんなオファー無視しろなんて言ってたし」

「だよな。他のメンバーにも……確認《かくにん》してみないといけないけど、まず間違《まちが》いなくそんな話はこっち側からは出してないよな」

つまり、考えられるのは、玉村《たまむら》社長の暴走だ。

あの人ならやる。前科もある。

黒川《くろかわ》さんは大きく息を吐《は》き出《だ》した。

「とにかくこの件は私が対処するから、あんたらはだれになにを訊《き》かれても自分じゃ答えないで私に回すこと。ネットにもなんにも書くなよ。チャンネルのコメント欄《らん》とか」

そう告げる黒川さんの目には殺気に近いものが見て取れた。

＊

キョウコさんはツアー先の台湾《たいわん》からわざわざメッセージをくれた。

［なにかスケジュール上のトラブルがあったらしいけれど大丈夫《だいじょうぶ》？］

なぜキョウコさんにまで話が届いているのかと驚《おどろ》きつつもすぐに返信を打つ。

［状況《じょうきょう》はよくわからないんですけどマネージャーさんに対処してもらってますので大丈夫《だいじょうぶ》だと思います］

次のキョウコさんのメッセージを読んで僕は椅子《いす》から転げ落ちそうになった。

［玉村《たまむら》社長がこっちに来てて話を少し聞いたのだけど］

玉村《たまむら》社長が台湾《たいわん》に？　なんで？　ああいやキョウコさんとも知り合いだったっけか、そもそも僕らをキョウコさんと引き合わせたのはあの人のコネだ。

［社員がPNOをダブルブッキングしたまま辞《や》めてしまったらしくて大層困っていた］

僕はスマホを握《にぎ》りしめたまま狭《せま》い自室の中をぐるぐる歩き回った。なんと返せばいいかわからなかった。

ほんとに柿崎《かきざき》さんが悪いのか？

いや、玉村《たまむら》社長が嘘《うそ》をついているのだろう。このタイミングでキョウコさんの台湾《たいわん》公演を観《み》にいってるというのも、日本で騒《さわ》ぎが起きるのがわかっていて避難《ひなん》したんじゃないのか？
［その社員というのは柿崎《かきざき》さんのことだと思いますが、そういうことはしていないはずなので、なにか行《い》き違《ちが》いがあったんだと思います］
行《い》き違《ちが》い、というマイルドな表現にしてしまった自分が情けなかった。でも玉村《たまむら》社長が嘘《うそ》をついたという確証はまだないし、キョウコさんはあの人と親しいみたいだし……。
［そうなの？　とにかく災難だったね。こういうとき面倒《めんどう》見てくれる事務所はもう見つけたんだっけ］
［はい、いつも世話になっていたスタジオのオーナーがマネジメントもしてくれてます］
［それならよかった。音楽に集中したいね］
玉村《たまむら》社長がどういう話をしていたのかもう少し詳《くわ》しく知りたかったけれど、キョウコさんもツアー中で忙《いそが》しいだろうし、根掘《ねほ》り葉掘《はほ》り訊《き》くのもどうかと思ったので、メッセージのやりとりはそこでおしまいにした。
さらには、志賀崎《しがさき》京平《きょうへい》からも連絡《れんらく》があった。
まず電話をかけてきたのは伽耶《かや》だった。ダブルブッキング事件が発覚した二日後の夜だ。
『父が心配して……あの、ライヴの件です。先輩《せんぱい》と話したい、って。いいですか？』
「え……いや、はい、うん。いいけど」

なにを話すのだろう。緊張しながら電話を逆の手に持《も》ち替《か》えて待っていると、回線の向こうで気配がして、やがて心地《ここち》よく厚みのある男性の声が流れてくる。

『ご無沙汰《ぶさた》しています。京平《きょうへい》です』

「あっ、はい。ご無沙汰《ぶさた》してます」

音声のみの通話だというのに思わず頭を下げてしまう。

『ブッキングの手違《てちが》いで揉《も》めてるんだって？』

「え、ええ、はい。ちょっと。あ、あの、伽耶《かや》さんに迷惑《めいわく》がかかるようなことには絶対にしませんから――」

『ああ、そっちの心配はしていないよ、大丈夫《だいじょうぶ》。玉村《たまむら》くんから話を聞いてね。ＰＮＯさんと直接話したいがマネージャーを名乗る女性が取り次いでくれないから、どうにか連絡《れんらく》をつけられないか、とぼくに泣きついてきてね』

そういえばあの人は志賀崎京平《しがさききょうへい》ともコネがあるのだった。その無駄《むだ》な顔の広さと厚かましさに僕は絶句する。

なんとか答えようと口を開きかけたとき、志賀崎京平《しがさききょうへい》が遮《さえぎ》るように言った。

『とはいっても事務所の方針があるだろうし。ちゃんとした事務所にマネジメントを頼《たの》んでいるんだよね？』

「……はい。スタジオとライヴハウスを経営してる会社です」

『だとしたらぼくみたいな第三者がそんな頭越《あたまご》しっていうのは無理な相談だねえ。今回は契《けい》約《やく》関係の難しい問題みたいだし。きみたちの担当をしてた社員が、PNOの出演を取り付けたっていって話を進めておきながら急に辞《や》めちゃったらしいんだよね。で、実はそんな話はなかったっていうことだよね？　玉村《たまむら》くんも災難だねえ。彼、よく部下にやらかされるんだ』

「いや、それは、その」

僕はしばし言葉を詰《つ》まらせて考える。

玉村《たまむら》社長側の一方的な見解を聞かされればそういう解釈《かいしゃく》になるのもしかたない。黒川《くろかわ》さんには『だれになにを訊《き》かれても喋《しゃべ》るな』と釘《くぎ》を刺《さ》されていたけれど、さすがにもう見過ごせなくなってきた。

「話を勝手に進めちゃったのは、その社員さんではないと思います。柿崎《かきざき》さんという人なんですけど、僕らが六月二十四日に先約があるってことも最初から知ってましたし、イベントに出られないのもしょうがない、って感じのことを言っていましたから」

『そうなの？　ふうむ。ぼくが聞いた話と少しちがうね』

どういう話を聞いたのか確かめたかった。でも僕が迷っている間に、志賀崎《しがさき》京平《きょうへい》は声の調子を明るく変えて言った。

『なんにしろ、事務所にすべて任せて真琴《まこと》君たちはなにもしないのが正解だね。これからチケット返金とかで面倒臭《めんどうくさ》い事態になるだろうし』

返金。そうか。そうなるよな。出ないアーティストを出ると偽《いつわ》ってチケットを売り捌《さば》いたのだから、詐欺《さぎ》みたいなものだ。

なにかあったら相談に乗るよ、と言って、志賀崎京平《しがさききょうへい》は通話を切った。

僕は暗くなったスマホの画面を見つめ、椅子《いす》の背もたれにぐっと身体《からだ》を押しつけてだらしなく両脚《りょうあし》を伸《の》ばす。

柿崎《かきざき》さん、あんた今どこでなにしてるんだ？　このままだと欠席裁判だぞ？

キョウコさんも、邦本《くにもと》さんも、そして志賀崎京平《しがさききょうへい》も、玉村《たまむら》社長に対しての評価がわりと好意的だったのが気にかかった。

たぶん立場が上の人間に対してはむちゃくちゃ丁寧《ていねい》に対応する人物なのだ。そしてトラブルの責任は部下に押しつける。柿崎《かきざき》さんは玉村《たまむら》社長がこれまで爆発炎上《ばくはつえんじょう》してこなかったのをただ運が良かっただけと評していたけれど、運だけではなくそういった危《あや》うい処世術の賜物《たまもの》でもあったのだろう。

ため息をついてスマホをベッドに投げた。

僕が頭を悩《なや》ませたってしょうがない問題だ。黒川《くろかわ》さんに全部任せるしかない。僕は僕で、作曲のしめきりが今月中なのだから。

でも、電子ピアノの譜面台《ふめんだい》に白紙の五線譜《ごせんふ》ノートを広げ、ヘッドフォンをかぶり、小一時間呻吟《しんぎん》してみても一フレーズも浮《う》かんでこなかった。

僕自身にはなにも被害《ひがい》は及《およ》んでいないはずなのに、胸にずっと圧迫感《あっぱくかん》がある。曲作りになんてとても集中できない。

奇妙《きみょう》な感覚だった。

不安よりも、昂揚感《こうようかん》に似ている。

さっき志賀崎京平《しがさききょうへい》が、『玉村《たまむら》社長が直接話したいらしい』と言ったとき、この奇妙《きみょう》な疼《うず》きが肋骨《ろっこつ》の裏側あたりでぐねるのを感じた。思わず、連絡《れんらく》をつけてもいいですよ、と答えそうになってしまったのだ。なぜ？

玉村《たまむら》社長とこれ以上関わるのは僕もこりごりだった。話すこともできることもないはずなのに、なぜだろう。

だめだ。くだらないことを考えるのはやめろ。音楽に集中しろってキョウコさんにも言われただろ。僕は唇《くちびる》を噛《か》みしめて鍵盤《けんばん》に手をのせた。

音符《おんぷ》は海底の砂みたいに僕の指の間からむなしく漏《も》れ落ちていった。

＊

柿崎《かきざき》さんとの再会は、その翌日だった。

いつものように放課後『ムーン・エコー』にバンドのみんなで顔を出し、六階の執務《しつむ》室《しつ》に黒《くろ》川さんを訪ねると、そこに柿崎さんもいっしょにいたのだ。

「ほんとに申し訳ない！」

いきなり土下座されたので引いてしまう。

「まさかこんなことになるなんて、いや、もう、ほんとに……」

声を詰《つ》まらせる柿崎《かきざき》さんは、だいぶ日焼けして無精髭《ぶしょうひげ》を伸《の》ばし、以前逢《あ》ったときとまったく印象が変わっていた。服装もたるんだTシャツにデニムというラフきわまりない格好だ。

「有休消化で自転車旅行にいってたんだとさ」と黒川《くろかわ》さんはあきれた口調で言う。

「まとまった休みが取れるのなんて今後そうそうないだろうからさ……」

柿崎《かきざき》さんはしょんぼりと肩《かた》を落としてつぶやく。とても責められない。

「休暇《きゅうか》はいいけどスマホの充電《じゅうでん》くらいはちゃんとしとけ」と黒川《くろかわ》さん。

「途中《とちゅう》でめんどくさくなっちゃったんだよ。反省してる」

それから柿崎《かきざき》さんは再び僕らに向き直る。

「誓《ちか》って言うけど、ＰＮＯは出られないって俺は会社にはっきり言ったんだ。嘘《うそ》ついて話を進めたりなんてしてない」

「わかってますよ。大丈夫《だいじょうぶ》です」

柿崎《かきざき》さんはソファに身を沈《しず》めて深く息をつく。飲み会で逢《あ》ったときよりもさらに痩《や》せて、頬《ほお》がこけたように見える。下まぶたにはタールを指先でなすりつけたような隈《くま》がある。

「だいたい俺は先月の半ばくらいにはもう会社には行かなくなってたし、社用アカウントも使えなくされてたし……」

「イベントの関係者とか出演者にちょっと話を聞いたけど」と黒川《くろかわ》さん。「柿崎《かきざき》とずっとメールでやりとりしてたってみんな言ってたぞ」

「だからそれ、引《ひ》き継《つ》いだやつが俺のアカウントで関係者と連絡《れんらく》とってたんだよ……」

「え、柿崎《かきざき》さんがやったように見せかけたってこと？」と朱音《あかね》は目を丸くする。

「見せかけたのかどうかはわかんないけど、そう見えるのはたしかだな」

黒川《くろかわ》さんはそう言って、同情の目で柿崎《かきざき》さんのうなだれた後頭部をちらと見やる。

「別のイベント会社に拾ってもらえることになってたんだけどさ」

呻《うめ》くような声が柿崎《かきざき》さんの両足の間にぼたりぼたりと落ちる。

「やっぱ無しって昨日メールきてて。トラブって逃《に》げ出《だ》すようなのを雇《やと》っておけないって。すぐ噂《うわさ》広まる業界だからさ……」

「え、なんで！　だって濡《ぬ》れ衣《ぎぬ》なんでしょっ？」

「そうだけど、受け持ってたイベントを開催《かいさい》前に放り出して会社辞《や》めたのはほんとうだから、なに言っても信用ないよ。この業界じゃ玉村《たまむら》社長の方が発言力あるし」

「それじゃイベンターの仕事なんてこれからできなくなるんじゃないですか」

詩月《しづき》が泣きそうな声で言った。柿崎《かきざき》さんはますます深く頭《こうべ》を垂れる。

「かもね……信用商売だし」

重たい空気が執務室《しつむしつ》に立ちこめた。ただでさえ狭《せま》い部屋に七人も押し込められているのだ。息苦しくてしょうがなかった。

「なんかもう疲《つか》れたよ。今後いちいち俺は無実だって説明すんのも面倒《めんどう》だし。この業界にしがみついてたらまた玉村《たまむら》社長と関わるような案件に出くわすかもしれないし。俺もうあの人の顔見たくないよ」

柿崎《かきざき》さんはのろのろと立ち上がった。何十年間も狭《せま》い管の中で生活してきた人間のような、こわばってぎくしゃくした動きだった。

「音楽関係にこだわらなきゃ、仕事はなにかしら見つかるだろうし。それじゃあ、みなさん、ほんとご迷惑《めいわく》をおかけしました。申し訳ない。PNOのことはこれからも応援《おうえん》してますよ」

ドア近くに立っていた詩月《しづき》や伽耶《かや》の間を、柿崎《かきざき》さんは幽霊《ゆうれい》みたいにすり抜《ぬ》けて部屋を出ていった。だれも引き留める言葉を持たなかった。ただ口の中に粘《ねば》り着《つ》くような苦味が残っただけだった。

6　麗《うるわ》しくも不思議な音楽の日

二日たっても株式会社ネイキッドエッグは沈黙《ちんもく》を続けていた。

黒川《くろかわ》さんはすでに、PNOの公式サイトや公式SNS、動画チャンネルのトップなどで注意喚起《かんき》の告知を出していた。六月二十四日のPNOは『ムーン・エコー』でのライヴに出演予定であり、その他のイベントへの出演はありません。出演すると虚偽《きょぎ》告知されている他イベントについては現在対応中です。この件に関しての問い合わせは当方では受けかねます……。

それでも当然ながら問い合わせが殺到《さっとう》しているらしく、黒川《くろかわ》さんはくたびれきった顔をしていた。

「PNOが出ないなら返金しろって、こっちに言われても困るんだけどな」

まさかこのままだんまりを決め込むつもりだろうか。完全に詐欺《さぎ》じゃないか。僕らにはまったく非がないとはいえ、不安になってくる。

ネイキッドエッグが企画《きかく》しているイベントは今回さらにパワーアップしていてアリーナ会場で客席五千超《ちょう》。チケット払《はら》い戻《もど》しともなればものすごい損害額になるだろう。

「ひゃあ。これ完売しちゃったんだあ」

スマホでイベントのウェブページを見ながら朱音が感嘆の声を漏《も》らす。

昼休み、いつものように音楽準備室にバンドメンバー五人全員が集まれば、もちろんライヴの話になる。出演しないとはいえどんなイベントなのか調べてみようという話も出てくる。

「でも下手したら開催《かいさい》中止だよね。もったいないな。こんなでかい箱で」

「私たちも、もうちょっと大きい会場で――とは前々から思っていました」

詩月《しづき》がこっちの顔を窺《うかが》いながら慎重《しんちょう》に言う。

「『ムーン・エコー』のキャパだと毎回ものすごい倍率になっちゃいますし、転売対策も大変ですし」

「日付がかぶっていなくて玉村《たまむら》社長が関わっていなければ出たかったですね……」と伽耶《かや》がつぶやくと、他の面々もそろってうなずいた。この中で玉村《たまむら》社長からの直接被害《ひがい》を受けているのは伽耶《かや》だけなので、言葉に重みがある。

そう、イベントだけを見れば魅力的《みりょくてき》なのだ。アリーナでなんて演《や》ったことがないからステージワークの経験も積めるし、客層も広がる。

「でもアリーナって音響《おんきょう》ひどいからコンサートやる場所じゃないと思うなあ」

小森《こもり》先生がとてもクラシック畑っぽい意見をのんびりと口にする。

「えっ、あたしアリーナライヴのあの高層ビルみたいなアンプとスピーカー見るとわくわくしちゃうんだけど」

「わたしは先生に賛成。ましてやドーム球場なんて、とにかく人数詰《つ》め込めばいいという感じで気に食わない」

「でも、さいたまスーパーアリーナとかは音響《おんきょう》もかなり考えて造られてるって聞きます。父も兄もあそこはアリーナにしては良いって言ってました」

「たまアリ！　いつかそんなとこまで登りたいね！」

バンドメンバーたちの気楽そうな会話を聞くともなしに聞きながら、僕はもそもそとハムカツサンドをかじり、柿崎《かきざき》さんのことを考えていた。音楽にこだわらなければ、と絞《しぼ》り出《だ》すようにつぶやいた彼の別《わか》れ際《ぎわ》の表情が、僕の心象のスクリーンに焼きついて消えない。

あれでいいんだろうか。自分の人生に納得《なっとく》できるんだろうか？

たしかあの人は昔バンドをやっていて、才能の限界を感じてあきらめた、みたいなことを言っていたっけ。人生はあきらめの連続で、今回の退職もそのうちの一回に過ぎないのだろうか。

でも今回はあの人のせいじゃない。他人の無理筋の責任を理不尽《りふじん》に押しつけられたのだ。それさえも、やるせない無力感で嚙《か》まずに吞《の》み込めてしまえるものだろうか？

おとな、だから。

「真琴《まこと》……さん？」

詩月《しづき》が僕の様子に気づいて慎重《しんちょう》に声をかけてくる。

「あの、柿崎《かきざき》さんの件は真琴《まこと》さんのせいではありませんし、そんなに気に病《や》むのも……」

「いや、ごめん。うん。気に病んでるわけじゃ……ただ、柿崎《かきざき》さんはほんとにあれでいいのかなって思って」

「本人の決めたことだし、うちらに口出しできることじゃないんじゃ」

朱音《あかね》の口ぶりもだいぶ遠慮《えんりよ》がちだった。わかっている。それはもちろんわかっている。

「あっ、でも、これで柿崎《かきざき》さんようやく結婚《けっこん》できるんじゃないかなっ？」

小森《こもり》先生が、たぶん空気を和《なご》ませようとしたのだろう、明るく作った声で言った。

「あの人の彼女さん、銀行員だからね。かたぎもかたぎ。芸能関係なんてやくざな仕事やってたらいつまでも結婚《けっこん》できない、みたいなこと言ってたらしいし」

「えー。イベンターがやくざだったらうちらミュージシャンはどうなんの」

「というかそんな女性がなぜあの人とつきあっているのか謎《なぞ》。たしかあの人も元バンドマンでしょう」

「あー、うん、バンド時代の柿崎《かきざき》さんはたしかにちょっとかっこよかったからね。だまされるのも無理ないかも」と小森《こもり》先生は苦笑《くしょう》する。

「え、ほんと？　先生見たことあるの？」

「うん。わたし、実家出てお祖母《ばあ》ちゃん家に下宿して音大附属《ふぞく》高に通ってたんだけど、そんな田舎者《いなかもの》が東京のお嬢様《じょうさま》学校で友達つくれるわけないでしょ？　で、すぐ隣《となり》が音大で、大学生とばっかりつるんでた。まあ華園先輩《はなぞのせんぱい》のことなんだけど」

制服姿の小森《こもり》先生と、大学生の華園《はなぞの》先生が、銀杏《ぎんなん》の落ち葉の敷《し》き詰《つ》められたキャンパスの遊歩道を並んで歩きながら談笑《だんしょう》しているところを思《おも》い浮《う》かべようとするのだけれど、うまくいかない。いつか僕もそうなるのだろうか。年を取って、いくつかの出逢《であ》いと別れと曲がり角を経て。あの雨の予感にざわめく屋上や、紫煙《しえん》立ちこめるライヴスペースの暗がりを、思い出そうとしてはさみしく虚空《こくう》をつかむばかり——そんな日がやってくるのだろうか。

「ライヴもしょっちゅう連れてってもらった。そう『黒死蝶《こくしちょう》』とか。あの頃《ころ》の黒川《くろかわ》さんはほんともうすっごい麗人《れいじん》でさ！　超《ちょう》人気で！　……って、それはともかく、柿崎《かきざき》さんのバンドともよく対バンしてたから何度も観《み》たよ。けっこうモテてたねえ、出待ちもいたし」

「え、じゃあ先生も柿崎《かきざき》さんに憧《あこが》れたり」

「あははは、ないない！　バンドマンとか男として絶対無理！」

朱音《あかね》の、詩月《しづき》の、そしてやや間を置いてから伽耶《かや》の、最後に凜子《りんこ》の視線が僕に向いた。

なんだよ。そりゃ僕はバンドマンだが。

「バンドマンでも素晴《すば》らしい方はたくさんいらっしゃると思いますけれど……」

「あたし心が広いからバンドマンでも全然平気だよ！」

いやべつに気を遣《つか》ってくれなくていいですよ？　毛ほども気にしてませんよ？

小森《こもり》先生はふふふんという顔をして言った。

「じゃあ宮藤《くどう》さん、『売れないバンドの特徴《とくちょう》』をいつもしたり顔でレクチャーしてくる売れないバンドマンとか許容できる？」

「あ、無理。ウーロン茶ぶっかけちゃう」

「女の子が最近洋楽聴《き》き始めたとか言ってると話題に割って入ってって『ビートルズとツェッペリンは基礎《きそ》教養だから〜』なんて言い出す売れないバンドマンとか許容できる？」

「あ、もうほんとに無理。消臭《しょうしゅう》スプレー空になるまでぶっかけちゃう」

「有名バンドが解散したり再結成したりすると『音楽性の違《ちが》いとかいうけど結局金だよね』とか知ったふうなことを言い出す売れないバンドマンとか」

「あ、無理無理無理の無理。110番かけちゃう」

詩月《しづき》が横からおそるおそる訊《たず》ねる。

「今のは、つまり、先生がおつきあいされた方の実例ということなのでしょうか……？」

「ちがうちがう！　見かけただけ！」先生はむきになって反駁《はんばく》する。「『黒死蝶《こくしちょう》』ライヴの打ち上げなんて、こういうバンドマンごろごろいたからね！　女の子がいっぱい来るから男どもがはしゃぎまくるわけ」

「なるほど。動物園」凛子《りんこ》が簡潔で辛辣《しんらつ》な感想をぼそりと口にする。

そこで小森《こもり》先生が今さらのように僕の顔を見てはっとした表情になり、あわてて言う。

「あっ、村瀬《むらせ》君のことじゃないよ？　村瀬《むらせ》君は全然大丈夫《だいじょうぶ》だよ？」

「いやほんと気にしてないんで、べつにフォローは」

「村瀬《むらせ》君は、ほら、バンドやってるけどマンじゃないし」

「マンですけどっ？」

小森《こもり》先生も最近はすっかり《敵》側に回ってしまった。

そこから「バンドをやっている女性はなんと呼ぶべきか」についてのくだらない言い合いが始まってしまい（「なんでバンギャルっていうと演《や》る側じゃなく追っかける側なの？」と朱音《あかね》がなぜか怒《おこ》りだしたせいだ）、柿崎《かきざき》さんについてのシリアスな話はついに戻《もど》ってこないまま昼休みが終わった。


その日の放課後、『ムーン・エコー』でのスタジオ練習を終えると、四人には先にマクドナルドに行ってもらい、僕ひとりで六階の執務室《しつむしつ》に赴《おもむ》いた。黒川《くろかわ》さんにいくつか細かい確認事項《かくにんじこう》があったのと、ネイキッドエッグに関しての続報がないかどうかそれとなく訊《き》こうと思ったからだ。こっちで対処するからあんたらはなにもするな、と言われているのでバンドメンバー全員で押しかけて話を聞くのはためらわれたけれど、僕個人としては気になってしょうがなかったのだ。

執務室《しつむしつ》のドアをノックして、ふと中からかすかに音楽が聞こえてくるのに気づいた。珍《めずら》しい。黒川《くろかわ》さん、この部屋で音楽をかけながら仕事をするような人ではないのだ。

「はいよ、どうぞ」

　返事があって、音楽が止まる。

　部屋に入ると、ソファに座っていた黒川《くろかわ》さんがタブレットをテーブルの端《はし》に押しやるところだった。僕はその向かい側に腰《こし》を下ろす。

「今日の練習でだいたいセットリスト固まったんですけど、新アレンジ試《ため》してみたら時間だいぶオーバーしそうで——」

　ライヴについて相談している間も、テーブルの隅《すみ》のタブレットが気になって全然集中できなかった。黒川《くろかわ》さん、うっかりしていたのか、音だけ消して動画が再生中のままなのだ。粗《あら》い画像を離《はな》れたところから横目で見ていたので定《さだ》かではないけれど、バンドのライヴ録画のようだった。ステージ中央でびりびりのTシャツを痩身《そうしん》に巻き付けてフライングVを掻《か》き鳴《な》らしながらマイクに噛《か》みつきそうな勢いで歌っているのは——

　柿崎《かきざき》さん、だろうか。

　ひとしきり打ち合わせをした後で、黒川《くろかわ》さんは僕の視線にようやく気づいた。

「あ、ごめん。つけっぱなしだったか」

　タブレットを引っぱり寄せて停止ボタンを押した。跳《と》び上《あ》がりながらのウィンドミル奏法という派手なアクションの途中《とちゅう》の柿崎《かきざき》さんが、沈黙《ちんもく》の中で切り取られて固まる。

「……柿崎《かきざき》さん、ですよね？　それ」

「ああ、うん」

黒川《くろかわ》さんは照れ笑いしてタブレットを膝《ひざ》の上に置いた。

「うちらと対バンしたときの録画。もう七、八年前か」

「昔の自分のライヴなんて、見返すんですね。黒川《くろかわ》さんってそういうのしない人かと」

「たまーに。疲《つか》れてるときとか」

彼女の指が画面の上を滑《すべ》り、シークバーを少しだけ過去に戻《もど》らせる。音量を最小限に絞《しぼ》って再生ボタンに触《ふ》れる。

色とりどりの光を浴びながら群れ踊《おど》る紅と黒の蝶《ちょう》。画面下部にひしめく女たちの影《かげ》。たぶんこれは『黒死蝶《こくしちょう》』活動末期だろう、ステージ上には黒川《くろかわ》さんと蝶野《ちょうの》さんの姿しかなく、残る空間を炎《ほのお》と煙《けむり》と歓声《かんせい》が埋《う》めている。

「見返すと恥《は》ずかしい部分もあるけどね。思い出したくないこともたくさん。もう顔も見たくないやつが映ってたりすることもある。プレイも青臭《あおくさ》いし、衣装《いしょう》もさすがに一昔前だからダサいし、……でも、まあ、必要なんだよ」

タブレットを持ち上げ、そっとテーブルに移した。まるで、灰になった手紙を陽《ひ》の下にさらして読もうとするときのような手つきで。

「『黒死蝶《こくしちょう》』を始めるまでは、私はなんでもないやつだった。親が金持ってるってだけの、どうでもいい人間だった。蝶野《ちょうの》に逢《あ》って、バンド組んで、ようやく人生始まったんだ」

タブレットの貧弱《ひんじゃく》なスピーカーから漏《も》れ聞こえる、ささやかな歌声。彼女にとってのはじまりの場所は黒い炎《ほのお》と紅《あか》い鱗粉《りんぷん》の中で灼《や》かれている。

「これ観《み》てると、こいつって音楽好きなんだな――って思うよな。自分なのに、なんか他人事《ひとごと》みたいに。もうやめちゃったから他人事《ひとごと》同然だけど。たまに、迷ってるとき、頭ぐちゃぐちゃしてるときに、戻《もど》れるところがあるってのはすごく大事だと思う」

歌が終わる。

黒蜜蜂《くろみつばち》たちの熱狂《ねっきょう》がぶっつり断《た》ち切《き》られ、ほんの半秒ほどの暗転の後、ステージの様子はがらりと変わっている。たぶん切《き》り替《か》えの時間を編集でカットしたのだろう。ダメージデニムや穴だらけのシャツ、あるいは上半身裸《はだか》にスプレーペイントといったパンクファッションの男性四人組。さっきちらと目にした柿崎《かきざき》さんのバンドだった。

演奏も、今度はちゃんと聴《き》けた。すさまじくノイジーでつかみどころのないギターストロークにリズム隊がねっとりとからみつき、そこに割れる寸前まで引《ひ》き絞《しぼ》られた歌声が浴びせられる。耳障《みみざわ》りなのに、強く引き込まれる。

「へったくそだろ、柿崎《かきざき》んとこ」

黒川《くろかわ》さんが苦笑《くしょう》する。

下手ではないというか、むしろ相当上手《うま》い。下手くそが『黒死蝶《こくしちょう》』と対バンできるわけがないのだからこれは遠回しな謙遜《けんそん》だ。

こいつって音楽好きなんだな——。

黒川《くろかわ》さんのさっきの言葉が、ぎざぎざの歌声の間に見《み》え隠《かく》れする。煙《けむり》が目に染《し》みる錯覚《さっかく》さえもこみ上げてくる。カメラがぶれ、柿崎《かきざき》さんの影《かげ》は薄《うす》く引き延ばされて切《き》り裂《さ》かれ、残像の掻《か》き傷を画面に刻む。

彼もこの場所から始めたのだろうか。そして今、ここに帰る道を見つけられず、途方《とほう》に暮れて、冷たい土の上にうずくまって、降りてくる夜に身を任せようとしてるのだろうか。

耳の中で風の音がざわめき、歌とビートをかき消す。

ふと、タブレットの画面上部に通知のポップアップが現れた。メールの着信だ。

「ちょっとごめん」

黒川《くろかわ》さんがタブレットを取り上げ、なにか操作し、眉《まゆ》をひそめた。ため息をついてソファに深く身を預ける。

「玉村《たまむら》社長からだよ。この期《ご》に及《およ》んで『うちの柿崎《かきざき》がご迷惑《めいわく》を』とか書いてる。信じられないな。しかもまだ払《はら》い戻《もど》し告知をしてないらしい」

「え、だって、このままじゃ詐欺《さぎ》で捕《つか》まるんじゃ」

「だから、なんとかPNOにこっちにも出てもらえないだろうか、だってさ。どういう神経してるんだ。よくこの状況《じょうきょう》で交渉《こうしょう》できるもんだ」

僕としてもあきれる他なかった。でも——

「ま、こっちとしても話すことはもうないから、無視だ」

「あの、交渉《こうしょう》って？　『ムーン・エコー』のライヴを中止してアリーナイベントに出ろ、ってことですか？」

「ん？」黒川《くろかわ》さんは怪訝《けげん》そうな顔になる。「いいだろそんなのは。どうせ交渉《こうしょう》なんてするつもりはないんだし」

「いえ、でも、気になって」

胸《むね》の奥がぞわぞわした。黒川《くろかわ》さんの視線が僕の喉元《のどもと》をまさぐる。蠢動《しゅんどう》する違和感《いわかん》に、外からでも気づいたのかもしれない。

「無茶苦茶言ってるから検討の余地もないぞ。伽耶《かや》が入ってメインヴォーカルが二人になったんだからPNOを二つに分けられるだろう、だとさ。馬鹿抜《ぬ》かせ」

後から考えてみれば、わかる。僕はその瞬間《しゅんかん》をずっと待っていたのだ。僕自身に亀裂《きれつ》が入るきっかけを。

ほんとうに薄《うす》くて細い光だった。見過ごしていた可能性だってずいぶんあった。たぶんそのとき、タブレットのバックグラウンドで柿崎《かきざき》さんのひび割れだらけの歌声がかすかに鳴り続けていなければ、僕はそのまま部屋を出て、みんなが待つマクドナルドに向かっていただろう。そうして迷い続けたまま夏を迎《むか》えていただろう。

遠い過去の彼が、まだ歌い続けていたから。

「……玉村《たまむら》社長と、交渉《こうしょう》してくれませんか」

僕の言葉に、黒川《くろかわ》さんは黙《だま》って厳しい視線を返してきただけだった。

「イベント、出てもいい、って。ただ、条件つきです。PNOが出るって嘘《うそ》をついたのは柿崎《かきざき》さんじゃなく会社の責任だってことを、公式サイトのトップに書いてほしい。それから、出演が嘘《うそ》じゃなくなったのは柿崎《かきざき》さんの事後の根回しがあったからだ、って」

黒川《くろかわ》さんは目を見開き、じっと僕をにらみ――

しばらくの沈黙《ちんもく》を置いてから、太く息を吐《は》き出《だ》した。

「……柿崎《かきざき》の汚名《おめい》をなんとかしてやりたい、ってのはわかったよ。イベントに出るとなりゃ玉《たま》村《むら》社長に恩を売る形になるから、それくらいの条件は呑《の》むかもな。でも、どうやって出るんだ。うちの方を中止にするとか言うなら絶対に認めないぞ」

「わかってます。だからPNOを二つに分けるんです、社長が言ってる通り」

「なんでそこまでして？　……こんなこと言うのもなんだけど、柿崎《かきざき》にそこまでの義理なんてないだろ。それにあいつも仕事選びが窮屈《きゆうくつ》になっただけで、べつに死ぬわけじゃないし」

僕は答えようとして、うまく言葉が出てこなかったので、代わりにポケットからスマホを取り出した。

バンドのLINEグループにメッセージを入れる。

すぐに『ムーン・エコー』にみんな戻《もど》ってきてくれ。大事な話があるから。

黒川《くろかわ》さんに正直な気持ちを告げるためには、四人を呼《よ》び戻《もど》して、自分から逃《に》げ道《みち》をふさいでしまわなきゃいけなかったのだ。

「……柿崎《かきざき》さんのため——じゃないんです」

ようやく、声に出せた。

「逆です。イベントにも出たいし『ムーン・エコー』でも演《や》りたいんです。そんな無茶をするのもしかたがない、っていう体面をつくりたいから、柿崎《かきざき》さんの困ってる現状を利用させてもらうんです」

柿崎《かきざき》さんのため。何度も助けてくれた人を、今度はこちらが助けるため。しかたなく、僕は自分の愛するオーケストラを真っ二つに断《た》ち割《わ》る——

そんな嘘《うそ》の構図をつくるために、柿崎《かきざき》さんを使う。

そうでもしなければ、刃《やいば》を振《ふ》り下ろす勇気なんて出せないからだ。

黒川《くろかわ》さんは黙《だま》ったままソファから立ち上がった。執務《しつむ》室《しつ》の奥、デスクの向こう側にまわり、椅《い》子《す》に乱暴に腰《こし》を下ろして軋《きし》ませる。

「マコ、おまえ、ほんと救いようがない音楽バカだな」

そう吐《は》き捨《す》てた黒川《くろかわ》さんの目に、怒《いか》りの色はなかった。

ただ——あきれているだけだ。

「でも、どうやって分けるんだ？」

訊《き》かれた僕は安堵《あんど》しかけた。

とんでもない暴挙なのに、黒川《くろかわ》さんに認めてもらえたからだ。

いけない。

緩《ゆる》むのはまだ早い。

これからもっとひどいことを告げるのだから。

目を伏《ふ》せて僕が言葉を選んでいると、黒川《くろかわ》さんが先に言う。

「朱音《あかね》と伽耶《かや》は分けて、あとベースも二人いるからマコが朱音《あかね》の方で……でもドラマーが一人しかいないんだからどうやったって片方は完全打ち込みになるよな。伽耶《かや》と凛子《りんこ》の二人で打ち込みで演《や》って、あとの三人は3ピースでシンプルなバンドアレンジにするか？　いや、ベースも打ち込みにできるか。ギターだけはどっちも欲《ほ》しいよな。朱音《あかね》と凛子《りんこ》で打ち込み……三人の方はマコがギターをやるって手も……」

腕組《うでぐ》みして思案顔の黒川《くろかわ》さんは、口の中であれこれつぶやき、それからまた僕の顔を見た。申し訳なくなるくらい優《やさ》しくて理知的な目。

「まあ、みんなで話し合って決めないとな。こっち来いってＬＩＮＥ入れたんだろ」

「ああ、はい。もうすぐ来ますけど、でも」

口の中が砂利《じゃり》だらけになったみたいに感じた。

罪悪感と昂揚感《こうようかん》のまじった味。

「話し合いはしません。分け方はもう決めてるんです」

＊

ライヴを翌週に控《ひか》えた六月下旬《げじゅん》の土曜日の夜、久しぶりに華園《はなぞの》先生からＬＩＮＥメッセージが来た。僕はそのとき自室の机にかじりついて数学ⅡＢの教科書と首っ引きで復習をしているところだった。

［今日ってみんなで勉強会じゃないの？］

僕はスマホの画面をじっと見つめた。どう返信していいかわからなかった。十数秒後に次のメッセージがぽんと現れる。

［朱音《あかね》ちゃんが集合写真送ってきたけどムサオいなかった］

ご丁寧《ていねい》にその写真を転送してくる。

狭《せま》い画角の中に四人の顔がぎゅっと詰《つ》められている。左下に首をすくめて申し訳なさそうな伽耶《かや》、そのつむじに顎《あご》をのせるようにして朱音《あかね》、右下で満面の笑《え》みの詩月《しづき》、興味なさそうに斜《なな》めにカメラを見ている凛子《りんこ》。

背景に、見憶《みおぼ》えのあるポスターの端《はし》っこが映っているところからして、たぶん朱音《あかね》の部屋だろう。以前もあそこで勉強会をやったっけ。

[撮影者《さつえいしゃ》がムサオ?]
[いえ。僕はひとりで勉強してます]
[なんで? けんかした?]
とっくに全部知ってて、からかうためにわざわざメッセージを送ってきたのでは? という疑いを拭《ぬぐ》いきれない。朱音《あかね》は先生と特に仲が良いからなんでも喋《しゃべ》っちゃうだろうし。
[けんかはしてないです ちょっと色々あって]
バンドを二つに分けてアリーナイベントにも出る、と決めてから、二週間。
クラスメイトだから学校では毎日顔を合わせているし、昼休みも変わらず伽耶《かや》を含《ふく》めて音楽準備室で昼食を摂《と》っている。
でも、音楽をいっしょにやっていない。
放課後は五人で『ムーン・エコー』に行き、四人はいつものいちばん大きいAスタジオに入って新アレンジを話し合いながらリハーサル、僕ひとりは狭《せま》い個人用ルームにギターとノートPCを持ち込んでシーケンサの画面とにらめっこだ。
音楽だけでつながっている僕と彼女たちなので、自然と会話も少なくなる。
ライヴのすぐ後にやってくる期末テストで赤点をひとつでもとればバンドどころではなくなるのはみんな同じなので、勉強会くらいはいっしょにやってもいい——とは思うのだけれど、なんとなく僕は出席しない流れになっていたし、だれもなにも言わなかった。

けんかではない。僕が一方的に悪いのだし。

［イベントのサイトも見たけどムサオまるでアイドルみたいだったよ］

飛んできたメッセージにぎょっとする。サイトなんて見てもいなかった。あわててPCの方でブラウザを起《た》ち上《あ》げてイベント名で検索《けんさく》、いちばん上に出てきたリンクをクリックする。

「……うわぁ」

思わず、潰《つぶ》れた声を漏《も》らす。

トップにでかでかと僕のピンの写真が使われているのだ。出演が決まってからすぐに撮影《さつえい》を手配されてスタイリストもつけられて服装も向こうの指定のを着せられてスタジオで小一時間ぱしゃぱしゃストロボを浴びせられたが、その結果がこれか。『黒死《こくし》蝶《ちょう》』復活ライヴに客演したときの衣装《いしょう》をさらに王子様系にシフトした感じで、髪《かみ》もふわっふわのくるんくるんで、ちょっと陰《かげ》のある表情と決めポーズで、正直めちゃくちゃ恥《は》ずかしい。ああああああ。撮影《さつえい》なんて断ればよかった。でも今回はこっちもけっこう無茶な要求を吞《の》ませたから、開催《かいさい》側の暴挙と差し引きとはいえ、断りづらかったんだよな……。

［見ないでください　記《き》憶《おく》もブックマークも消してください］

必死の手つきでそう返信する。しかしこんなことを書いたら先生のことだからかえって大笑いしているだろうな。

［なんでソロなの？］

問いが、ぽん、と投げつけられた。

「外からバンドを見つめ直したかったとか?」

「でもそれクリスマスのときにやらなかったっけ」

ぽん。ぽん。黒い虚空《こくう》に先生からの言葉が撃《う》ち込まれる。飴玉《あめだま》の弾丸《だんがん》みたいに鈍《にぶ》くて甘くて深く食い込んで痛い。

答えなきゃいけないだろう。自分の中で考えをまとめて、固化させるためにも。

「あのときとはちょっとちがってて」

伽耶《かや》がやってきた、冬。

バンドを離《はな》れ、光の膜《まく》の外側から遠く眺《なが》めた僕は、そこがかけがえのない帰るべき場所だと悟《さと》った。そのための一時的な別離《べつり》だった。

今回は——まったく逆だ。

帰る処《ところ》なのはもうわかっている。けれど。だからこそ。

シンプルに伝える言葉がなかなか見つからず、指をスマホの画面から浮《う》かせてさまよわせている間に、先生からもう一言投げつけられる。

「ムサオも手を放すんだね」

僕は肺に溜《た》まった空気を残らず吐《は》き出《だ》すと、ベッドに仰向《あおむ》けになった。

ほんとうにこの人は、ときに僕自身よりも僕をよくわかっている。

冷たさが押し寄せてきて僕の身体《からだ》をぴっちり包んだ。寒気ではない。真空の絶対的な無熱。エアロックから命綱《いのちづな》なしで放り出され、慣性のままに廻《まわ》りながら漂《ただよ》う。母船の影《かげ》は視界内に巡《めぐ》ってくるたびに少しずつ小さくなっていく。そんな孤絶感《こぜつかん》。

なんとかベッドから背中を剝《は》がし、机に戻《もど》った。テスト勉強をしなければ。

ノートPCを閉じようとして、僕の王子様スタイル画像の下に表記されたアーティスト名が目に入る。

〝Paradise NoiSe eXtra / MAKOTO〟

あの日、黒川《くろかわ》さんから玉村《たまむら》社長の厚顔無恥《こうがんむち》な提案を聞かされ——その瞬間《しゅんかん》にはもう僕は心を決めていた。パラダイス・ノイズ・オーケストラの切り分け方を決めていたのだ。

僕一人と、彼女たち四人と。

相談ひとつしなかったことを、凛子《りんこ》は、詩月《しづき》は、朱音《あかね》は、伽耶《かや》は、怒《おこ》っているだろうか。怒《おこ》っているだろうな。なにも言われなかったけれど。当然そうなるだろう、みたいな顔でみんな僕の案を受け入れてくれたけれど。話が決まった次の瞬間《しゅんかん》にはもう、僕を抜《ぬ》いた場合のアレンジについてあれこれアイディアを出し始めていたけれど。

きっと、とりかえしのつかないことをしてしまったのだろう。

しかたない。僕のこれまでだって、とりかえしのつかないことの連続だ。

多分これからも。

ノートPCを閉じ、シャーペンを取り上げて教科書をまた開く。でも説明文も数式もグラフもまったく頭に入ってこない。耳の中でライドシンバルがビートを刻み、クリーントーンのギターが激しいパンニングで暗闇《くらやみ》の中に軌跡《きせき》を焼き付ける。

皮肉なものだった。ついこの間までは、音楽にまるで集中できなくて悶《もだ》えていたのに、期末テストという現実に向き合わなければいけない今となってはアリーナでのライヴのことしか考えられなくなっている。

だめだ。ちょっと休もう。

教科書を閉じて脇《わき》にどかした。

PCを開き、電子ピアノの電源を入れ、ワッシュバーンを取り上げてチューニングする。それだけで呼吸が楽になるのだからほんとうに僕は救いがたい。

あと一週間で、六月二十四日。

スケジュール表を見て、ふと、その日付に不思議な暗合があることに気づいた。永遠の夜の中に投げ出されようとしている今の僕にとって、特別な日付だ。

iTunesを起動して、ライブラリを少しずつスクロールさせる。

僕ひとりのステージなのだ。好きなことができる。好きな曲を演《や》れる。客のだれも知らないような歌をカヴァーしたっていい。これから僕が漕《こ》ぎ出そうとしているのは、自由以外にまったくなにもない真空の海なのだ。

アーティストをアルファベット順に並べたリストが、Cのところで止まった。

カーペンターズ。

曲名をダブルクリックし、椅子《いす》の背もたれに身を預け、目を閉じた。卓上《たくじょう》スピーカーから流れ出すのはラジオDJの神経過敏《かびん》気味なほど陽気なおしゃべり。電話にまぎれこむ結晶《けっしょう》化した金属のような異質な声。

あと一週間で、六月二十四日。

船出が待ち遠しくもあり、怖《こわ》くもあった。

＊

ひとりきりの控《ひか》え室《しつ》はだだっ広く、寒々しかった。

天井隅《てんじょうすみ》のモニタには、会場の様子が映し出されている。

競技場中央に設営されたステージでは男性四人組のヴォーカルグループが全方位に歌声とスマイルを振《ふ》りまき、詰《つ》めかけた数千人の観客から熱っぽい視線と呼び声を浴びせられている。音声無しの映像だけれど、コンクリートの天井《てんじょう》から壁《かべ》から床《ゆか》まで伝わってくる振動《しんどう》でアリーナの白熱ぶりは推《お》し量《はか》れる。

落ち着かないので、長机のまわりをぐるぐる歩いた。

壁《かべ》に並んだ化粧《けしょう》用の鏡に自分の姿が次々と映り込むので、かえって落ち着かない。例の撮《さつ》影《えい》で使った王子様衣装《いしょう》と同系統の、黒と赤と銀を基調としたゴシックコスチュームだ。なんでこんなの着てるんだ、僕……。袖《そで》や裾《すそ》をギターに引っかけそうで怖《こわ》い。全部脱《ぬ》ぎ捨《す》ててTシャツに着《き》替《が》えたいけれど、今さらだ。

もう、後戻《あともど》りはできないのだ。

ドアにノックの音がした。

顔を出したのは野球帽《ぼう》をあみだにかぶった若い男性スタッフだった。

「いまアンコール最後の曲です。あと十五分です、スタンバイお願いします」

顔を引っ込めたスタッフと入れ違《ちが》いに、「あっすみません」と部屋に入《い》ってきたのは、パンツスーツ姿の若い女性だった。首に関係者用IDカードとごついデジカメをぶらさげている。株式会社ネイキッドエッグの担当社員だった。今日、昼のリハーサルからずっと僕についてサポートしてくれている高塚《たかつか》さんという人だ。

「いよいよですね。私の方が緊張《きんちょう》してきちゃいました、すみません」

高塚《たかつか》さんはそう言って笑う。

「こんな大きい会場のイベントなんて担当したことなくて、今日はすごく良い経験させてもらいました。席もソールドアウトで、ほんとうにありがとうございます。ぜんぶ村瀬《むらせ》さんのおかげです」

「いえ、僕の方こそいっぱいわがまま言って、サポートしてもらえて」

なにぶん複雑な経緯《けいい》で決まった出演なので真正面から感謝されると反応に困る。でも高塚《たかつか》さんはそんな僕の面倒《めんどう》な胸中などおかまいなしに続けた。

「ほんとにすごいですよ。PNOが出ないってなったときには、やっぱりけっこうキャンセルが出たんですけど、村瀬《むらせ》さんのソロ出演ってことでキャンセル分再販《さいはん》がすぐ捌《は》けて。社長も感激してました。ほんとうは今日ご挨拶《あいさつ》に——」

「いや、いいんです。それはもうほんとに、いいんです」

僕はあわてて言った。もうあの人の顔は二度と見たくない。

黒川《くろかわ》さんを通じて、「この出演を限りにネイキッドエッグとは金輪際《こんりんざい》関わらない」と玉村《たまむら》社長に伝えてあるので、さしものあの人も今日は空気を読んだのだろう、会場には来ていないとのことだった。よかった。ただでさえ緊張《きんちょう》しまくっているのに、この上つまらないことでメンタルを消耗《しょうもう》したくはなかった。

完売。満席。

安堵《あんど》と不安が、ちょうど半分ずつだった。

アリーナには僕がソロで出演する——と勢いで言ってみたものの、失望したお客さんがみんなキャンセルして、がらがらの客席を前にさみしく演奏しなきゃいけない羽目になるのでは、という心配は今日までずっと胸《むね》の奥でじくじく疼《うず》いていた。

だから、五千席が埋《う》まっていると聞いてひとまずほっとした。

でも、五千人だぞ？　僕ひとりだぞ？　天真爛漫《てんしんらんまん》なトークでこともなげに客を盛り上げさせる朱音《あかね》はいない。持ち前のオーラで会場じゅうを掌握《しょうあく》してしまう伽耶《かや》もいない。客席を冷たく一瞥《いちべつ》するだけで熱っぽいコールを浴びせられる凛子《りんこ》もいなければ、グルーヴたっぷりのビートで会場のボルテージを一気に最高まで持っていける詩月《しづき》もいない。

ひとりきりで、戦わなきゃいけない。

「じゃ、そろそろ行きましょうか」

高塚《たかつか》さんが行って、控《ひか》え室《しつ》のドアを引き、僕を廊下《ろうか》へと促《うなが》した。

地下道をステージの方へと歩いている間、ざッ、ざッ、という音がずっと僕を取り巻き、容赦《ようしゃ》なく揺《ゆ》さぶっていた。おそらく、観客たちがリズムをそろえて足踏《あしぶ》みし、手を叩《たた》く音だ。開戦を待《ま》ち焦《こ》がれる、血に逸《はや》ったパルス。

階段を上がる。インカムをつけた会場スタッフ何人もとすれちがう。だれもが期待と羨望《せんぼう》の目で僕を見て、小さく頭を下げる。耳の奥が痛くなってきた。

ひとりきりで。

行く手に大きく口を開いたゲートが見えた。

そのとき僕はふと思い出し、横の高塚《たかつか》さんに小声で訊《たず》ねた。

「ステージに Wi-Fi って、お願いしておきましたけど、届いてますか？」

「え？　あ、はい！　大丈夫だそうです！」と高塚《たかつか》さんは足踏《あしぶ》みの音に消されないように声を張って答えた。「私DTM詳《くわ》しくないんですけど、ネットも使うんですね」

そうではない。演奏のためにネット接続が要《い》るわけではないのだ。説明が難しくて恥《は》ずかしいので言葉を濁《にご》したけれど。

ゲートにたどりついた。

数千人が足を踏《ふ》み鳴《な》らす音が直接響《ひび》いてくる。視界が開けた先、高い天井《てんじょう》からどぎつい照明が降り注ぐ下に、正方形のステージが設《しつら》えられている。高い鉄骨の枠組《わくぐみ》で支えられたアンプが四方をにらんでいる。

真っ青な制服を着たガードマン四人に囲まれながら、ゲートを出た。

歓声《かんせい》が膨《ふく》れ上《あ》がり、雪崩《なだれ》を打って押し寄せてくる。天井《てんじょう》があまりにも高いせいで夜空の下に出てきてしまったみたいに錯覚《さっかく》する。星の光が近すぎて、まぶしすぎて、刺々《とげとげ》しすぎる。

僕の名前を呼ぶ声で、耳もうなじも頰《ほお》もずたずたにされる。息を詰《つ》めてステージに向かって走った。モニタスピーカーに囲まれた中央部に、僕の楽器たちがひっそりと待っている。淡《あわ》い影《かげ》を八方に散らしたワッシュバーン。鳥の尾羽《おばね》のひとひらみたいに薄《うす》く儚《はかな》げな身を虚空《こくう》に横たえているKORG　D1。その脇《わき》の小さな机に置かれたタブレットPCは、画面に苔色《こけいろ》の光を灯《とも》して押し黙っている。

ステージへの階段を駆《か》け上《あ》がった。

もうガードマンもついてこない。吹《ふ》きすさぶ風の中に僕だけになる。

──真琴《まこと》……真琴《まこと》……真琴《まこと》!

何千もの人々からこんなにも激しく、痛切に渇《かわ》いた声で自分の名前を連呼されることなど、これまであっただろうか。これから一時間半、僕は耐《た》えられるだろうか?

ステージ中央、電子ピアノの前にたどりつき、手をついて息を整えた。

なによりも孤《こ》独《どく》を感じるのは、人の気配がまったく絶えた闇《やみ》の中ではなく、息苦しいほどに多くの人に囲まれながらも幻想《げんそう》の美しい薄膜《はくまく》によって隔絶《かくぜつ》された光の中なのだ。

PCに触《ふ》れた。廃熱《はいねつ》が指に染《し》みる。

主催《しゅさい》者側からは、何度も打診《だしん》された。操作手《マニピユレータ》をつけないか、と。アーティストがステージ上でいちいちPCを操作して打ち込みデータを呼び出していては興醒《きょうざ》めだから、客から見えない位置に控《ひか》えた裏方にやらせる。合理的だ。

でも僕は断った。

このもどかしい孤独《こどく》を、自分だけの身体《からだ》で浴びたかった。

そして、もうひとつ──

ブラウザを開き、動画配信サイトにつなぐ。『ムーン・エコー』のチャンネルだ。実況《じっきょう》配信中を示す赤いアイコンが点灯している。小さなポップアップウィンドウにしてPC画面の右下に収めた。

ちょうど、この時間だ。

消しゴムくらいのサイズの窓に、『ムーン・エコー』地下のステージが映し出されている。青いライトの中、四人の少女たちが現れ、それぞれの楽器を手にし、沸《わ》き立《た》つ数百の観客たちの手がカメラを遮《さえぎ》る。音がなくても空気が沸騰《ふっとう》しそうな熱さが伝わってくる。

つい先月そこでライヴをしたばかりなのに、先週まで練習も同じ建物でやっていたのに、こうしてひとり離《はな》れた場所でネット越《ご》しに眺《なが》める『ムーン・エコー』の光景は、こみ上げてくるものが胸をふさぐほどに懐《なつ》かしい。

僕が手を放したんだ。

顔を上げた。

僕の戦うべき数千対《つい》の瞳《ひとみ》が、地平にちらちらと燃えている。

両手を挙げて視線に応えるだけで、砂嵐《すなあらし》みたいな歓呼《かんこ》の声が吹《ふ》き返《かえ》してくる。全身がぼろぼろに蝕《むしば》まれて穴だらけになって崩《くず》れてしまいそうだ。

スタンドのマイクを引き寄せた。

歓声《かんせい》と拍手《はくしゅ》が落ち着くのをじっと待つ。

僕の音楽を聴《き》くために、集まってくれたのだ。僕のオーケストラではなく——たったひとりの僕を。

この孤島《ことう》を取り囲む渺々《びょうびょう》とした暗闇《くらやみ》の海と漁《いさ》り火《び》。

ただ再生ボタンを押してビートを虚空《こくう》に注《つ》ぎ込んで歌だけを解き放ってもよかった。でも、数千人の彼ら彼女らは、ある意味では僕の共犯者なのだ。僕の罪とエゴを支え、担《かつ》ぎ上《あ》げて、この奇蹟《きせき》みたいな夜まで運んできたのだ。

今日という日が一体どんな意味で特別なのか、説明する義務がある気がした。

「……今日は、来てくれてほんとうにありがとうございます」

甲高《かんだか》い歓声《かんせい》とひそめた笑い声が等分に入りまじる。視線を持ち上げても、光と影《かげ》のコントラストが強すぎて、どこに天井《てんじょう》があるのかわからない。アリーナでよかった、とそのとき初めて思えた。星々に想《おも》いを馳《は》せることができる。

「今日は、六月二十四日で、……UFOの日なんだそうです」

困惑《こんわく》の波紋《はもん》が広がるのをたしかめ、僕は言葉を継《つ》ぐ。

「もう何十年も前——僕の親が産まれたくらいの時代には、UFOとか宇宙とかがものすごく流行《はや》ってたらしくて。……実際に、異星人もたくさん地球にやってきてたのかもしれません。気づかれないようにそうっと。でも最近ぜんぜん聞かなくなりました。航海をやめてしまったのかもしれません。僕らが彼らの声を聞き届けなかったから、あきらめて他の星に向かっていってしまったのかも。もし呼びかけたら、また応えてくれるのかもしれない。……そういう歌を、最初に演《や》ります」

ざわめきがさざ波となる。

僕はタブレットPCの画面に触れ、それから机を一歩離《はな》れ、ワッシュバーンをスタンドから持ち上げてストラップに肩《かた》をくぐらせた。

分厚いノイズがアリーナを満たす。

夜明けの砂浜《すなはま》に打ち寄せる潮騒《しおさい》。波打《なみう》ち際《ぎわ》で泡《あわ》に洗われている数千数万の海亀《うみがめ》の卵たち。曙光《しょこう》を待つ鳥の群れが岬《みさき》の岩棚《いわだな》に連なり、名も知れない獣《けもの》の咆《ほ》え声《ごえ》が夜の最後の切《き》れ端《はし》をかみ砕《くだ》いて波打《なみう》ち際《ぎわ》にばらまく。

エレクトリックピアノのまろやかな和音が、雲の裂《さ》け目《め》からこぼれ落ちてきた。

マイクに唇《くちびる》を寄せ、ささやくように歌う。

今も遠い宇宙の波間を漂《ただよ》っている、生命の成り立ちさえもちがうだれかに向けて——

僕らにはその力がある。広い世界に向けて言葉を送り出す力だ。

目を閉じて、集中して……

これから詠《よ》むこの歌に、想《おも》いのすべてをのせて。

〝Calling Occupants of Interplanetary Craft〟

星々の間を航《わた》る漕《こ》ぎ手《て》たちへ、言葉を届けよう。

きらびやかなストリングスが湧《わ》き起《お》こり、シンバルのきらめきが弾《はじ》け、夜の天鵞絨《ビロード》の幕が剝《は》ぎ取《と》られるようにしてアンサンブルが高らかに転調する。僕はピックを握《にぎ》りしめ、弦《げん》の感触《かんしょく》を確かめながらアルペッジョをゆっくりと展開していく。

ボイジャー一号が地球から飛び立ったその四日後、カーペンターズは、八枚目のアルバムをふと思いついたみたいに何気なくリリースした。カレン・カーペンターが、病《や》んで痩《や》せゆく身体《からだ》に押し込められながらも美しさをかろうじて保っていた最後の年だ。

B面のラストに、このカヴァー曲はひっそりと収録されていた。ボイジャーと僕らの地球との間に横たわり広がっていく絶望的な距離《きより》をそのまま写し取ったかのような、長くゆるやかでいつまでも続く夜明けの夢みたいなバラード。

星々の間を航《わた》る漕《こ》ぎ手《て》たちへ――呼びかける。何度でも。

僕らはここにいる。あなたがたの友だちだ、と。

ほんとうはわかっている。だれもがわかっている。その声は大気圏《たいきけん》で反響《はんきょう》するばかりで、僕ら自身の中で消費しつくされ、星の海の向こう側にはけっして届かない。この歌はだれの孤独《こどく》も癒《い》やせはしない。

それでも僕らは歌を愛するしかないのだ。

孤独《こどく》は僕らをかたちづくる輪郭《りんかく》、僕らを運ぶ舟《ふね》そのものだからだ。

ペダルを踏《ふ》み込み、ギターの音をシフトさせていく。夜を飾《かざ》る虫の声から、夜を引《ひ》き裂《さ》くロケットの刺々《とげとげ》しい噴炎《ふんえん》へと。

華々《はなばな》しいシンセブラスのファンファーレが船出を告げる。録音されて加工された自分の声に、いま生きていて移ろい続ける自分の声を重ねる。絞《しぼ》り出《だ》すように奏《かな》でるギターソロにも、応える者はいない。ベースも、ドラムスも、弦《げん》も管もピアノも、オーケストラのすべてがただプログラムされた通りに踊《おど》るだけの僕自身の影《かげ》だ。

これをたしかめるために、僕は今夜この場所に来たのだ。

あなたちだってそうでしょう？　僕を遠く幾重《いくえ》にも取り囲む灯火の輪に、歌声に隠《かく》して問いかける。壊《こわ》れて、剝《は》がれ落《お》ちて、暗い虚無《きょむ》の向こうへと漂《ただよ》い出すところを見届けにきたんだ。そうでなければ、紙くずになるかもしれないチケットを握《にぎ》りしめてこの特別な六月二十四日を待ったりはしない。旅立ちを見守る数千対《つい》の悲傷の火を、僕はそのときほんとうにいとおしいと感じた。

星々の間を航《わた》る漕《こ》ぎ手《て》たち——

燃《も》え尽《つ》きてはまた生まれいづるいのちの間を巡《めぐ》る漕《こ》ぎ手《て》たちへ。

歌だけは届く。歌だけが虚《うつ》ろを満たす。時がいずれ押し流してしまおうとも。

僕はここにいる。あなたたちを友として——

ひとりでこの夜を墜《お》ちていく。

リフレインが廻《まわ》る。エフェクターが織り成す何百何千もの幻声が、電子の海から塑《そ》造《ぞう》されたトランペットやトロンボーンの寒々しく儚《はかな》く輝《かがや》かしい響《ひび》きと呼びかけ合う。ワッシュバーンが手のひらで燃えそうなほど熱い。これも僕自身の体温だ。弦《げん》に染《し》み込んだ僕の血と、僕の偽《いつわ》りだらけの指先とがこすれ合って生まれた架《か》空《くう》の熱に過ぎない。

二人のボイジャーも、冥王星の軌道のはるか外側で、そうして自身を削《けず》り、死なせながら、地球に最後の歌を送り続けているのだろう。彼らが僕から遠ざかっているのか、僕が彼らから離《はな》れていこうとしているのか、無慈悲《むじひ》な物理法則はその二つを絶対に区別できない。

星々の海に散っていく漕《こ》ぎ手《て》たち……。

最後の呼びかけをマイクに吐《は》きかけ、僕は一歩後ずさり、偽物《にせもの》の星空を仰《あお》いで声にならない声を漏《も》らしながらピックを弦《げん》に叩《たた》きつけた。沖合で火の群れが揺《ゆ》れる。観客たちがみんな立ち上がり、舞台《ぶたい》に向かって両手を差《さ》し伸《の》べているのが見て取れる。あなたたちも今夜きっとここから発《た》つのだろう。永遠にだれとも交わることがない、それぞれの航路に。

リフレインが尽《つ》きる。

終止和音を掻《か》き取り、ワッシュバーンのボディが震《ふる》えながら咽《むせ》び泣《な》くのを全身で受け止め、僕はピックを放《ほう》り棄《す》てた。オーケストラの残響《ざんきょう》が波紋《はもん》を打ってアリーナいっぱいに広がっていくのを肌《はだ》で感じながら、タブレットPCに歩み寄る。

海に降り注ぐ雨のような拍手《はくしゅ》がやってくる。

フェイドアウトするオーケストラを名残惜《なごりお》しげに引き留めるように、雨は強まり、小さな波《は》紋《もん》を闇《やみ》に散らす。

僕の名前を呼ぶ声もふたたび高まり始める。

指でまぶたの汗《あせ》をぬぐい、目を細めてPCの画面の右下を見つめた。

朱音《あかね》が笑って親指を立て、凛子《りんこ》が唇《くちびる》をすぼめて小さくうなずき応える。伽耶《かや》がドラムセットを振り返《ふかえ》り、詩月《しづき》がスティックを持ち上げて4カウントを打つ。

二曲目だ。

音声もないし、口元も手元もはっきり見えないほど小さな画像だけれど、それでもなんの曲を弾《ひ》き始めたのか僕にはわかる。

僕が二曲目に選んだのと、同じ歌だ。

冥王星《めいおうせい》よりも遠く離《はな》れた場所にいる彼女たちと——僕とを、ただ音楽だけがつないでいる。そのつながりさえも炉《ろ》にくべて、僕の舟《ふね》は舳先《へさき》で風と海面とを裂《さ》きながら進もうとしている。どこにもたどり着かないと知りながら。

タブレットの画面を指でなぞる。シーケンサのファイルが切《き》り替《か》わる。焦燥感《しょうそうかん》を煽《あお》るリズムパターンが走り出した瞬間《しゅんかん》、客席が沸《わ》き立《た》つ。だれもが望んでいたPNOの歌だ。僕は唇《くちびる》を舌で湿《しめ》らせ、マイクスタンドに並べて貼《は》り付《つ》けてある新しいピックを一枚むしり取った。

心して聴《き》くといい。あなたたちが待ち望んだ歌だけれど——

ソロアレンジだ。

みんなを酔《よ》わせてきた、少女たちの麗《うるわ》しさはここにない。すべて削《けず》り取《と》って棄《す》て、代わりに僕の剝《む》き出《だ》しの欲望を詰《つ》め込んである。この夜の祭に盛大《せいだい》な篝火《かがりび》を焚《た》くため、僕らがいったいなにを失ったのか、見届けるといい。

マイクに歩み寄る。唇がざらりと感電する。

滑《すべ》り出てきた歌声はこれまでいちばん深く僕を抉《えぐ》り、傷は心臓にまで届いた。最高で最悪の気分だった。

＊

東新宿《ひがししんじゅく》の駅で降り、地上に出ると、夏のはじめとは思えないひんやりした風がうなじをなぞり、まだ火照《ほて》っていた身体《からだ》がぞくりと震《ふる》えた。電車に乗っている間に一雨あったらしく、道路が黒くあばたに濡《ぬ》れている。

ビルの間から見える空はすっかり暗い。星はひとつも見えない。

明治通《めいじどお》りをひっきりなしに流れる車のヘッドライトは、僕が今さっきアリーナ会場でたくさん視《み》てきた美しい幻像《げんぞう》の余韻《よいん》をみんな轢《ひ》き潰《つぶ》し、いがらっぽいにおいのする現実だけを残して走り去っていく。

首をすくめ、歩道を歩き出した。

スマホを取り出して時刻を確かめる。もう21時を過ぎている。

イベントが終わってから、打ち上げに行きましょうとか次回のお話をさせてくださいとかいう誘《さそ》いをすべて振《ふ》り切《き》ってすぐ会場を出たのだけれど、それでもだいぶ遅《おそ》くなってしまった。

未成年です、という最強の断り文句を使わなければもっと長引いていただろう。

LINEメッセージは、ひとつも入っていない。

なにを期待していたんだ？　自分で手を放したのに。

彼女たちだって今夜ライヴがあって、今頃《いまごろ》はたぶん黒川《くろかわ》さんが夕食に連れていっているか、あるいはもう解散して家路の途中《とちゅう》だろう。

車道の向こう側、高いオフィスビルに挟《はさ》まれた細く小さなビルが見えてくる。エントランスに掲《かか》げられた金属板のロゴがささやかにライトアップされている。

〝MOON ECHO〟

ロビーには灯《あか》りがともり、カウンターには三人の制服姿のスタッフ、ソファセットにも観葉植物そばの床《ゆか》にもバンドマンたちがたむろっているのが見える。スタジオは二十四時間営業だから、足を向ければだれかがいることはわかっていた。それでじゅうぶんだったのかもしれない。望んでいた人ではないけれど、名前も知らない無関係なだれかだけれど、生きて、動いていて、なにかを見て、聴《き》いて、感じている。

青信号を待ち、横断歩道をのろのろと渡《わた》った。白線の幅《はば》を踏《ふ》み外《はず》さないように、アスファルトの黒に墜《お》ちてしまわないように、一歩ずつ。

あと四歩のところで信号が点滅《てんめつ》を始める。急《せ》かされるように渡《わた》りきった。

岸に着いたところでもう一度スマホを見る。

メッセージは、ない。

当たり前だ。こっちからだってなにも連絡《れんらく》していないんだから。

待ってくれているわけがない、という事実を確認《かくにん》するのが怖《こわ》くて。

ビルのエントランスをまた見やる。その日のライヴを案内する店頭ボードも、今は片付けられてしまっている。なにもかもが祭りの後だ。

後悔《こうかい》はない。僕が選んだことだ。

ただ——底冷えがするほど、さみしいだけ。

エントランスから歩道に漏《も》れ出ている光のふちに立ち、ロビーの様子を見つめる。バンドスコアを回し読みしている大学生くらいの一団。割り勘《わかん》の計算で揉《も》めている社会人バンド。スマホになにかをがなり立てているギタリストらしき若い女の子。マイクやシールドコードを片付けている顔なじみのスタッフ。

かつて、僕もこの光景の中にいた。

はじめてのバンドセッション、はじめてのライヴ。みんなこの場所だった。

僕のオーケストラにとって、はじまりの場所。焼きつくような懐《なつ》かしさが薫《かお》る。

けれど——

僕にとってのはじまりの場所ではない。

だから今夜も、そっと見届けるだけでいい。

まぶしさに目を細め、光の外側に後ずさり、踵《きびす》を返《かえ》して背を向けようとしたときだった。

ロビーの奥で、エレベーターのドアが開くのが見えた。すし詰《づ》めになっていた人影《ひとかげ》がひとつ、またひとつとまろび出てくるところも。少女たちはロビーを我先にと走って横切り、自動ドアが開くのを待つのももどかしく隙間《すきま》に身をねじ込んで歩道に飛び出てくる。

「せんぱあああああああい！」

最初に飛びついてきたのは伽耶《かや》だった。亜麻色《あまいろ》の髪《かみ》に光を散らし、両眼を涙《なみだ》でぐずぐずにして僕の胸にぶつかり、腕《うで》を背中に回して強く締《し》めてくる。

「あっ伽耶《かや》さん！　だめです、私が！　最初に！」

詩月《しづき》が上ずった声をあげて駆《か》け寄《よ》ってくると、伽耶《かや》を僕の身体《からだ》から引《ひ》き剝《は》がそうとし、思いがけない力の強さにあきらめ、僕に背中側から抱《だ》きついてきた。二人の体温に挟《はさ》まれて呼吸ができなくなる。

「あたしもまざる！」

朱音《あかね》が喜色満面で僕と詩月《しづき》の間に小さな身体《からだ》をねじ込んでくる。

肺を圧迫《あっぱく》されているせいで声もあげられず、助けを求めて首を巡《めぐ》らせると、エントランスから一人遅《おく》れてゆっくり歩み出てきた凜子《りんこ》が目に入る。

「天下の往来で性犯罪しないで。中でやって」

最後に、凜子《りんこ》の背後から姿を見せたのは黒川《くろかわ》さんだ。

「なんだよ。けっきょく直接こっち来たのか」

　苦笑《くしょう》まじりに言う。

「マコが来るかどうか賭《か》けようって話になったんだけどな。来ない方にだれも賭《か》けないから、しょうがなく私がベットしてやったよ。一人負けだ」

「連絡《れんらく》無しで来て玄関口《げんかんぐち》で帰りそうになる、というところまで予想したわたしのパーフェクト勝利」と凛子《りんこ》が得意げに言う。

「あっ、で、でも、わたし！　最初に先輩《せんぱい》見つけたのわたしですっ！」

　伽耶《かや》が顔を上げて必死にそう言い、ビルのずっと上の窓を指さす。

　みんなで執務《しつむ》室《しつ》で待っていたのか。窓から外を見張っていたから、僕が来たのにすぐ気づいて出てこられたのか。連絡《れんらく》はどうせしないだろうというところまで見抜《みぬ》かれていて、無駄《むだ》な負担をかけてしまって、申し訳なさでダンゴムシになりそうだった。

　でも、謝ったりはしない。僕が選んだことだ。謝るくらいなら最初からやらなければいい。僕は命綱《いのちづな》から手を放すことを選び、星巡《ほしめぐ》りで戻《もど》ってきた。それだけだ。

「じゃあ負け金払《はら》うってことで飯食いにいくか」

　黒川《くろかわ》さんがそう言って、繁華《はんか》街《がい》の方をあごでしゃくる。

「そだね！　反省会しよう！」と朱音《あかね》。「終わったから言うけど、真琴《まこと》ちゃんずるいよ！　あたしがアリーナで演《や》りたかったよ、なんで逆にしなかったの！」

「でも最優先は『ムーン・エコー』ですし、私たちがアリーナに回ってしまうのはちょっとイメージが良くないですよ」

「詩月《しづき》よくわかってるじゃないか。うちの社のPRも兼《か》ねてたんだからな」

「でも、でも、先輩《せんぱい》アリーナ埋《う》めたんですよね？　すごいです、わたしも観にいきた――あ、いえ、あの、もちろんPNOのライヴが最優先ですけれど」

「ところで売り上げの分配はどうなるの。両方のを足して五人で頭割り、でいい？」

言い合いながら、ひとかたまりになって僕らは夜の端《はし》にひしめく光の群れへと歩き出す。交《か》わされるなにげない言葉のひとつひとつまでもが、心地《ここち》よい。

けれど、信号待ちのときに僕がふと思うのは、やっぱりボイジャーのことだった。

スイングバイ航法。

二人のボイジャーは、外宇宙に飛び立つため、足りない速度を木星から受け取った。ひととき木星に近づき、重力で惹《ひ》かれ、そのモーメントを利用してより力強く――離《はな》れる。

永遠の別れを準備するための、ランデヴー。

信号から赤から青に切《き》り替《か》わった。

地上の星が騒々《そうぞう》しく瞬《まばた》く向こう岸へと、僕らは踏《ふ》み出《だ》す。笑い合い、お互《たが》いの熱さといのちの在処《ありか》を確かめ合いながら。かけがえのない僕の大切なオーケストラ。きっとメンバーのだれもが直観していながら、言葉にはできなかった。

いつか僕はこの手で、楽園を壊《こわ》すだろう。オーケストラの残骸《ざんがい》を後にして、翡翠《ひすい》と瑠璃《るり》が溶《と》け合《あ》う水平線に向け、ひとりきりの航路を描《えが》き始めるだろう。

今夜ではないけれど、そう遠くない未来に。

その日のことを想《おも》うと、今ここにあるなにもかもが無性《むしょう》にいとおしくなり、身を寄せてきただれかの手を僕は強く握《にぎ》り返していた。

7　楽園の外で生まれた子供たちへ

ほんとうの戦場は期末テストの追試だった……

なんてオチにならないように、ライヴが終わってからの二日間は机にかじりつきだった。一夜漬《いちやづ》けもいいところだったけれど、ヤマが当たってなんとか好感触《こうかんしょく》で試験休みを迎《むか》えることができた。同じクラスで試験を受けていた凛子《りんこ》、詩月《しづき》、朱音《あかね》も、話しぶりからしてつつがなくこなせたようだった。

ただ、伽耶《かや》だけは——

「うちの学校、レベル高すぎませんか……」

テスト明けのスタジオ練習に半泣きの顔で現れたのだった。

「授業にはまああついてけてましたし、中間テストは大丈夫《だいじょうぶ》だったので……期末もそんなに心配してなかったんですけど、もう意味わかんないくらい難しくて」

「あははは。あたしもそうだった。一年生の一学期ほとんど休んでたし」

朱音《あかね》の慰《なぐさ》め方《かた》は特殊例《とくしゅれい》すぎてあまり慰《なぐさ》めになっていない。

「中間で気を緩《ゆる》ませておいて期末で本気出してくる傾向《けいこう》ありますよね、うちの教員」

詩月《しづき》がうんうんとうなずき、伽耶《かや》の頭をなでる。

「難しいのはみんな同じ。赤点ラインは平均点で決まるんだから、悲観しなくていい」

凛子《りんこ》の言葉が、慰《なぐさ》めようなんて意図はからきしだったけれど、伽耶《かや》にはいちばんよく効いたようだった。

「いよいよ夏休みだねっ」

朱音《あかね》がマイクのセッティングをしながらことさら明るい声で言う。

「海いこう海！　去年ぜんぜんそんな余裕《よゆう》なかったけど今年はいこう！」

去年の夏休みといえば、バンドを組んだばかりで、初ライヴも押し迫っていて、まだまだオリジナル曲も全然足りなくて、たしかに海だとかバカンスだとかいっている余裕《よゆう》はなかった。

詩月《しづき》もタムの高さを調節しながら声を弾《はず》ませる。

「新しい水着、みんなで買いにいきましょう！」

伽耶《かや》ものってきて、現役《げんえき》ファッションモデルならではの今年の流行最前線の話で盛り上がり始めたので、さすがに止めに入った。

「あの、練習……しよう？　水着の話は、うん、僕がいないときにでも」

「真琴《まこと》さんもいっしょに買いに行くんですよね？」

「なんでだよ。僕が行ってどうすんだ。海パンくらい持ってるよ」

「えっ、ちょっ、ちょっと待ってください」

伽耶《かや》が真っ赤になって声を上ずらせる。

「先輩《せんぱい》が、男性用の水着で、つまり、上半身——あれなのは、まずいんじゃないですか」

「なにがッ？」

「ふうむ。たしかに。性犯罪」

「これが性犯罪なら夏の留置場はパンクするけどっ？」

「村瀬《むらせ》くんはそんなにたくさんいないでしょう」

「留置場がパンクするほどたくさんの真琴《まこと》さん……幸せです……」

「しづちゃんの妄想《もうそう》さすがについていけないよ」

「僕はおまえら全員についていけないよ！　いいから練習しようよ！」

こんなひどいやりとりの直後でも、詩月《しづき》が4カウントをとれば全員が目の醒《さ》めるようなプレイを繰《く》り出《だ》してくるのだから、あきれる他なかった。

練習後に黒川《くろかわ》さんのいる執務《しつむ》室《しつ》に顔を出すのも、ここ最近ではほとんど決まり事みたいになっていた。

「海？　いいんじゃないの。いっとけいっとけ」

マネージャーなので一応は相談してみると、黒川《くろかわ》さんは軽い感じで言った。

「日焼けは気をつけろよ。特に伽耶《かや》は、ほら、お肌《はだ》も売りもんだろ」

「あれ、黒川《くろかわ》さんは行かないの」と朱音《あかね》。

「そんな暇《ひま》あるか。会社起《た》ち上《あ》げたばっかで軌道《きどう》に乗るかコケるかの瀬戸際《せとぎわ》なんだぞ」

それを聞いて凛子《りんこ》はひどく残念そうな顔になった。

「黒川《くろかわ》さんが来てくれれば平均値がだいぶ下がったのに」

おいやめろ！　黒川《くろかわ》さんまでそういう争いに巻き込むな！

「平均値ってなんだ？」

幸いなことに真人間である彼女は意味に気づかず、話はこれ以上延焼《えんしょう》しなかった。

「そうだマコ、ライヴの録画届いてたぞ」

黒川《くろかわ》さんはタブレットを持ち上げてみせる。

僕がなにか答える前に女どもが寄ってたかって食いついた。

「アリーナのですかっ？　観《み》たいです！　今！」

「村瀬《むらせ》くんがわたしたちの助け無しでどれくらいちゃんとやれていたのかチェックしないと」

「なんかネットの評判すごかったんだよね、みんなで観《み》よう！」

「えっ、先輩《せんぱい》の、あの、無料でいいんですかっ？」

僕が止めるひまもなかった。黒川《くろかわ》さんはわざわざタブレットからBluetoothで外部スピーカーに接続してくれた。小さい画面をみんなで観《み》るため、ソファの片側——つまり僕のまわりに全員が集合してぎゅう詰《づ》めになる。

「きゃあああああああ！　真琴《まこと》さん！　プリンス真琴《まこと》さん！　かわいすぎます！」

僕がステージにちょろっと姿を見せたとたんに詩月《しづき》が騒《さわ》ぎ始める。耳元でうるさい。

「ほんとにひとりで全部やってるぅ！　なんで操作手《マニピユレータ》つけてもらわなかったの？　真琴《まこと》ちゃんシャイすぎて頼《たの》めなかったの？」

「すごい。ふだん村瀬《むらせ》くんがスタジオでやってるのと同じことなのに、あまりにも愛想《あいそ》がないものだからまるでそういう演出とキャラ付けに見えてくる」

「えっ、こ、これっ、Ｍｕｓａ男の『胎蔵界《たいぞうかい》マンドラゴラ』ですよねユーロビートアレンジですよね歌ものにしたんですねっ？　あああああ、現地で聴《き》きたかったですっ」

メンバーたちが大騒《おおさわ》ぎするせいで演奏はほとんど聞こえなかった。もっとも、だれよりもよく知っている自分の演奏だし、あらためて大勢で聴《き》き入《い》るというのも恥《は》ずかしいので、これでよかったのかもしれない。

もちろん衣装《いしょう》についての恥《は》ずかしさは回避《かいひ》しようもなく、いじられまくった。

「これじゃますます真琴《まこと》さんのファンが増えてしまいます！　ソロ活動自粛《じしゅく》してください」

「いいなあアリーナ。うちらも次はアリーナで演《や》ろうよ！」

朱音《あかね》が黒川《くろかわ》さんに向けて言った。

「んん。まあ、そろそろあんたらの人気だとうちのキャパじゃ全然収まりきらないとは思ってたんだけどな……」

黒川《くろかわ》さんは困った笑《え》みを浮《う》かべる。

「うちでもたまには演《や》ってほしいけど。シークレットで。まあ今後のことはまた話し合おう。ここ三ヶ月ちょっと詰《つ》め込みすぎただろ。夏休みはゆっくり遊べ」

気配りあふれる言葉で、その日は解散となった。

帰《かえ》り際《ぎわ》、黒川《くろかわ》さんが僕に耳打ちする。

「URL送っといたから、読んどけよ」

「……なんのですか？」

「読めばわかるよ」

帰りの電車内で、バンドメンバーたちからこっそり離《はな》れてスマホを確認《かくにん》すると、黒川《くろかわ》さんからのメッセージがたしかに入っていた。

なんの説明もなく、URLだけ。

開いてみると――

『――フェスで輝《かがや》いた超新星《ちょうしんせい》PNXこと村瀬真琴《むらせまこと》　ソロでも魅《み》せた万華鏡《まんげきょう》の夜』

音楽系ニュースサイトのレビュー記事だった。僕もちょくちょく読んでいる有名メディアなのでちょっと驚《おどろ》く。べた褒《ほ》めなのでこそばゆく、読むのをやめようかと何度か思ったけれど、読み進めていくと僕の音楽をPNOデビュー時からしっかり追いかけているのがよくわかる良心的な記事だったのでほっとする。

メディアもチェックしろ、と黒川《くろかわ》さんは言っているのだろうか？

それにしたって、あんな意味深な言い方をしなくても、と思いながら記事の最初までスクロールさせて戻《もど》ると、見出しの末尾《まつび》に書かれたライター名に今さら気づいた。

(文：柿崎俊輔《かきざきしゅんすけ》)

深く息をつき、もう一度記事に目を通した。

それから、SNSなどを検索《けんさく》して調べてみる。ニュースサイトの編集部のアカウントで、新しい仲間が加わりました、という写真投稿《とうこう》があり、たしかに柿崎《かきざき》さんだった。わずか二週間前の日付だ。

初仕事が僕の公演のレビューとは、なんとも軽いフットワークだった。これ以上ないくらい適任だけれど。

よかった——のだろうか？

わからない。彼の人生だし、なにが幸せでなにが不幸せかは彼が決めることだ。ただ、写真の中の柿崎《かきざき》さんは、まだだいぶ顔色が悪く頰《ほお》もこけているけれど、それでも笑っている。

「……どうしたの？」

車両の反対側のドアそばにいた朱音《あかね》が、僕に近づいてきて訊《き》いた。

「なんか嬉《うれ》しいことあった？」

どうやら、僕も気づかないうちに口元をほころばせていたらしい。

みんなにも報《しら》せるべきだろう。僕のわがままにつきあわせてしまったのだから。

スマホで記事を見せると、朱音《あかね》は目を丸くし、他の乗客をかき分けて「ねえねえ！」と詩月《しづき》や凛子《りんこ》を呼びにいってしまった。

＊

七月に入ってすぐ、試験休み最終日の夜中、邦本《くにもと》さんからメールが来た。僕はそれを自室のPCで受け取った。

『デモいただきました。ありがとうございます。拝聴《はいちょう》しました』

書き出しを見て僕は緊張《きんちょう》で身を固くした。

『正直に申し上げまして、すでに良い曲をいただいておりますし、村瀬《むらせ》さんも行き詰《いづ》まっていたようなので、このまま進めるつもりで振《ふ》り付《つ》けも手配しておりました。まさかここまで凄《すご》みのある曲をほんとうにあげていただけるとは思っていませんでした。デビュー計画はゼロから組み立て直しとなり、当方うれしい悲鳴をあげております……』

脱力《だつりょく》して椅子《いす》からずり落ちそうになった。

邦本《くにもと》さんに送ったのは、六月二十四日のアリーナイベントのために書いた新曲のうちのひとつだった。はじめて聴《き》かせた割に客の反応も上々だったのでそれなりに自信はあったけれど、やはり返事を待つ間は不安でしょうがなかった。

ひとつ、重荷を下ろせた。

邦本《くにもと》さんはこう続けて書いていた。

『厚かましいお願いではございますが、最初にいただいたのもやはり素晴《すば》らしい曲ですし、すでに振《ふ》り付《つ》けも固まり、メンバーみな気に入っています。カップリング曲あるいはセカンドシングル曲としてあらためてご提供いただけないかと――』

願ってもない話だった。

心の重しがどいた後で、あらためて聴《き》いてみると、四月に提出した曲も悪くない。精神的に追《お》い詰《つ》められて意固地になっていたのかもしれない。ありがとうございます、あちらも使っていただけるとうれしいです――と返信し、一息つく。

次は、拓斗《たくと》さんに頼《たの》まれている曲だ。

ぐうの音《ね》も出ないようなすごいやつを叩《たた》きつけてやろう。他にも、書きたい曲のアイディアがいっぱいある。邦本《くにもと》さんに選んでもらえなかった残りの二曲だって、ふさわしい重さのアレンジにすればソロ曲としてかなりいいものになるはずだった。

音楽が、心の器《うつわ》のふちからあふれてしまいそうで。

僕はノートPCに再び向かい、ブラウザを起《た》ち上《あ》げて動画サイトにつなぐ。

新しいアカウントは、すでに作成してあった。

チャンネル名は少し迷ったけれど、シンプルにこう入力する。

《村瀬《むらせ》　真琴《まこと》》

チャンネル登録者数、ゼロ。

はじめて動画を投稿《とうこう》したのは、もう何年前のことだろう。三年？　四年？　まだ中学生だった。なにも手にしていなかった。オーケストラの部品のひとつもなく、自分が向かう先に光も見えなかった。Ｍｕｓａ男ですらなかったのだ。

僕のほんとうのはじまりは、このゼロだ。

迷ったとき、いつでもこの場所に還《かえ》ってこよう。手に入れた宝物はみんな母船に置いたままにして、愛すべき孤独《こどく》だけをポケットの中で握《にぎ》りしめて。

パラダイス・ノイズ・オーケストラの公式チャンネルから、昔の僕のソロ曲をひとつひとつ削除《さくじょ》していった。どれも再生数は今となっては百万に届いているけれど、僕自身の力じゃない。バンドのエネルギーがこぼれ落ちてきただけだ。

もう一度、僕の小さく非力な手の中に、取《と》り戻《もど》す。

ＰＮＯチャンネルの動画一覧から僕の女装サムネイルがほとんど消えたところで、スマホが震《ふる》えた。

華園《はなぞの》先生からの着信だった。

『ムサオ、昔の動画どんどん消えてるんだけどどうしたのっ？』

ビデオ通話なので、真剣《しんけん》に青ざめている先生の顔をアップで見せつけられる。

「え、いや、はい、いま僕が消してます」

なんでこんなすぐ気づくんだ？　たまたま昔のを視聴《しちょう》しようとしてたんだろうか。日課で聴《き》いていたとかだったら恥《は》ずかしすぎるのだけれど。

『なんでっ？　ついに女装が恥《は》ずかしくなっちゃったの？　大丈夫《だいじょうぶ》だよ可愛《かわい》いよ！』

「以前は恥《は》ずかしく思ってなかったみたいな言い方やめてくれませんか……。個人用のチャンネルと分けることにしたんですよ。まぎらわしいでしょ」

『ああ、なんだ……びっくりした』

先生はほうっと息をついて、椅子《いす》の背もたれにぐったりとなった。夜なので、例によって風呂上《ふろあ》がりらしきパジャマ姿で、ビデオ通話じゃなくてよくない？　と重ねて思う。

『じゃあそっちに昔の曲もアップしなおすの？』

「はい。そのつもりです」

『映像もそのままだよね？　セーラー服ムサオのままだよね？』

「え……いやぁ、それは……」

『撮り直《とりなお》すの面倒《めんどう》でしょう？　あたしは全部ローカルに保存してあるからいいけど、これから新しくムサオを知る人がセーラー服拝めないなんてかわいそうだと思わないの？』

びたいち思わなかったが、そう答える前に先生は続けて言う。

『もし映像変わってたらコメント欄《らん》にセーラー服出せって書きまくるからね』

たちが悪すぎる。アクセス禁止にしてやろうか。

しかし、撮《と》り直《なお》しが面倒《めんどう》なのはたしかにその通りだった。

「……わかりましたよ。はい。そのまま再アップします」

『ほんとに？　チェックするからアドレス教えて』

なぜそうも高圧的に出られるのか。しかたなくURLを教える。

たぶんPCで確認《かくにん》しているのだろう、横の方に目を移した華園《はなぞの》先生は、やがてなにか言いたげな不思議な表情になる。

「どうかしましたか」

『ううん？　村瀬真琴《むらせまこと》の名前でやるんだなあ、って思って』

「……ええ、まあ」

そこがいちばん大切なところで、そのために新しくチャンネルを作ったようなものなのだけれど、理由の説明は難しいし気恥《きは》ずかしいので僕は曖昧《あいまい》にごまかそうとした。

でも、相手は華園《はなぞの》先生だ。僕のことは知《し》り抜《ぬ》いている。

『そっか。……お帰りなさい』

梅雨《つゆ》のさなかの晴れ間みたいな微笑《ほほえ》みを浮《う》かべてそんなことを言われたら、はい、と小声で返す他ない。

先生の笑《え》みはいたずらっぽく歪《ゆが》む。

『それじゃあもうムサオっていう名前もだれも使わなくなっちゃうね。あたしくらい？』

「先生専用ってことでいいですよ。今さら他の呼び方されたらかえって違和感《いわかん》きついです」

『うれしいこと言ってくれるなあ』

おやすみ、ムサオ。

言葉を残し、通話は切れた。

暗くなったスマホの画面をしばらく見つめる。映り込んだ村瀬真琴《むらせまこと》が僕を見つめ返してきている。僕が黙《だま》ったままでいる以上、彼もなにも言わない。

スマホをベッドに投げると、またPCに向かった。

保存してあるソロ曲を、できたばかりのチャンネルに次々とあげる。アップローダのリストにずらりと並んだファイルの、進捗《しんちょく》を示す青いバーがいちばん上からじりじりと時間を食《く》い潰《つぶ》していく。このぶんだと一晩中かかるかもしれない。

まだゼロのままの登録者数を見つめながら、思う。新しいチャンネルなのに、既存《きそん》の動画ばかりだったら――がっかりするだろうな。登録もしてもらえないかもしれない。

時間はたっぷりある。歌も、僕の中にあふれそうなほどたっぷりある。

カメラをセッティングし、ギターをオーディオインターフェイスにつなぐ。ヘッドフォンをかぶると心地《ここち》よい早朝の霧雨《きりさめ》みたいなノイズが僕を押し包む。

再生をクリックし、ギターを膝《ひざ》にのせてベッドに腰《こし》を下ろした。

そうして、今はまだゼロ人の聴衆のために、歌い始める。僕の声はまっさらな風に変わる。羽化《うか》したばかりの蝶《ちょう》が飛び立つための風、はじめて海に乗り出そうとしている船が帆《ほ》いっぱいに抱《だ》き留《と》める風、夜明けの霧《きり》を裂《さ》いて曙光《しょこう》を呼び込もうとする風——その中で、古くて愛おしい名前と、真新しいのに懐《なつ》かしい名前とが、溶《と》け合《あ》って聞こえた。

〈了〉

あとがき

僕は小学生の頃《ころ》、ピアノを習っていた時期があります。たいそう不真面目な生徒だったので、レッスンに関しての記憶《きおく》はほとんどなく、それよりもピアノの先生の家で待ち時間に読んでいた少女向けのホラー漫画《まんが》の方が強く印象に残っています。少女漫画《まんが》の絵柄《えがら》は恐怖《きょうふ》描写《びょうしゃ》とたいへん相性《あいしょう》がよく、夢に出そうなほど怖《こわ》い物語にいくつも出逢《であ》いました。恋《こい》する少女が可愛《かわい》らしい妖精《ようせい》さんに「片想《かたおも》いの彼のハートが欲《ほ》しい」と願い事をしたら彼の心臓《ハート》をえぐり取って持ってきた、という読み切りは今でもそのオチのコマを鮮明《せんめい》に憶《おぼ》えています。

話が逸《そ》れました。ピアノの話です。

不真面目だったとはいえ、一応は発表会にも二度ほど出ました。曲目は、一度目が『スケーターズ・ワルツ』、二度目が『人形の夢と目覚め』。さすがに発表会の曲はちゃんと憶《おぼ》えています。そのせいで今もお風呂《ふろ》が沸《わ》くと当時のことを思い出します（この話、ノーリツの給湯器を使っている方にしか通じないらしいですが……）。

発表会での演奏の出来はどうだったかというと、こちらは思い出したくありません。先生に申し訳ないほど駄目駄目《だめだめ》でした。

発表会どまりでコンクールなど出たこともないので、今巻におけるピアニストにまつわるイメージのほとんどは、作中にも書きました通り、中村紘子《なかむらひろこ》氏の著作に拠《よ》っています。氏のエッセイはウィットに富んでいてべらぼうに面白《おもしろ》いので、一読をお勧《すす》めします。

さて、コンクールでの対決を中核《ちゅうかく》に置いた今巻ですので、カバーイラストにはその戦うピアニスト二人を描《えが》いていただきました。息を呑《の》むほど美しい、とはまさにこのことです。春夏冬《あきなし》ゆう様、いつも素晴《すば》らしいイラストをありがとうございます。担当編集森《もり》さまも、原稿《げんこう》が遅《おく》れに遅《おく》れまくっている中、イラスト指定ではたいへんお手数をおかけしました。

そして今巻、篠《しの》アキサトさんによる漫画《まんが》版の第2巻が同時発売となります。詩月《しづき》や朱音《あかね》も登場していよいよ賑《にぎ》やかになりますが、2巻でなんといっても注目していただきたいのが詩月《しづき》の活《い》ける《花》！　演奏描写《びょうしゃ》同様に、真っ正面から見事に描《えが》き切ってくださいました。漫画《まんが》版2巻の巻末には、ショートストーリーを寄稿《きこう》させていただいております。どうぞ併《あわ》せてお買い求めください。

おかげさまで真琴《まこと》も新しい船旅へと漕《こ》ぎ出すことができました。関係各位にこの場を借りて厚く御礼申《おんれいもう》し上《あ》げます。

二〇二三年二月　杉井《すぎい》　光《ひかる》

◉杉井　光著作リスト

「火目の巫女 巻ノ一〜三」（電撃文庫）
「神様のメモ帳1〜9」（同）
「さよならピアノソナタ」シリーズ計5冊（同）
「楽聖少女1〜4」（同）
「東池袋ストレイキャッツ」（同）
「夜桜ヴァンパネルラ1、2」（同）
「恋してるひまがあるならガチャ回せ！1、2」（同）
「楽園ノイズ1〜6」（同）

「すべての愛がゆるされる島」（メディアワークス文庫）
「終わる世界のアルバム」（同）
「終わる世界のアルバム」（単行本　アスキー・メディアワークス刊）
「死図眼のイタカ」（一迅社文庫）
「さくらファミリア！1〜3」（同）
「シオンの血族1〜3」（同）
「ばけらの！1、2」（GA文庫）
「剣の女王と烙印の仔Ⅰ〜Ⅷ」（MF文庫J）
「ブックマートの金狼」（NOVEL 0）
「花咲けるエリアルフォース」（ガガガ文庫）
「生徒会探偵キリカ」シリーズ計7冊（講談社ラノベ文庫）
「蓮見律子の推理交響楽　比翼のバルカローレ」（講談社タイガ）
「放課後アポカリプス1、2」（ダッシュエックス文庫）
「電脳格技メガフィストガールズ」（同）
「この恋が壊れるまで夏が終わらない」（新潮文庫nex）
「世界でいちばん透きとおった物語」（同）
「神曲プロデューサー」（単行本　集英社刊）
「六秒間の永遠」（単行本　幻冬舎刊）

本書に対するご意見、ご感想をお寄せください。

ファンレターあて先
〒102-8177　東京都千代田区富士見2-13-3
電撃文庫編集部
「杉井 光先生」係
「春夏冬ゆう先生」係

読者アンケートにご協力ください!!

アンケートにご回答いただいた方の中から毎月抽選で10名様に「図書カードネットギフト1000円分」をプレゼント!!

二次元コードまたはURLよりアクセスし、
本書専用のパスワードを入力してご回答ください。

https://kdq.jp/dbn/　パスワード　id76n

●当選者の発表は賞品の発送をもって代えさせていただきます。
●アンケートプレゼントにご応募いただける期間は、対象商品の初版発行日より12ヶ月間です。
●アンケートプレゼントは、都合により予告なく中止または内容が変更されることがあります。
●サイトにアクセスする際や、登録・メール送信時にかかる通信費はお客様のご負担になります。
●一部対応していない機種があります。
●中学生以下の方は、保護者の方の了承を得てから回答してください。

本書は書き下ろしです。

この物語はフィクションです。実在の人物・団体等とは一切関係ありません。
JASRAC 出 2302500-301

CALLING OCCUPANTS OF INTERPLANETARY CRAFT
Words & Music by Terry Draper & John Woloschuk
© MAGENTALANE MUSIC LTD
International copyright secured. All rights reserved.
Rights for Japan administered by PEERMUSIC K.K.